박 명 순 문 학 평 론 집

슬픔의, 힘

※이 책의 일부는 충남문화재단의 지원을 받아 제작되었습니다.

박명순 문학평론집

슬픔의, 힘

2017년 11월 27일 제1판 제1쇄 발행

지은이   박명순
펴낸이   강봉구

펴낸곳   봉구네책방(봉구네책방은 작은숲출판사의 인문 브랜드입니다.)
등록번호 제406-2013-0000801호
주소   413-170 경기도 파주시 신촌로 21-30(신촌동)
전화   070-4067-8560
팩스   0505-499-8560
홈페이지 http://cafe.daum.net/littlef2010
페이스북 http://www.facebook.com/littlef2010
이메일   littlef2010@daum.net

© 박명순

ISBN 979-11-6035-036-4   93800
값은 뒤표지에 있습니다.

박 명 순 문 학 평 론 집

슬픔의, 힘

봉구네책방

목차

1부 슬픈, 시대의, 자화상

2부 만남과, 마주침의, 슬픔들

3부 슬픔의, 힘

머리말

1.

그 날은 열한 살 단발머리의 오랜 숙원사업을 완성하는 날입니다. 책을 사기 위해 작정하고 길을 떠났습니다. 동생들을 보살피며 살림밑천 노릇을 하느라 몸은 고되고 마음은 헛헛하던 시절, 먼 길을 걸어서 조치원 시내의 서점에 들어갈 때의 긴장감. 한 걸음 움직일 때마다 주머니에 꼬깃꼬깃 접어서 주머니 깊숙이 넣어 손에 꽉 쥐었던 땀에 배인 지폐의 감촉이 아직도 생생합니다. 지금도 침 발라 책장을 넘길 때마다 그 감촉이 떠올라 싱긋 웃기도 합니다.

왜 하필 『서유기』였을까요? 그 책을 닳도록 읽었지만 특별함은 남아 있지 않습니다. 훗날 어른이 되어 최인훈의 『서유기』를 읽으면서 문득 오승은의 『서유기』를 떠올렸을 뿐입니다. 하지만 가끔 그 열한 살의 단발머리를 생각하면 알 수 없는 용기가 불끈 솟곤 합니다.

81학번으로 대학교에 입학하여 세계의 변혁 가능성에 대해 눈을 뜨게 되었습니다. 혁명과 노동과 민중의 본질을 위해서 살아야겠다는 나름의 명분과 이론과 실천 속에 깊이 몸을 담갔습니다. 하지만 구호는 싫었습니다. 이론과 실천의 일치가 무엇보다 중요하다 여겼던 것입니다. 군중 속 허상의 힘을 너무 일찍 온몸으로 체득한 후 '밀실과 광장'의 균형 감각을 스스로에게 요구할 수밖에 없었던 세월을 보냈습니다.

평론집의 제목을 '거울과 유리창'으로 할까도 망설였지만 '슬픔의, 힘'
이라 결정하였습니다. 문학에 몸을 담그는 제각각의 사연이 밤하늘의
별처럼 초롱초롱 빛날 것입니다만, 저에게는 주어진 운명을 인내하는
수단이자 한판 놀이처럼 즐겨야 하는 과제였기 때문입니다.

2.

감히 단언컨대, 변혁의 귀퉁이에 미미하나마 힘이 되고 있다고 믿지
않았다면 저는 단 한 줄의 글도 쓰지 못했을 것입니다. 게다가 세상이
합리적으로 변화하고 발전한다고 믿었다면 도중에 펜을 놓아 버릴 수
밖에 없었을 것입니다. 저의 믿음은 온전히 불완전함, 불합리함, 그러함
에도 불가사의하게 무한생성을 이루어 내는 아수라 세상, 특히 미물에
불과하면서도 무한반복 속에서 새롭게 태어나는 사람들의 밑바닥 이야
기에 대한 관심과 사랑입니다. 그 이야기가 슬플수록, 아플수록, 지금까
지 알고 있던 어떤 편견과 선입견을 깨뜨리는 새로움의 미학을 변주하
며 빛난다는 어리석은 믿음입니다. 세상에 나온 건 나의 뜻이 아닐지언
정 세상을 살아가는 건 나의 뜻이기를 바라는 신을 거부하는 고독한 인

간들에 대한 믿음입니다.

　평론집을 엮으면서 못난 자식을 아끼는 부모의 심정처럼, 끝내 균형 감각을 곧추 세우지 못한 아쉬움을 느낍니다. 많은 글들을 추려 냈음에도 그동안 발표했던 글들을 일관성있게 정리하기가 쉽지 않았습니다. 시대의 자화상을 연상할 수 있는 내용들을 1부로 묶었습니다. 2부는 짧게 썼던 서평이나 발문 형식의 글을, 3부는 시 관련 글을 묶어 정리했습니다. 예리함이 부족하고, 주석이 많은 점은 저의 소심함 때문입니다. 그 소심함은 공부의 부족과 제 스스로 상처받지 않으려는 거리 두기 때문임도 알고 있습니다. 좋은 사람으로 사는 것과 좋은 사람으로 살기 위해 노력하는 것과는 커다란 차이가 있듯, 글도 마찬가지겠지요.

3

　언젠가는 좋은 글을 쓸 수 있을 것이라고 스스로를 다독이며 용기를 내어 평론집을 세상에 펼쳐 보이게 되었습니다. 늘 격려해 주신 조동길 선생님께 깊은 감사를 드립니다. 고맙습니다. 세상에 태어나서 처음으로 온전히 창작에 전념할 수 있었던 건 집필실 도움이 컸습니다. 이 자리를 빌어 박경리 선생님과 '토지문화공간' 관계자들께 머리 숙여 인사 드립니다. 원주 매지리 산책길, 이슥한 밤이면 들려오던 산짐승 울음소리, 모두 그립습니다. 그리고 담양 '글을 낳는 집'의 김규성, 김선숙 선생님께 특별한 고마움을 전합니다. 과분한 사랑에 보답하기 위해 열심히 살겠다는 다짐을 반복할 따름입니다.

마지막으로 사랑하는 가족에게 이 책을 바칩니다.

2017년 가을, 금강의 물안개가 피어오르는 공산성을 바라보며
박명순

1부

슬픈,

시대의,

자화상

1.
고립된 주체들이 살아가는
긍정의 힘
- 김애란 『두근두근 내 인생』

1. 들어가는 말

김애란 소설을 읽으면 가슴 깊은 곳에서 시원한 바람 한 줄기와 만난다. 그 바람 속에는 풀리지 않는 숙제의 곤혹스러움과, 비밀의 화원에서 열쇠를 발견했을 때의 설레임이 있다. 또 내 안의 감추고 싶은 비루한 부분을 타인에게서 발견했을 때의 안도감도 담겨 있으니, 그 내용은 소소한 가족사에서 생노병사의 근본에 대한 물음이기도 하고, 소설쓰기의 의미탐색, 또는 소통부재의 시대에 대한 물음으로 다가온다.

그의 등장 인물은 낯익은 친숙함으로 다가오지만 그 만남은 우리를 낯선 세계로 이끄는 힘이 있다. 소외된 인물과 공간의 현대적 주소는, 가족과 타인들을 오늘의 시점에서 만나는 새로운 소통가능성을 탐색한다.

하지만 정작 작품의 특별한 매력은 보물지도를 해석하는 기쁨, 목표

지점을 향해 온몸으로 달려가는 환희를 맛보는 것과 통한다. 내 주변 어딘가에 보물이 묻혀있다는 정언명제는 내 행동양식의 변화를 예고한다. 갑자기 낯익은 일상이 보물처럼 신비스럽고 소중해진다. 숨겨진 보물찾기는 흥분과 기쁨을 수반시키니 주변의 평범함 또는 비루하기까지 한 일상조차 특별한 의미로 다가올 수 있다.

장편소설 『두근두근 내 인생』은 이야기로 환기하여 끌어올리는 삶에 대한 긍정성이 잘 녹아있는 작품이다. 「달려라 아비」에서 보여준 바와 같이, "동시대의 젊은 작가들이 탈현실적인 상상력으로 재무장하고 있는 것과는 달리, 이 작가는 더 낮고 누추한 자리에서부터 다시 소설적 상상력을 가동시킨다."[1] 이 작품은 10대 부부, 희귀질병을 앓는 소년 등 밑바닥으로 고립된 존재들의 주체로서의 성장과 임신, 분만, 노화와 죽음의 이야기를 담아낸 가족 로망스이다.

17세 젊음과 평범한 일상들이 보물처럼 명멸(明滅)할 수 있도록, 늙은 자식인 조로증을 앓는 아름과 어린 부모인 10대 부부를 설정하여 긴장감 넘치는 이야기를 펼치고 있다. 하여, 이 작품의 확장적 의미는 젊음에게 보내는 예찬이며, 생에 대한 적극적 긍정이다. 긍정의 힘을 통해, 살아있는 생명체에 내재하는 남은 시간, 그 젊음을 소중히 아끼고 타자와 소통하는 문을 열게 하는 것이다. 그리하여, 대부분 좋은 소설이 그러하듯이 김애란의 작품 또한 조로증에 중독된 우리의 삶을 비추는 거울이면서, 소망하는 세상을 향해 성큼성큼 달려가는 램프의 역할을 감당한다.

---

1   이광호, 「나만의 방, 그 우주 지리학」, 『침이 고인다』, 김애란 소설집, 문학과 지성사, 2007년, 284쪽.

2. 나는 소망한다, 17세 젊음을

가) 더도 말고, 덜도 말고 진짜 내 나이가 되는 것

고립된 주체들이 간절히 원하는 것, 작품속 그들의 화두는 '보통으로, 남들 사는 것처럼' 사는 것이다. 이 화두는 너무 평범하여 시시할 뿐더러 비전도 없고 식상해 보인다. 이상과 열정의 집적체로서의 젊음이 지치고 시든 모습으로 등장하지만 비난할 수 없다. 꿈이 보이지 않는 초라한 젊음은 시대가 처한 현실의 반영이기 때문이다. 의욕상실자나 무능력자로 낙인찍을 수 없는 현실의 힘겨움을 대변할 뿐이다. 작가가 펼쳐내는 인물들은 현실적 어려움으로 악전고투하며 힘겹게 살아가지만 그럼에도 불구하고 희망을 이야기한다. 『두근두근 내 인생』에서 늙은 눈으로 바라보는 젊음이 눈부시게 아름다운 이유이다. 마찬가지로 죽어가는 자에게 살아있음 자체는 기적과 같은 소중한 의미가 담겨 있다. 생명 자체가 희망일 수도 있음을 작가는 어떻게 말하고 있는가?

> 올해 나는 열일곱이 되었다. 사람들은 내가 지금까지 산 것이 기적이라 말한다. 나 역시 그렇다고 생각한다. 나와 비슷한 사람 중 열일곱을 넘긴 이는 매우 드물다. 하지만 나는 더 큰 기적은 항상 보통 속에 존재한다고 믿는 편이다. 보통의 삶을 살다 보통의 나이에 죽는 것. 나는 언제나 그런 것이 기적이라 믿어왔다. 내가 보기에 기적은 내 눈앞의 두 분, 어머니와 아버지였다. 외삼촌과 외숙모였다. 이웃 아주머니와 아저씨였다. 한여름과 한겨울이었다. 하지만 나는 아니었다. [2]

---

2 김애란, 『두근두근 내 인생』, 창비, 2011년. 47쪽. 앞으로의 작품 인용은, 제목과 쪽수만 표기함.

'보통 속에 기적이 존재한다'는 말에서 '보통'의 의미는 살아있는 존재를 통칭하고 있음을 짐작할 수 있겠다. 살아있는 존재 자체를 기적이라 함은 생에 대한 찬미와 긍정의 자세에서 비롯한다. 하지만 작가의 시선은 누추한 삶의 구석구석을 세심하게 어루만지는 것에서 빛난다.

『이웃에게 희망을』모금 프로그램에 출연하는 아름에게 던지는 질문 가운데에서 "또래 아이들이 가장 부러울 때"가 오디션에 지망했다가 떨어져서 우는 아이들이라고 답하는 장면이 있다. "실패해보고 싶었어요. 실망하고, 그러고, 나도 그렇게 크게 울어보고 싶었어요."(172쪽) 라고 말하는 장면에서 실패가 젊음의 특권이라는 진부한 표현이 상큼하게 들리는 것은 무엇 때문일까? 충고가 아닌 깨달음으로 말하는 '낯설게 하기'의 표현은 작가의 역량이다. 늙음이 젊음에게 보내는 충고가 젊음 자체에 내재하도록 다중초점화자가 이야기를 이끌고 있다.

물론 주체는 아름이다. 늙은 눈으로 볼 때 젊음은 절대적으로 아름답지 아니한가? 실패해도 아름다운 나이가 있음을 어른이 되어 누구나 깨닫지만 17세 아름에게는 '그 기회마저도 박탈된 경우'라는 슬픔이 공감대를 확보한다. 성공이 부러운 것이 아니라 실패할 기회를 부러워하는 설정은 젊음의 미덕을 역설적으로 부각하는 역할을 한다.

"내가 한 번씩 점프할 때마다 점점 젊어지는 것, 팔십이었다가 육십이었다가 열일곱이 되는 것. 더도 말고 덜도 말고 진짜 내 나이가 되는 것(146쪽)" 아름이 소망하는 '진짜 내 나이가 되는 것'에 대해 생각해 보자. 이것은 젊음에 더 머무르고 싶다는 소망이며, 더 나아가 젊음과 생명을 일치시킨다. 그리하여 젊음과 늙음의 상대적 비교가 아닌, 생명의 절대적 가치 속에서 유한성을 지닌 인간의 존재를 일깨우는 것이다.

나) 가족의 재구성 – 어린 부모와 늙은 자식의 이야기

이 소설은 10대 부모와 희귀병을 지닌 자식의 이야기를 그려낸 새로운 가족 로맨스이다. "가장 어린 부모와 가장 늙은 자식" 이 엮어내는 가족 이야기는 인간의 유한한 슬픔과 역설적 웃음을 내재한다. 그래서 이 소설에는 모성애와 부성애와 효라는 전통적 미덕이 제각각이 아닌 통합가능성을 보여주어 새롭다. 미덕으로서의 존재감을 지니면서도 숙성된 모습으로 전통적 양태와 다소 차이를 보인다. 10대 부모의 임신과 분만 이야기, 조로증이라는 희귀질병과 싸우는 가족의 사랑이야기의 현실과 이를 통한 삶의 도약가능성이 담겨 있다. 여고생이 임신과 출산을 하는 과정을 자연스러운 순리로 받아들인다면 열외자 취급 받기가 십상이다. 하지만 그렇게 태어난 생명체가 자신에게 주어진 시한부 생을 찬미하고 긍정한다면, 부모의 존재는 신성하고 아름다운 절대적 가치를 지닌다. 이 작품에서 작가의 시선은 10대 부모를 자연스럽게 받아들인다.[3] 갑작스럽게 부모가 되는 과정도 과장이나 엄살 없이 그려진다. 그러면서 "하느님은 왜 나를 만드셨을까?"의 질문은 집요하게 진행된다.

학교에서의 퇴학, 부모의 분노와 충격, 출산을 결정하기까지의 회의와 망설임은 10대 부모의 어려운 현실 여건으로 핍진성있게 그려진다. 그러함에도 밑바닥 현실의 지점에서 끌어올리는 익살스러움으로 10대 부부는 천진하고 철없지만 귀엽고 발랄하다

고등학생의 신분으로 아기를 낳은 아름의 부모는 사회적 기대에서 고립된 존재들이다. 게다가 조로증이라는 불치병을 앓는 자식을 키우면서 고립감은 극심해지나, 대신 수평관계로 서로를 보완하는 새로운 가족문화를 창출하기도 한다. 10대 부모가 맞서는 질병, 죽음과의 대결에서 보여준 가족애는 겉으로 볼 때, 얼핏 일반 가정의 풍경과 다르지

---

3 중등학교에 직접 공문화된 문서로, 임신 출산의 이유로 학업을 중단하지 않도록 보호해야 한다는 의무사항이 부여된 것이 2011년이다. 이 작품 창작시기와 일치한다. 또한 10대 부모, 10대 미혼모, 미혼부 등의 문제가 공식적으로 표면화되고 있다. 게다가 무조건 탈선의 시선으로 보았던 혼전임신에 대해서도 과거에 비해 너그럽다. 사산이나, 유산보다는 출산이 비공식적으로 장려되고 있는 것은 생명에 대한 기준을 태아에 적용하기 때문이기도 하다. 또한 이것은 세계 1위의 저출산 국가의 문제점과도 관련이 있을 것이다.

않아 보인다. 하지만 이들의 사랑은 모성애나 부성애와 효도라는 가족애와 차별화된다. 그것은 희생이 아닌 창조의 측면이 부각되기 때문일 것이다. 가족애에서 일방적인 사랑의 측면이 최소화되고, 서로 자신의 삶에 충실한 것이 최대치를 향할 수 있도록 전개된다. 결국 아름이 기록하고 창조하는 소설쓰기가 증명하듯이, 자신의 삶에 충실하면서 가족이 원초적 힘이 될 수 있는 가능성을 담담하게 보여줌으로써 새로운 가족 로망스의 지평을 열었다는 점이 참신하게 보여진다.

3. 고립된 주체의 생존미학

가) 비루함과 유쾌함 사이의 유머

한국문학에는 질환이 등장하는 시대별 흐름이 존재한다. 20-30년대 작품에는 폐결핵, 50년대 작품에는 신체적 장애, 70-80년대의 정신질환 등. 문학작품 속 주인공이 지닌 질환은 한국의 근현대사를 반영하는 측면도 있다.

조로증은 매우 희귀한 질병이다. 세포가 빠른 속도로 노화하여 죽음에 이르는, 현대의학으로 거의 손을 써볼 수 없는 불치의 질환이다. 증세는 노화와 합병증이 함께 오는데, 몸과 정신이 이원화되어 정체성의 혼란을 초래하기도 한다. 몸 나이가 80세 정신연령 17세인 주인공을 설정함으로써 가족, 생의 의미, 소통의 가능성을 어떻게 주목해야 할까?

작중인물 아름이 지닌 희귀병은 누구도 돕거나 구원이 불가능한 고립된 존재로서의 비극성을 돋보이게 한다. 태내에서부터 환영받지 못했던 아름은 아슬아슬하게 1년으로 주어진 시한부 인생의 밑바닥 비루함을 지닌 존재이다. 아름의 부모 역시 탈선청소년 취급을 받으며 10대 부모가 되는 주변인이다. 60세 장씨 할아버지는 치매가 있는 90세 부친과 둘이 생활하며 사회에서 소외된 처지이며 아름과 친구처럼 지낸다.

하지만 이들 고립된 주체들은 적극적으로 생을 긍정하면서 성숙한 내면을 발현하는 유쾌함을 제공한다는 공통점을 지닌다. "유머는 자아의 승리를 의미할 뿐 아니라 쾌락원칙의 개가, 즉 현실적 조건의 불리함에도 불구하고 자신을 관철시킬 수 있다. 유머를 보이는 사람은 자신을 어른의 위치에 놓음으로써, 자신을 아버지와 동일시하고 다른 사람들은 아이처럼 취급하면서 우월성을 획득하는 것이다.[4] "작가는 가족, 성장, 젊음, 늙음, 죽음이라는 진지한 화두를 깔아놓고 이를 향해 농담처럼 유쾌하게 달려 나간다. 하여 채플린의 영화에서 쉬임없이 터지는 웃음처럼 그 웃음에 공감하고 설득당하면서 영화의 내용으로 몰입 당하듯이 소설의 세계에 빠져들게 만든다. 물론 밑바탕에 내재한 인간의 유한성은 필연적으로 슬픔을 유발한다. 죽음을 향해서 모든 존재의 사라짐에 대한 안타까움의 정서가 유발하는 슬픔에서 예외는 없다. 사라지는 과정을 자신의 것으로 감싸 안으면서 슬픔 속에서 찾아내는 희망이 중요할 뿐이다. 이러한 사유에서 발생하는 유쾌함은 유한자로서의 숙명성을 지닌 독자와 연대감의 정서를 유발한다. 이는 슬픔을 치유하는 힘이 되고, 또한 타자의 슬픔과 소통하면서 희망을 생성하는 가능성이 된다.

　"기쁨은 정신이 더 큰 완전성으로 이행하는 수동이며, 슬픔은 정신이 더 작은 완전성으로 이행하는 수동"이다.[5] 데카르트는 경이, 사랑, 증오, 욕망, 기쁨, 슬픔의 여섯 가지 정서를 인정하지만, 스피노자는 기쁨, 슬픔, 욕망 세 가지 정서만을 인정한다. 나머지 정서는 이 세 가지 정서에서 생기기 때문이라는 것이다.[6] 『두근두근 내 인생』의 작품정서는 스피

4　지그문트 프로이드, 정장진 옮김, 『예술, 문학, 정신분석』, 열린 책들, 2004년, 512~513쪽 참조.

5　B. 스피노자 지음, 강영계 옮김, 『에티카』, 서광사, 1990, 166쪽 참조.

6　위의 책, 166쪽 참조.

노자에 한 발 가깝다.

웃음의 대상을 타자화하지 않고 주체화할 수 있다면 열악한 상황일수록 그 안에 녹아있는 승화된 가치의 농도는 짙어진다. 죽음과 가까워질수록 유머가 지니는 해방된 자아의 진폭이 확대되고 그 속에 담긴 유한한 인간의 비애 또한 깊어진다. 해방된 자아는 죽음의 주체이며 인간의 비애는 삶의 주체이다.

슬픔의 정념은 삶의 에너지를 빼앗아간다. 기쁨의 정념만이 삶의 에너지를 증폭시키는 것이다. 김애란 소설의 고립된 주체들은 슬픔을 이겨내며 살아가야 한다. 스스로 슬픔을 만들어내는 원천을 차단하는 전략을 구사하는데서 유머가 발생한다. 이 유머는 그냥 웃음만 주는 익살이 아니라 작가 철학과 의식을 담는 해학이 된다.

나) 긍정의 진정성

아름은 18세 생일을 맞이하기 어려운 1년 시한부 생애의 마지막까지 유쾌함을 잃지 않은 주체자로서 철저하게 생을 긍정한다. 이러한 긍정의 힘을 창출하는 원동력은 무엇인가? 죽어가는 처지에도 불구하고 인간에 대한 희망을 단단하게 붙잡고 있기 때문일 것이다. 그런데 이 희망이 고립된 존재에게 진정한 톱니바퀴로 작용하여 굴러가는 힘이라면, 이는 더 이상 잃을 것이 없는 자의 절망에서 잉태한 것이다. 새벽이 오기 직전의 어둠이 가장 짙은 것처럼 반대로 죽음과 맞바꿀만한 희망이기에 긍정의 진정성이 살아있는 것이 아닐까?

작품의 긍정성을 '긍정의 긍정'과 관련하여 언급한 내용을 인용해본다.

> 그의 긍정은 우연적인 고통에 불과한 삶에 필연성의 서사를 덧입히는 방식으로 삶의 균열을 봉합하는 긍정이 아니라(아름은 끝내 자기의 고통을 정당화하기 위해 신의 존재를 호명하지는 않는다)그 필연

의 부재 자체를 수용하고 급기야 나아가 성장할 수 있는 발판으로까지 받아들이는 긍정, 니체를 해설한 들뢰즈의 말을 빌리자면 '긍정의 긍정'에 가깝다.[7]

신을 믿느냐는 질문에 부정적으로 답변하는 아름은 절대고독의 주체이다. 자신의 행위를 스스로 책임지겠다는 결단은 우주의 존재를 자신의 몸으로 감당하고 느낄 수 있음을 의미한다. 창조주에 의존하지 않고 스스로 자신의 의미를 찾아가는 모습에서 긍정의 진정성을 발견할 수 있다.

이런 면에서 「달려라 아비」에서 보여준 발랄함과 유머는 이 작품에서 새로운 변주를 펼친다. 희귀병에 걸려 죽어가는 17세 소년은 온몸을 던져 생사의 고통과 슬픔의 정념과 대결을 펼치면서 말이다. 어린 부모와 늙은 자식이라는 설정 자체가 탄생과 죽음이라는 무거운 주제를 사회 현상의 메타포로 처리하면서 또한, 역설적 웃음을 창출한다. 무엇보다 존재 자체를 긍정하는 삶의 자세가 출발점이 되곤 한다. 다음은 아름이 탄생하는 장면이다.

내게서 시작된 울음은, 어머니에게로 옮아, 외할아버지를 지나, 아버지에게까지 번져갔다. 이제 막 태어난 것도 아닌 사람들이, 자기들도 울어야 산다는 말 정도는 어디서 한두 번 들어봤다는 듯이, 살아 있으면서도, 새삼 더 살고 싶어, 목청 높여 꺽꺽 ─ 물론 그중 가장 크게 운 건 아버지였다. 아버지는 부들부들 떨리는 손으로 처음 나를 안아 본 뒤, 그동안 남몰래 '아버지가 되지 않게 해 주세요'라고 기도한 게 미안해, 남들보다 두 배는 더 크게, 세 배는 더 오래 울어 간호사들의

---

7 강동호, 「사랑의 불수의근(不隨意筋)」, 창작과 비평, 2011년 가을, 433쪽.

빈축을 샀다.

— 『두근두근 내 인생』(46쪽)

울음을 통해 웃음을 유발하는 해학적 슬픔이다. 진지함과 가벼움이 뒤섞인 웃음을 통하여 10대 부모와 그 자녀의 만남이 이루어진다. 웃음이 유발되는 것은 태내의 아름이 환영받지 못한 존재였음에도 탄생의 순간 감격적인 환영 분위기로 바뀌었기 때문이다. 이처럼 존재 자체를 긍정할 수 있다면, 그 원초적 힘은 무한한 사랑의 성숙을 예고한다.

아름은 존재 자체의 엇갈리는 반응 속에서 태어났으나 질환으로 초등학교 1학기를 마지막으로 세상과의 소통 가능성이 막혀버린다. 하지만 차단된 현실의 출구는 사이버공간을 통하여 새로운 양상으로 전개된다.

이 작품에서는 사이버 소통공간이 두 가지로 등장한다. 그 하나는 이메일을 통해 이루어지는 타자와의 만남이고, 다른 하나는 TV모금 프로그램에 출연하여 만나는 다수 시청자와의 소통이다. 디지털로 이루어지는 이메일과 댓글은 사이버에서 새롭게 창출된 문화표상이며 시공간을 초월한, 쌍방향의 소통 속성을 강하게 지닌다. 그리하여, 고립된 주체에게 사이버 공간은 세상과 대면하는 절대적 창으로 기능한다. 이는 김애란 소설에서 원룸과 편의점이라는 공간으로 대변되는 현대인의 소통에 대한 소외의식에서 진일보한 적극적 주체의 등장과 관련성이 있어 보인다. 대중매체와 사이버 공간의 폐해가 일반적인 관점에서 문제가 될 수 있지만, 소외된 존재에게는 유일한 가능성의 공간이기 때문이다.

병원비 때문에 스스로 출연을 선택한 『이웃에게 희망을』에서 아름은 주체적으로 만들어야할 희망이 무엇인지 서서히 깨닫는다. 마지막 장면은 다음과 같다.

"그래서 뭐가 되고 싶어요. 아름인?"

"세상에서 가장 웃기는 자식이 되고 싶어요"(……)

"자식이 부모를 기쁘게 해 줄 수 있는 방법엔 여러 가지가 있대
요.(……)그런데 가만 생각해보니 그중에 제가 할 수 있는 게 아무 것
도 없더라고요. (……)그래서 한참을 고민하다 생각해냈어요. 그럼 나
는 세상에서 제일 재밌는 자식이 되자고."

— 『두근두근 내 인생』(173쪽)

병마와 싸우며 하루하루 생명의 끈이 약해지는 아름에게 소망을 물
었을 때, 전혀 예상하지 못했던 답변이 나온다. "세상에서 가장 웃기는
자식이 되고 싶다." 이 말이 주는 반전의 의미는 무엇인가? 울음과 웃음
이 하나임을 체득하는 순간이다. 삶과 죽음의 경계를 벗어난 세계, 상징
계를 통과하는 적극적인 긍정의 자세에서 절대성의 세계가 열리는 체
험을 독자와 작중인물이 나누는 것이다. 웃기기 즉, 유머를 창출하는 것
은 현재의 열악한 상황을 넘어서려는 의지이면서 희망을 분만하는 행
위가 아니겠는가? 마지막 죽음의 순간조차 삶의 즐거움(웃기기)을 생성
하고 싶은 욕망의 유머. 웃기기는 즉, 진정한 긍정의 세계관을 이끌어가
는 출발이며 수단이자 목적이다. 아름은 기부금 1000원 2000원을 내는
사람들은 스스로에게 희망의 비용을 지불하는 것이며, 아름이 만들어
야 할 희망 역시 대가를 치러야 할 것임을 깨닫는다. 아름이 치러야 할
대가는 고통을 넘어선 웃음을 지향하여, 재미있는 존재로 변모해야 한
다. 부모를 기쁘게 해 줄 수 있는 단 하나의 가능성이기 때문이다. 가능
성을 찾아낸 것 자체가 긍정의 힘을 이끌어내는 원동력으로서의 희망
아니겠는가?

4. 나는 소통한다. 틈새의 힘으로

가) 타자와 관계 맺기

김애란의 소설 속 주체들은 고립된 상황이기에 소통을 더욱 갈망하는 존재들이다. 작가는 소통의 가능성과 그 틈새에 대한 남다른 관심을 이전 작품에서 보여준 바 있다. 원룸과 편의점, 포스트잇으로 공간과 소통의 현주소를 보여준 「나는 편의점에 간다」, 「노크하지 않는 집」, 「종이 호랑이」의 인물들은 소통을 갈망하지만 고립에 갇힌 존재들이다. 이들은 오류를 범하면서 고독과 소통의 변두리를 우왕좌왕한다. 원하지 않지만 고독을 받아들여야 하고, 소통은 막혀있는 열악한 상황이기 때문이다. 이들은 소통의 관계에서 과감하지 못하고 타자적이다. 결국 이들은 "소통하자니 미안하고 소통하지 않자니 무섭습니다"[8]에 머물러 고립을 뛰어넘지 못한다.

장편소설 『두근두근 내 인생』에서 문제적인 소통의 공간과 틈새는 이메일 주고받기와 댓글이다. 아름은 병원비 마련을 위해 『이웃에게 희망을』 프로그램에 출연하여 사이버 공간에서의 만남을 체험한다. 댓글을 읽으며 "이해라는 모서리"를 붙잡기 위해 안간힘을 쓰는 사람들을 만난다.

> 얼굴도 모르는 사람들이 먼 곳에서 보내는 따뜻한 악수가 먹먹했다. 터무니없단 걸 알면서도, 또 번번이 저항하면서도, 우리는 이해라는 모서리에 가까스로 매달려 살 수밖에 없는 존재라는 생각이 들었다. 그런데 어쩌자고 인간은 이렇게 이해를 바라는 존재로 태어나버리게 된 걸까? 그리고 자기가 느낀 무언가를 전하려 애쓰는 걸까?

---

8   신형철, 『몰락의 에티카』, 문학동네, 2008년, 696쪽.

"인간은 어쩌자고 이렇게 이해를 바라는 존재로 태어나버린 걸까?"
의 의문은 소통의 의지에 대한 호소력으로 이어진다. 여기에서 이서하
는 소통에 대한 의문과 가능성을 위해 설정된 중요인물이다. 17세의 골
수암을 앓고 있는 소녀 이서하가, 이메일로 다가왔을 때 아름은 만남 자
체를 신중하게 저울질한다. 즉흥적인 반응보다 계획적인 준비과정이
필요하다고 판단하는 것은 새로운 만남에 대한 두려움 때문이다. 불치
병을 앓는 17세 소년 소녀의 만남은 이메일을 주고받으며 진행된다. 망
설임과 두려움의 과정을 거치면서 내밀한 기쁨과 설레임이 충만한 만
남이 이루어진다. 지금까지의 어떤 만남보다 빛나고, 색다른 즐거움 속
에서 이들은 급속도로 가까워진다. 만남의 또 다른 풍속도인 이메일의
소통은 서로에 대한 이해를 더 깊게 할 수 있는 진정성과 익명성으로서
의 양면성을 지닌다.

"너는 언제 살고 싶니"라고 묻는 서하에게 아름이 보내는 답변은 평
범한 일상에 보석 같은 표정과 색채를 입힌다. 연애를 통해 새롭게 만나
는 세상의 아름다움과 순수한 열정과 욕망 때문이다. 일부를 인용하면
아래와 같다.

> 여러 가지 색깔이 뒤섞인 저녁 구름, 그걸 보면 살고 싶어져.
> 처음 보는 예쁜 단어, 그걸 봐도 나는 살고 싶어지지.
> 다음은 막 떠오르는 대로 나열해볼게.
> 학교 운동장에 남은 축구화 자국, 밑줄이 많이 그어진 더러운 교과
> 서, 경기에서 진 뒤 우는 축구 선수들, 버스에서 시끄럽게 떠드는 여
> 자애들, 어머니의 빗에 낀 머리카락, 내 머리맡에서 아버지가 발톱 깎
> 는 소리, 한밤중 윗집 사람이 물 내리는 소리, 매년 반복되는 특징 없
> 는 새해 덕담(……) 어쨌든 내 주위를 둘러싼 모든 게 나를 두근대게

해.

－『두근두근 내 인생』(271~272쪽)

　　그런데 사이버 공간에서 만난 이서하는 17세 골수암을 앓고 있는 소
녀가 아니라 36세의 중년남자였다. 타자와의 만남에서 우려했던 상처,
배신, 이별 등 두려움의 실체와 대면한 아름의 통과제의는 잔혹할 만큼
쓰디쓰다. 시한부 인생을 살아가는 희귀병 소년소녀의 사랑을 주제로
소설을 쓰기 위해 17세 소녀처럼 위장하여 아름에게 접근했다는 이서
하의 정체는 커다란 충격일 수밖에 없다. 아름은 기부프로그램 PD 채
승찬과 어머니의 대화를 우연히 엿들어서 이서하의 정체를 알게 되지
만 끝내 모른 척 한다.

　　가상인물 이서하는 호기심으로 시작한 만남이었지만 아름에게는 첫
사랑이었고, 그 무엇과 대체불가능한 절대적으로 소중한 만남이었다.
작가 지망생의 거짓된 만남과, 아름이 부여한 진정성의 의미 사이에 존
재하는 간극은 눈 덮인 크레바스처럼 위태롭다. 누군가를 만나고 사랑
하고 이별하는 과정에는 필연적으로 오독이 존재하기 마련이다. 의도
적인 위장이 아닌 경우조차 상대방에게 부여하는 이미지와 실존의 사
이에는 위태롭고 큰 빈틈이 존재한다.

　　이 빈틈은 무엇으로 채울 수 있을까? 그의 존재가 17세 골수암을 앓
는 소녀가 아니라 36세 시나리오 작가 지망생이라 할지라도 아름이 가
짜 이서하와 만남의 과정에서 지녔던 소통의 과정과 즐거움은 실존이
다. 그리고 소통의 실체는 '나'의 변화에서 확인할 수밖에 없는 것 아닌
가? 그렇다면, '그대'의 변화여부는 나로서는 상상의 영역이며 필연적으
로 오독을 수반할 수밖에 없다. 결국 아름은 실존과 오독의 빈틈을 비집
고 들어가는 것에 성공한다. 소통의 간절함과 그것이 통했던 교감의 실
존에 대한 진정성이 이를 가능하게 한 것이다.

"그래도 한번쯤은 네게 이 얘기를 전하고 싶었어. 우린 한번도 만난 적이 없지? 직접 목소리를 들은 적도 없고, 얼굴을 마주한 적도 없고. 어쩌면 앞으로도 영영 만날 수 없을 테지? 하지만 너와 나는 편지 속에서, 네가 하는 말과 내가 했던 얘기 속에서, 나는 너를 봤어."(……)

"그리고 내가 너를 볼 수 있게, 그 자리에 있어 주었던 것. 고마워."
                                    ─『두근두근 내 인생』(308 ~ 309쪽)

아름은 "너와 나는 편지 속에서, 네가 하는 말과 내가 했던 얘기 속에서, 나는 너를 봤어."라고 확신한다. '나'에게 왔던 순간의 느낌과 변화를 실존으로 받아들이고 고마워함은 '너'와 무관할지도 모르는 '나'의 절대적 기쁨 때문이다.

다음은 아름이 가짜 이서하임을 알면서도 진짜 이서하로 받아들인 내면의 깨달음을 고백하는 생애 마지막 인사이다. 신체의 노화로, 직접 적지 못하고 아빠에게 대필하도록 함으로써 아름과 아빠와, 진짜 이서하(36세 중년 남성)가 대면하는 장면이기도 하다.

(……) 어릴 때 나는 까꿍놀이라는 것을 좋아했대. 아버지가 문 뒤에서 '까꿍!'하고 나타나면 까르르 웃고, 감쪽같이 사라진 뒤 다시 '까꿍!'하고 나타나면 더 크게 또 웃었다나봐. 그런데 어느 책에서 보니까, 그건 아이가 눈에 보이지 않는 사물도 사라지지 않는다는 기억을 저장하는 거라더라. 그런 걸 배워야 알 수 있다니(……) 그러니 당분간 내가 네 눈에 보이지 않는다 해도, '까꿍'하고 짓궂게 사라진다 해도, 어릴 때 우리가 애써 배운 것들을 잊지 말아줄래? 그 사이 나는 네게 들려줄 얘기들을 계속 모아두고 있을게. 그리고 언제고 너의 행운을 빌게. 그럼 또 봐. 안녕
                                    ─『두근두근 내 인생』(318쪽)

"어쩌면 정말 나랑 상관없는 사람"으로 치부함으로써 작가는 이서하의 정체를 베일 속에 남긴다. 고립된 존재와 타인과의 관계 맺기는 숙성과정이 필요할 것이다. 두 개의 물질이 만나 서로 변화하여 새로운 물질을 만들어내는 것처럼 말이다. 서로에 의해 서로의 존재가 변화해야 숙성이 가능한 것처럼, 진정한 소통의 힘은 서로의 변화 속에서 가능하다. 아름이 이서하를 가슴에 끌어안을 수 있었던 것은 숙성과정을 통해서이다. 이서하로 인하여, 소설쓰기를 다시 시작하였고, 끝까지 완성하였으며 타인에 대한 다양한 정념의 과정에 동참하고 교감할 수 있었다. 이서하라 자처하는 누군가를 통하여 진짜 이서하를 만났으며, 위장과 착오가 있었지만, 결국 오독의 힘으로 소통의 최대치 가능성에 도달할 수 있었다. 이서하의 정체가 무엇이었든지, 서로 교감의 순간이 존재했고, 그 만남의 진정성은 내 생애 가장 소중한 순간으로 영원히 간직할 수 있게 된 것이다.

나) 삶과 죽음의 경계에서 소설쓰기

아름은 죽음을 앞두고 엄마와 아버지의 사랑 이야기인 「두근두근 그 여름」이라는 소설을 쓴다. 10대 부모에게 태어나서 조로증이라는 불치병으로 17세에 생을 마감해야 하는 아름에게 소설을 쓰게 하는 작가의 의도는 무엇일까? 소설쓰기가 죽음을 앞둔 유한한 인간의 존재확인을 향한 몸짓이라고 고백하는 것으로 읽어도 무방하지 않을까? 모든 예술행위가 죽음 충동에서 벗어나기 위함이라는 발언을 빌리지 않더라도 이 고백은 메타소설의 의미와 무관하지 않다.

많은 평자들이 주목한 것과 같이 이 작품에서 소설쓰기는 서사의 핵심과 이어진다. 아름이 소설을 쓰거나, 단어를 찾는 모습은 작가 김애란의 실제 창작과정의 장면과 자연스럽게 겹치기도 한다. 이전에 김애란은 메타소설을 발표하여 관심을 받은 작가이다.

「종이 호랑이」는 방 한 칸의 공간에 빈틈없이 포스트잇을 붙여 나가며 소설을 준비하는 작가지망생의 이야기이다. 이 소설의 마지막 장면은, 포스트잇을 붙여놓은 방이 불타버려 소설이 사라지지만 '희망'이라는 두 글자만 살아남는다. 포스트잇은 현대적 소설쓰기의 방법론과 연관지어 생각할 수 있다면, 희망이라는 글자는 작품 내용이나, 작가정신과 통한다.

아름의 소설쓰기 역시 중요한 것은 희망이다. 루쉰은 "희망은 미래에 속하는 것"이라 했다. 이 작품에서 희망이 살아남는다면, 현실과 비현실의 경계에서 진부한 구조를 탈피하고 있기 때문일 것이다.

아름은 부모의 사랑 이야기를 써 18세 자신의 생일날 부모에게 선물하기 위해 소설쓰기를 시작했다. 하지만 뱃속에 든 '나'를 지우기 위해 "밤새도록 운동장을 뛰고 또 뛰었다"는 엄마의 고백을 엿듣고 '나'는 쓰던 글을 삭제했다. 그런데 다시 "울며 겨자 먹기로 소설을 쓸 수밖에" 없게 된 사연은 이서하에게 글을 쓴다고 했던 말 때문이었다. 하지만 아름은 어느 순간 "그 아이나 부모님만을 위해서가 아니라 나를 위해서" 쓰고 있음을 깨닫게 된다. 이처럼 주체적 희망을 분만하는 과정에서 태어나는 것 그것이 소설쓰기임을 재확인시킨다.

차미령은 『두근두근 내 인생』의 작품론인 「이야기꾼의 탄생과 진화 1」에서 이서하와 아름의 소설쓰기의 연관성을 주목한다. 다소 길지만 직접 인용해 본다.

> 자기에 대한 주석이자, 해석이라는 측면에서 소설의 말미에 실린 「두근두근 그 여름」과 이서하와의 관련성을 적어두는 것이 좋을 것 같다. 애초에 '나'의 소설쓰기가 이서하로부터 촉발되었거니와, '나'가 「두근두근 그 여름」을 쓰는 시기는 이서하와 메일을 주고받던 시기와 일치한다, '나'는 한편으로는 이서하에게 편지를 보내고, 다른 한편으로는 「두근두근 그 여름」을 써나간다. 어머니의 노래 〈산너머 남촌에는〉과 이서하가 보낸 〈Antifreeze〉를 비롯하여, '나'가 쓰고 있는 부

모의 연애와 이서하와 자신의 관계가 교차하는 흔적을 살펴보는 일은 흥미롭다.[9]

차미령의 논의가 흥미로운 이유는 "한아름 그는 미성년 구보다"라 단언하는가 하면, "한아름은 작가 김애란의 분신"으로 이 작품을 읽고 있기 때문이다. 특히 작품의 구조를 "이야기에 대한 담론을 구축"하는 관점에서 읽음으로써 "부모보다 늙은 자식"이라는 설정도 "메타포는 이 소설을 사회사적인 문맥에서" 볼 수 있는 여지도 발견하고 있다. 특히 이서하라는 인물을 이야기꾼으로서의 가상인물로 「두근두근 그 여름」의 작품을 쓰게 하는 중심인물로 작품을 해석함으로써, "나가 이야기에 보내는 긍정과 신뢰"로 마무리한다.

조로증 소년 아름은 17세의 정신나이와 80세의 신체나이가 합쳐진 인물이다. 그래서 늙음 안의 젊음과 젊음 안의 늙음을 지닌다. 죽음을 예감하는 것은 두렵지만 신비롭기도 하다. 우리 모두는 죽음을 예감하면서 순간순간 망각하며 살아갈 뿐이다. 이렇게 망각하면서 사라지는 것을 환기하여 붙잡아 둘 수 있는 힘, 아름답게 다시 살려내는 삶의 에너지가 필요하다. 이 에너지는 유쾌하게 생을 즐길 수 있는 동력을 발휘한다. 유한함을 지닌 생명체의 영원성 지속을 위한 노력, 복원을 위한 탐색, 그 틈새에서 소설쓰기가 이루어진다.

죽기 전에 대부분의 사람들은 유언을 남긴다. 아름에게 소설쓰기는 일종의 유언과 같은 것이다. 아름의 소설을 유언으로 읽는다면 소설가의 존재감은 보다 중량감 있는 자리매김이 가능할 것이다. 아름은 소설쓰기를 통하여 죽음의 두려움—사라진다는 것—과 맞설 수 있었다. 들뢰

9 차미령 「이야기꾼의 탄생과 진화1—김애란 장편소설 두근두근 내 인생 읽기—」, 『문학동네』 2011년 가을, 117쪽.

즈에 의하면, 우리가 살아가는 모든 몸짓은 죽음과의 싸움이다. 생을 마감하면서 한 편의 소설을 쓰는 의미를 배제한다면, 에필로그로 설정한 작품 속 한아름의「두근두근 그 여름」의 자리매김은 애매해 진다. 차미령의 언급대로 이 작품은 "큰 어른나무의 수호와 물뱀의 인도 아래 가히 신화적인 분위기"를 지니면서 "축제적"(120쪽)이기 때문이다.

소설의 마지막은 아름이 자신의 죽음을 스스로 암시하면서 하는 말이다. "보고 싶을 거예요." 이 말은 "나를 잊지 마세요"의 다른 표현일 것이다. 생명체가 가장 뚜렷하게 흔적을 남기는 방법은 자신의 유전자를 지닌 2세를 만드는 것이다. "아버지, 내가 아버지를 낳아 드릴게요. 어머니 내가 어머니를 배어 드릴게요. 나 때문에 잃어버린 청춘을 돌려드릴게요."(324쪽)와 같이 아름은 소설을 통해 어머니와 아버지를 잉태, 분만한다. 신체적 유전자 아닌 흔적을 남길 수 있는 방법으로 소설쓰기를 선택한 것이다. 더욱이, 아름이 쓴 소설은 삶의 기록에 머무르지 않는, 잃어버린 청춘을 되살릴 수 있는 가능성으로서의 희망을 향해 손을 들고 있다. 한순간의 젊음과 사랑은 생명을 잉태하는 신비한 능력으로 영원한 아름다움을 창조하여 유지하는 것으로 그 속에 죽음까지 동반한다. 하지만 소설은 이 모든 것들을 사라지지 않도록 복원, 재창조하는 신비한 힘을 지니고 있다고 믿고 있지 않은가?

세상의 모든 소통에는 틈새가 존재한다. 틈새가 작게 느껴지기도 하지만 때로는 "눈 덮인 크레바스처럼"(11쪽) 깊이를 알 수 없이 당혹감을 준다. 이 틈새를 메울 수 있는 최상의 언어는 사랑일 것이나 그 사랑의 실체는 허구성의 혐의가 짙다. 상상을 동원하여야만 사랑의 정념에 도달할 가능성이 높아질 뿐이다. 다만 그 사랑의 가능성을 슬프고 아름답게 그려낸 작품을 통하여 우리는 다시 한 번 인간의 소통가능성에 희망을 갖게 된 것이다. 하지만 이것 역시 틈새를 메우겠다는 사랑의 힘이 필수조건이다. 소통의 가능성이 열려 있다는 믿음을 지녀야 버틸 수 있는 고립된 주체에게만 한정된 희망일 것이다.

사족같은 이야기를 덧붙인다. 이서하가 아름의 병실에 나타나 "미안하다"는 말을 남기고 사라지는 장면은 소설 구성상 필연적인 설정인가? 작가의 윤리를 말하고자 함인가? 작가가 이 장면에서 의도한 몇 가지 가설을 생각해 본다. 김애란 스스로 소설가라는 존재가 지닌 경박스러움을 꾸짖고 반성하는 장면으로 읽는 것이다. 소설쓰기라는 울림이 누군가의 삶과 죽음, 슬픔과 기쁨을 몰래 엿보는 것에 멈출 때의 자기고발이나 자아비판처럼 느껴지기 때문이다. 때로는 불행이 삶을 구원하는 경우가 있다. 아름은 신체와 정신적 나이의 불균형 때문에 어른들의 세계를 넘나들 수 있는 특권을 지닌다. 작가가 만들어내는 이야기의 능력과 통하는 힘이기도 하다.

다른 하나는, 조로증이라는 희귀병을 앓다 죽어가는 아름에게 소설가로서 미안해하고 있다는 것이다. 작가가 허구로 창조한 인물에게 부여하는 인격체로서의 소통이다. 또한 누군가의 슬픔을 희귀하다는 이유로 작품의 소재로 차용하면서 사람을 '그'가 아닌 '그것'으로 대하는 직업 소설가들에 대한 경고일 수도 있겠다.

이런 관점에서 이서하는 작가지망생이 만들어낸 허구인물이다. 하지만 아름이 스스로 이서하의 존재의미를 부정하지 않듯이 허구인물에게 의미를 부여하는 것은 소통행위에 참가했던 주체자의 선택의지이다. 아름이 "너를 봤다"고 확신하고 "그 자리에 있어 줘서 고맙다"고 한 것처럼 작가로서의 김애란은 자신의 작품에 존재하는 소통의 틈새를 독자 스스로의 오독으로 다양하게 풀어갈 것임을 예견함으로써 희망을 지니기로 작정한 듯이 보인다.

희망에 대한 오독의 가능성을 열어 놓았다는 점에서 이 작품은 강력하게 소통을 갈망한다. 틈새의 힘을 창출하는 것은 무엇일까? 그것은 '나'와 '너'의 고립된 주체로서의 자각과, 소통에 대한 열망일 것이다. 작품을 읽고 해석하면서 김애란이 마지막까지 살아남기를 바란 '희망'이라는 두 글자를 비타민처럼 씹어 삼켰다. 그 효과는 얼마나 갈 것인가?

과잉섭취로 체내에 남아 독소가 되지는 않을까? 짐짓 우려되는 마음조
차 씹어 삼킨다.

2.
바흐찐의 눈으로
이문구의 『우리 동네』 읽기

Ⅰ. 시작하는 말

이문구의 『우리 동네』가 발표된 시대(1977년 ~ 1981)는 긴급조치
와 18년 장기집권의 말년 그리고 80년 광주 민주화 항쟁의 발발과 관련
하여 욕망과 가치관이 다층적으로 혼재했었다. '국민소득 100억불 수
출'이라는 명분으로 일인 독재가 이루어졌고, 흑백 TV로 상징되던 개
발도상국 시대였다.[10] 고등학생들은 교련복을 입고 학도호국단 조회를
섰으며, 필자의 학창시절 오후 시간 내내 단체 마스게임 훈련[11]에 한 달

---

10 컬러 텔레비전의 국내 판매는 1980년 8월 1일부터 시작되었고, 1980년 12월 1일
컬러 방영이 시작되었다.
11 박민규, 『문학동네』 67호, 「메스게임 제너레이션」은 70년대의 표정을 참신하게 포

이상 동원되었던 지긋지긋한 기억도 있었다. 거리에서 가위와 자를 가진 경찰이 아가씨들의 치마길이를 재고 청년들의 머리를 가위질했다. 이에 맞서 민주화 열기가 체화되었던 시국이며, 젊은이들은 수시로 불온 유인물 소지를 핑계로 호주머니나 가방속까지 불쑥불쑥 침탈당해야 했다.

　소설 『우리 동네』의 특장은 전체주의적 유신독재, 군사문화에 저항하는 장삼이사의 농민존재에 주목하였다는 점이다. 이는 일상의 크로노토프에서 '형식적 감시와 소극적 저항'을 통하여 독재시대를 살아남은 몸짓이기도 한 것이다. 그런 의미에서 당연히 이문구 소설의 인물은 모더니즘 소설의 '산책자'보다는 리얼리즘 소설의 '문제적 인물', '세계사적 개인'에 가까울 것이다. 과거 현재 미래의 아우라를 함께 중시한다는 점에서는 더욱 그러하다. 그런데도 이 세계사적 개인은 놀이형 인간의 모습을 담고 있다는 점에서 단순하지 않다. 시대성을 담는 동시에 개성적 인물로서 전형성을 성취한다는 것은 때로는 하나의 이상일 수도 있다. 하지만 『우리동네』는 이 이상을 성취하기 위한 장치를 다양하게 구사하였다. 특히 창작의 자유가 극도로 제약되었던 상황에서 새로운 소설 장치를 통하여 민초들의 닫힌 울분을 카타르시스 하였던 것이다. 순박하고 목가적이며 자기희생적인 농민의 모습이 아닌, 저항하고 즐기면서 상황을 주체적으로 받아들이는 새로운 인간형을 창조하였다. 1970년대를 온몸으로 밀고 가는 진짜배기 생존형 농민의 모습이 창출된 것이다.

　그러나 소설 속의 농민은 소위 '투사형'과는 거리가 멀다. 특히 『우리동네』의 장삼이사 인물들은 점잖음ㆍ진지함과 거리를 두며 때로는 소소하게 저항도 하고, 공격하거나 당하면서 상황을 역동적으로 변화시

착한 작품이다.

킨다. 이때 발생하는 신명으로써 억압적이고 지루한 일상을 순간이나마 놀이판으로 만들면서 타자로서의 농민이 주체가 되는 소통의 순간을 창출한다.

이 놀이판은 '말'이 중심이 된다는 점에서 주목을 요한다. 또한 이들이 사용하는 사투리나 비속어는 일상의 공간에서 행할 수 있는 자기표현의 기호로 작용한다. 직설적 언어가 금지되었던 시대, 흑백 TV로 세상을 보는 것처럼 흑백논리의 권력 담론만이 허용되던 시대에 이 '말의 놀이판'은 서러움의 한풀이이자, 현재의 일상을 견디며 미래로 한 발 나아가는 자기단련이자, '놀이판의 우리'를 키워내는 힘이다. 이렇게 말로 벌이는 일상의 향연이 억압의 시대에는 그 자체만으로도 곧 저항의 논리와 통하기 때문이다.

여기에서 '말'을 '말'로 뒤집어 상황을 새롭게 이끌어가는 '다성성의 '대화'가 탄생한다. 이러한 대화 형식이 이문구 소설읽기의 핵심 줄기가 될 때 텍스트 안과 밖, 그리고 작품의 중심과 주변을 넘어서는 더 많은 주인공들을 만날 수 있고 그들과 더 풍요로운 대화를 나눌 수 있지 않을까?

이문구 소설을 '대화'와 관련하여 의미 찾기를 시도하는 것은 일찍이 한수영 등이 주목하여 지적한 바 있다.[12] '다성성 대화'이론으로 이문구 소설을 읽을 때 비로소 작품의 한계로 지적된 부분들을 바로잡을 수 있

---

12 이문구의 소설에 있어서만큼은 어휘와 문장, 또는 문체를 아우르는 그의 소설 속의 말들이 이미 방법이나 묘사의 차원이 아니라, 그것 자체로 하나의 주제이자 이념의 위치에 놓여 있다는 사실이었다. 특히 우리가 주목해야 할 부분은 그의 소설 속에 나오는 대화 들이다. 이 대화들이야말로 발화자에게 그 소유권이 귀속되지 않고, 발화자가 청자와 함께 공유하고 있는 사회적 조건들을 중층적으로 그리고 구성적으로 보여주고 있다. 바흐찐이 이야기하는 대화란 단순한 대화와 상호작용을 의미하는 것을 넘어서서 역사의 무대에 명멸하는 다양한 사회계층들의 역학관계를 반영하는 갈등과 투쟁이 이루어내는 구체적 관계의 체계를 의미하는 것이다. 한수영, 「말을 찾아서」, 『문학동네』, 2000 가을, 255쪽.

다는 시사점을 언급한 것이다. 여기에서 '다성성 대화'란 바흐찐의 문학 이론을 바탕으로 한다. 담론에 담긴 다양한 계층과 사회적 관점을 담아내는 소설의 특성에 주목하여 다양한 갈등과 세계관이 대화의 층위로 표출될 때 울림과 반향이 풍요로워진다는 것이다. 필자는 이문구 소설의 키워드를 '다성성 대화'로 보고, 작품 『우리 동네』를 중심으로 '주체 구성의 농민 보여주기', '형식적 감시와 소극적 저항', '언어의 카니발' 세 가지 의미의 색채를 밝혀보고자 한다.

II. 주체 구성의 농민 보여주기

소설 『우리 동네』는 '타자로서의 농민'을 넘어서는 '주체 구성의 농민'을 보여준다. 그 모습에는 이기영의 『고향』에서 성취한 전형적 인물로서의 동경 유학생 출신 이희준을 넘어서는 새로움이 있다. 시대의 모습을 반영하면서 저항하는 동시에 그 삶 자체를 즐기는 인간상을 보여주기 때문이다.

경제적, 정치적 타자로서 체념과 불신의 이미지를 지닌 농민의 모습을 벗어나려는 주체적 의지를 지닌 존재로 보여진다. 이러한 주체 구성의 지향은 자기풍자(자기비판)와 소극적으로 저항하기 측면에서 드러난다. 농민의 존재를 목가적이고 서정적인 존재로 대상화시키거나 농민투쟁을 선도하는 투사형 인물로 이상화하지 않으면서 문제적 인물로 설정하기란 쉽지 않은 작업이다. 근대화 과정에서 이중 삼중의 희생을 감내하면서 경제적 또는 사회적으로 소외되었던 상황을 고려하면 더욱 그러하다. 소설속의 등장인물들은 분노할 줄 알면서도 적극적으로 생을 즐기며 자기발언을 한다. '말이 많을수록 일을 끝내면 죄용허더라'처럼 함께 일을 논의하고 책임진다는 의식이 있다.

"그러믄요. 되는 동네는 이렇다구유. 워떤 사람은 말 많은 걸 질색 허구, 가급적이면 쉬쉬 허려구 허는디, 그것은 워디까지나 독째……하여간 다시 말허면, 말이 많은 동넬수록이 일을 끝내면 죄용허더라 이거유."

– 「우리 동네 황씨」(410쪽)

장삼이사로서의 주체적 농민은 어떤 존재인가? 이문구가 창조한 새로운 농민형 인물은 소시민적 근성을 보이면서도 저항을 포기하지 않고, 주어진 상황을 즐길 줄 알며, 주체적으로 삶을 향유한다. 이러한 주체적 농민을 어떻게 보여주고 있는가? 이 장에서는 주체로서의 농민형 인물 창조의 방법과 그 의의를 탐색하고자 한다.

『우리 동네』는 담론의 다양한 층위가 역동적으로 전개된다. 이 소설을 읽는 재미는 등장인물인 장삼이사가 보편성을 지니면서 구체적이고 개성적인 인물로 다가온다는 점이다. 이것은 작가의 전략적 장치이기도 하다. 이문구는 채만식의 『태평천하』처럼 '말해주는 글'이 아니라 '보여주는 육성'[13]의 재미를 준다고 했다. '보여주는 육성'의 재미를 성공적으로 창작에 반영한 것이 『우리 동네』 연작이다.

여기에서 등장인물을 이름이 아닌 성씨로 표현하고 있다는 점은 무엇을 시사하고 있는가? 이는 보편자로서 형상화하겠다는 작가의지이다. 소설 속의 이 아무개는 특별한 개인이 아니다. 우리 시대의 농촌에 몸을 담은 갑남을녀 모두를 대표한다는 의미이다. 그렇다면 그가 과연 구체적으로 어떻게 '개별자를 보편자로 보여 주었는가'를 찾아봐야 할 것이다.

등장인물들은 언어를 통하여 자신의 존재를 드러내고 주장하고 보여

---

13 이문구, 『청소년이 읽는 우리 수필』, 「이야기책과 애늙은이」, 돌베개, 2004, 20쪽.

준다. 이때 작가는 등장인물의 말 즉 그 육성의 생산자가 된다. 다시 말하면, 담론 형성의 과정, 담론 자체에서 개별자와 보편자의 합일된 존재가 만들어진다는 것이다. 이때 작가와 독자가 자신만의 목소리와 색채를 지니면서 대화에 참여하는 점이 중요하다. 즉 인물의 캐릭터가 소중하다는 얘기다. 「우리 동네 리씨」에서 크리스마스나 망년회를 앞두고 리낙천씨 집안에서 벌어지는 일은 농촌 구석까지 파고드는 소비문화에 황폐해지는 농촌 사람들의 모습이 그려진다. 물론 소비적 욕망을 향해 치닫는 행태는 부정적이므로 가족의 대화가 오순도순 이루어지지 않는다.

어린 것이라도 자나깨나 크리스마스와 징글벨 소리로 귀가 닳창나다 보니 그것이 무슨 푸짐한 구경거리처럼 여겨진 눈치였다. 아내가 말했다.

"그 오백 원 같은 소리 작작 해둬라. 돈은 왜 나버러 달라네? 등장에 댓진 바른 사람 니 옆댕이 누워 있는디……. 니미는 늬 애비 만난 뒤루 돈 안부 끊겨서, 오백 원짜리에 시염이 났는지, 천 원짜리가 망건을 썼는지, 질바닥에 흘린 것두 못 알어봐서 못 줏는단다."

뒤통수가 무럽고 군시러운 것이, 아내가 두 눈을 모들뜨고 노려보는 게 분명해 리는 견딜 수가 없었다. 리가 기침을 참을까 말까 망설이는데 만근이는 다시 아망을 떨었다.

"돈 안 주면 가만 있을 중 알구? 그럼 저금통을 찢지, 씽."

만순이 만실이가 여으내 가으내, 구무정, 거리티, 솔미, 저무니, 늦들잇들 같은 이웃 동네 들판까지 쏘다니며 논두렁 밭고랑을 뒤져, 소주, 콜라, 음료수 병을 주워모아 내년에는 기어이 서울로 피서여행을 가겠다고 모은, 책상 위의 돼지 저금통더러 한 말이었다.

"옳지 그렇게 쓸 것만 닮어라. 그늠으 크릿스마쓴지 급살을 맞쓴지는 왜 생겨설랑 읎는 집 새끼덜 간뎅이만 덜렁그리게 허는구……."

아내는 절로 나오던 탄식을 짐짓 긋더니.[14]

크리스마스를 배경으로 한 농촌의 가정 이야기이다. 아내는 아이의 욕구를 채워주지 못하는 처지의 가난에 대한 남편의 무능을 원망하면서 세태의 변화에 흔들리고 있다. 아이는 크리스마스에 대한 최소한의 요구사항을 내걸며 신세대의 입장을 대변한다. 아내는 아이의 생각을 부정하지 않지만 가난함 때문에 해줄 수 없는 처지를 남편의 무능 탓으로 몰아 부친다. 또한 남편은 자신의 무능은 인정하지만 소비지향으로 변질된 크리스마스를 인정할 수는 없다. 아이와 아내와 남편의 서로 다른 세대, 성별, 관점의 차이가 혼성되어 울려 퍼지는 하모니에는 독자와 작가도 함께 참여하게 된다. 여기서 작가는 남편 리씨에 가깝다고 여겨진다. 하지만 아내와 아이들의 입장과 소망 역시 비슷한 비중으로 다가온다. 그리하여 '노래 제목 하나는 제 소리나게 붙였네. 징글징글헌 늠으 징글벨……' 하는 대목에서 소비풍조를 조장하는 대중문화에 대한 풍자는 절정으로 치닫는다.

따라서 이 부분을 '가족끼리의 공격적 가학적' 의미로 해석해서 '세태 풍자'와, '농촌사회의 공동체 붕괴'로 규정하는 견해를 따르기보다는 '다성성의 대화'로 읽는 것이 작품의미를 살리는 지향점이 될 것이다. 농촌 사회에 급속하게 파급되는 '대중적 소비문화에 대한 다층적 이질혼성성'으로서 남편과 아내와 아들 입장을 표현하는 '다성성의 대화'로 추론할 때 세태에 대한 풍자라는 의미부여도 더욱 살아나기 때문이다.

이때 풍자의 대상에는 자기 자신도 포함된다. 작품 속의 리씨는 변화된 세태를 인정하지 않는 무능함으로 희화화된다. 따라서 '크릿쓰마스

---

14 이문구, 『우리 동네』, 「우리 동네 리씨」, 민음사, 1981년, 39 ~ 40쪽. 앞으로의 작품 인용은 소제목과 쪽수만 표기함.

는 예수 믿는 사람이나 소용있는 날이라구 타이르지두 못혀?' 하는 리씨의 원리원칙적인 발언은 공허할 뿐이고 아내의 말이 현실적임을 받아들일 수밖에 없다. '초파일날 지달려 꽹매기 치메 노는 것덜치구 부처 위허는 것 봤어?' '헐 말 읐걸랑 윤 서방네서 델러 오기 전에 여물솥에 연탄이나 갈어놓으.' 하는 타박까지 듣는다. 여기에서 독자들의 가슴이 답답해지는 공감대가 형성된다. 농촌사회에까지 파급된 소비성향의 악순환이 되풀이 된다는 것을 알게 모르게 체득하고 있기 때문이다. 아래의 예문과 같이 풍자의 대상이 '농민, 장삿꾼, 사내들, 사람들'이 되면서 함께 문제의식을 공유하는 소통의 순간에 동참할 수밖에 없다. 그런데 과연 누가 누구를 풍자하는가?

> 사내들은 술 생각이 나면 떼지어 장터로 몰려나가곤 했다. 그전 같으면 기껏해야 호미씻이하는 백중에 보릿되나 여투어 개를 한 마리 도리기해 먹거나, 안는 닭 비틀어놓고 막걸리 두어 되 추렴하는 게 고작이었다. 그러나 그때는 옛날이었다. 이제는 본전을 찾자면서 장터로 몰려나가 일 년 동안 드나든 단골집들을 훑는 게 버릇이었다. 동네 청년들과 장터 장사꾼들은 피차 상대방을 물주로 여기고, 서로 꾀를 다하여 등쳐먹으려고만 들었다. 장사꾼들이 일 년 동안 갖은 물품에 웃돈을 얹어 농민들에게 바가지를 씌웠으므로 얼핏 생각하면 동네 청년들이 본전을 빼먹으려 덤비는 것도 무리가 아니었다. 하지만 그 역시 올가미였다.
>
> ―「우리 동네 리씨」(44∼45쪽)

동네 청년들과 장터 장사꾼들이 '서로 꾀를 다하여 등쳐먹으려'하고 '장사꾼들이 일 년 동안 갖은 물품에 웃돈을 얹어 농민들에게 바가지를 씌웠다'고 여기며 '단골집들을 훑는 게 버릇'이 된 농민의 모습은 작은 이익을 계산하는 속물적 존재이다. 물론 현대를 살아가는 사람이라면 누구에게

나 속물적 근성이 존재한다. 이를 합리화하지 않고 '그 역시 올가미였다'고 보는 '우리 동네 리씨'는 조금이라도 손해를 보지 않겠다고 영악을 떨어보지만 결국 농민들은 피해자가 될 수밖에 없음을 자각한다.

'리씨'의 비판은 농민들이 선호하는 음식과 술로 이어진다. 생일초대 자리에서도 소박한 마음으로 함께 음식을 즐기지 못한다. '술을 가리는 꼴'이 '우스운 것은' 유행에 따르는 모습 때문이다. '환타, 콜라, 사이다, 박카스 따위를 영양제로 믿는' 사람들에 대한 비판은 혐오에 가깝다.

> 전에는 먹던 김치 짠지에 진딧국만 끓여놓고도 부를 만한 이면 나이 없이 부를 수 있었고, 투가리에 우거지 지져 간장 곁에 놓고, 바래기에 시래기 무쳐 장아찌 앞에 올린 상을 받더라도 허물한 적이 없었으나, 시절도 시잘 같잖던 것이 어느새 옛말하게 바뀌어버린 거였다.
> 사람들은 미역국에 고깃점만 드물어도 눈치 보며 수저를 넣었고, 동태찌개도 물태로 끓인 게 아니면 쳐다보기를 꺼렸으며, 반드시 울긋불긋한 과일 접시가 보여야만 남을 부르려고 차린 줄로 여겼다. 그중에서도 우스운 것은 술을 가리는 꼴이었다. 그들은 아무리 날탕이라 해도 맛이 흐린 막걸리는 맥주 무서워하듯 물어도 안 보다가, 영양제 탄 소주라면 횟국으로 쳤다. 환타, 콜라, 사이다, 박카스 따위를 영양제로 믿는 탓이었다.
>
> ─「우리 동네 리씨」(55쪽)

이러한 상황에서 리씨는, 습관적인 불법행위나 원칙 깨기가 일상화된 세태를 인정하지 않으려 한다. 즉 급변하는 세태 속에서도 자신만의 '리'씨를 찾겠다는 것이다. 이 부분은 '다성성의 대화'보다는 단성성의 독백이 느껴지면서 오히려 소통의 장애가 된다.

> 늬덜이나 늬 어매는 나를 넘덜허구 똑같이 치는 모양인디, 나는 원

래가 그렇지 않다. 시방 구신이 옆에 있지만, 나는 내 양심 내 정신으루, 내 줏대, 내 나름으루 살자는 사람이다. 지금까장은 이리 가두 홍, 전주 가두 홍 허메 살어왔지만 두구 봐라, 아무리 농토백이루 살어두 헐 말은 허메 살 테니. 그렇게 늬덜두 오늘버텀은 공책이나 시험지에 이름을 쓸 때두 꼭 리만순, 리만실, 이렇게 쓰구, 명찰두 당장에 새루 써 달어라.

- 「우리 동네 리씨」(58쪽)

따져봐라 우리게만 해두 이가가 좀 많데? 이동화, 이창권, 이낙수, 이낙만, 이낙필이……그러나 이 리낙천은, 그것덜허구 씨알은 비스름헐지 몰러두 줄거리가 다르다. 그것덜은 세상이 꺼구루 돌어가두 나만 괜찮으면 장땡인 중 아는 상것덜이여. 그런디 내가 그런 상것덜허구 하냥 이가 노릇을 허면 쓰겄네? 이짜는 원래 오얏 리짜여. 그렇게 우리는 원리원측대루 리씨루 쓰자는 겨. 원리원측대루 허는 게 곧 바로 사는 행세다

- 「우리 동네 리씨」(58쪽)

'원리원측대루' 살겠다는 의지가 '리씨루 쓰자'는 결심으로 이어지며 이것이 '바로 사는 행세'라고 주장한다. 하지만 이 원칙이 이웃과의 소통 공간을 차단한다. 심지어 아내까지 비웃고 아이들은 이해조차 하지 못한다. 이 소통 부재 속에서도 자신만의 원리원칙 지키기에 충실하고자 했던 리씨 역시 철저하지 못하고 서서히 무너지기 시작한다.

자기 생각에도 어이없는 일이었다. 남과 달리 원리원칙대로 행세해야 올바로 사는 길이라며 손수 갈아 단 문패를 스스로 떼어버린 셈이었다. 그는 부끄러웠다. 뉘우침과 후회도 부질없는 짓이었다. 오늘만 해도 자고 나서 일변 지금까지 남과 다를 것 없는 짓만 골라 한 꼴이었

다. 그것은 허당이었다. 그는 그 허당을 느낀 순간 문패를 그전대로 다시 고치리라고 다짐했다.

　그는 나온 김에 문패 만드는 도장포에 들러 이낙천으로 문패를 새로 맞출 작정이었다. 그것은 자기가 떳떳지 못한 행위에 대해 스스로 사과하고 과오를 반성하기 위한 조치였다.

－「우리 동네 리씨」(77쪽)

'리씨'는 특별한 존재로서 원리원칙을 지키고 싶었지만 인정하고 스스로의 과오를 반성한다. 원칙도 없이 세태에 떠밀려 살아가는 세상 사람들과 자신을 향한 풍자가 결국 새로운 결심으로 이어지지만 이를 실천하지 못하는 과오를 반성하게 한다.

작중화자 '리씨'는 다른 사람들을 비판하는 시선보다 자신을 향해 강하게 비판의 시선을 보낸다. '리씨'에 대한 풍자를 통하여 타자로서의 존재와 '리씨'의 관계는 가까워진다. 서로가 서로를 이해하고 너그러워질 수 있는 여유가 생긴 것이다. 하루하루 새롭게 결심하고 반성하면서 의문을 가지고 살아가는 존재로서의 주체를 자각하는 신뢰성을 준다.

시대를 자각하고 문제의식을 지니면서 자신을 표출하는 장삼이사의 보여주기는 '리씨'와 같은 새로운 농민형 인물을 창출한다. 이들은 조직 속의 일원이 아닌 개별자이다. 마을 사람의 한 명으로서 주체적으로 저항하고 주체적으로 즐길 줄 알며 주체적으로 삶을 향유한다는 점에서 차별화를 지닌다. 이를 보다 세분하여 다음 장에서는 주체적으로 저항하는 양상을 다루어보고자 한다.

III. 일상의 크로노토프– '형식적으로 감시하기와 소극적으로 저항하기'

크로노토프는 문학작품 속에 '예술적으로 표현된 시간과 공간 사이의 내적 연관'을 말한다. 이런 관점에서 이문구 소설의 '다성성 대화'의 의미를 크로노토프의 형식과 관련지을 수 있다.[15] 소설 『우리 동네』에서 그려지고 있는 인물은 시대의 억압을 감수하며 살아야 했던 농투성이 민초가 그 경우이다. 그들 작중 인물은 100억불 수출과 1000불 국민소득'을 목표로 '총화단결'을 부르짖으며 불도저식으로 밀어붙이던 시대의 희생양이었다. 농촌은 관주도의 식량증산을 위해 품종개량과 퇴비증산 운동에 열을 올려야 했고 이는 저임금 유지를 위한 저곡가 정책의 일환이기도 하였다.

이 속에서 '일상의 크로노토프'의 표정은 '형식적으로 감시하기와 소극적으로 저항하기'의 형식을 구성한다. 이는 억압의 시대를 온몸으로 살아야했던 민초들이 굴종을 최소화하면서 저항의 몸짓을 표출하는 의지로서의 의미를 지닌다.

II장에서 언급했던 바와 같이 『우리 동네』 집필 당시 작가는 관찰보호대상으로 담당형사가 딸려 있었다. 물론 담당형사가 불온작가로 지목된 이문구를 감시하는 것은 직업상 어쩔 수 없는 상황이었을 것이다. 작가 역시 이런 구조적 환경을 인정하기 때문에 담당형사의 업무상 감시에 대한 저항은 소극적 차원에 머물 수밖에 없다는 점을 지적하는 것이다. 『우리 동네』에서 벌어지는 '관과의 충돌' 또한 마찬가지이다. 정부에서 추구하는 농업정책 때문에 이를 지시하는 입장에서 면장 이장

---

15 미하일 바흐찐 지음, 전승희 – 서경희 – 박유미 옮김, 『장편소설과 민중언어』, 창작과비평사, 260쪽.

등은 벼 품종이나 정부 시책을 강제한다. 하지만 이러한 강제에 대하여 적극적으로 저항할 수 있는 힘도 없고 해서 면장 등의 입장도 고려하여 농민들은 소극적인 저항을 감행할 뿐이다.

이들 삶의 터전인 토지가 '공적이냐 사적이냐'에 대한 물음은 도시의 작은 가게나 공장이 '개인의 소유인가 아닌가'의 질문과는 차원이 다르다. 매매가 가능하고 소유자가 있는 것은 동일하나 토지와 건물의 본질적 차이가 존재하기 때문이다. 이러한 차이가 『우리 동네』에서 공간의 의미를 복잡하게 자리매김한다.

농민들은 벼의 품종 하나 자유롭게 선택하지 못한 채 국가시책에 따르도록 강요받는다. 식량자급, 식량증산이라는 명분으로 농민들을 존중하지 않는 영농정책은 '농민과 관의 대립'을 낳는다. 절대적인 관의 힘 앞에 적극적인 저항을 하지는 못하지만 내재된 불만과 불신은 나날이 커진다. 이를 무마하기 위해 영농교육장, 민방위훈련장 등에서 치밀한 통제가 진행된다.

"사실은 이 시간이 교육시간입니다마는, 가만히 앉아서 자리 흐트지 말구 담배들이나 피셔유. 지 자신이 교육에 대비하여 학습해 둔 게 있는 것두 아니구 해서 베랑 헐 말두 읊습니다. 또 솔직히 말해서 지가 예서 뭬라구 떠들어봤자 머릿속에 담구 기억허실 분두 읊을 줄루 알구 있습니다. 그냥 앉아서 죄용히 담배나 피시며 시간을 채우도록 허서유. 그런디 퇴비들을 쌓으실 때는 몇 가지 유의를 해주시라 이겝니다. 위에서 누가 원제 와서 보자구 헐는지 알 수 읊으닝께, 퇴비장 앞에는 반드시 패찰과 척봉을 꽂으시구, 지붕 개량허구 남은 썩은새나 그타 여러 가지 찌끄레기루 쌓신 분들은 흔해터진 풀 좀 벼다가 이쁘구 날씬허게 미장을 해주서유. 정월 보름날 투가리에 시래기 무쳐 담듯 허지 마시구, 혼인 쓸 때 두붓모처럼 깨끗허게 쌓주시라 이겝니다. 퇴비가 일 헥타당 몇 킬로 이상이라는 것은 잘들 아시구 기실 중 민습니다마는, 아무쪼록 식전에 두 짐, 저녁에 두 짐쓱, 반드시 비시도록 당부하는 것입니다.

그때 김은, 퇴비는 지저분할수록 거름이 짙다는 생각을 하고 있었으나, 입 밖으로는 무심히

"모냥 내구 있네. 몇 평이 일 헥타른지 워치키 알어."

하고 두런거렸다. 알아도 그만 몰라도 그만인 거였지만, 순전히 남의 말에 토 달기를 예사로 해온 입버릇 탓이었다.

– 「우리 동네 리씨」(33 ~ 34쪽)

그러구 농사는 농민이 짓는 겐디, 실지루는 관에서 마름을 보는 심이라, 이래라저래라 몰아대는 양을 볼 것 같으면 농업농산지 관광농산지 당최 분간을 못 허겠더라 이게여. 분명 누구 보기 좋으라구 농사짓는 게 아닌 중 알런마는, 뭐 시키는 걸 보면 관청 취미대루라. 그런다구 혹 제대루 된 게나 있으면 그러나나나 허지. 뽕나무 심으슈 심으슈 했던 게 불과 몇 해 전여? 인저는 그늠으 것 캐내 버리느라구 조합 돈 까장 은어댔으니…….

– 「우리 동네 리씨」(69쪽)

동네 이장은 감시하는 자인 동시에 감시를 받는 마름의 역할을 한다. 아침마다 들이닥치는 '서'와 '지'는 이러한 관공서 통제시스템의 견고함을 보여준다. 하지만 그들은 농민들을 힘들게 하면서도 인간적 친밀도를 유지한다.

마침 우리 부락 담당 두 양반허구 동넷분덜이 죄 한자리에 뫼였으니 말씀이지만, 나 이 두 양반덜 땜이 증말 죽었어. 일 년 열두 달을 하루걸이루 새벽 댓바람에 쳐들어와설랑은이 나만 볶는디, 자, 박다 말

구 빼는 것은 두 째여, 이 양반덜이 올 적마다 아침을 해대는디, 있는 쌀이겄다, 밥은 월마든지 해디려. 문제는 건건이라. 짐치, 짠지, 짐장만 먹는 집에서 증말 죽겄다구. 이 양반덜이 입이 질구, 인제는 한 식구 거짐 다 돼설랑은이 그나마 숭허물이 읎으닝께 망정이지, 우리 여편네는 환장허여. 동넷분덜말유, 제발 서 주사, 지 주사 좀 내 집에 안 오게덜 해주셔. 이 변차셉이, 동넷분덜더러 밥 떠놓으달라구 안 헐 텡게 고것만 좀 봐주셔. 두말헐 것 읎이 관에서 시키는 대루만 해주셔. 그러면 이 두 양반은 새벽버팀 내 집 찾어올 일 읎구, 나 반찬 걱정 읎구…… 이장질 두 번만 했다가는 논문서 잽혀먹게 생겼으니, 오죽 허면 이 두 양반 앉혀 놓구 이런 하소 연 허겄수. 제발 이 불우이웃 좀 도와주셔. 허라걸랑 허라는 대루 좀 해주셔.

─「우리 동네 리씨」(67쪽)

　이문구 소설에서 공간의 의미는 억압의 상처를 회복해야 할 그 무엇과 관련이 깊다. '관촌'이 그러하고 '우리 동네'가 그러하다. 과거의 '관촌'에 대한 이상적 동경과 현재의 '우리 동네'에 대한 비판적 접근은 회복해야 할 공동체 공간 때문이다. 그 공간은 사생활이 보장되면서도 공동체 공간이 가능한 곳이다. 그러나 농촌의 사생활은 대개 공개된 형태다. 좋게 표현하면 공동체 의식이 보존된 것이지만 실질적으로 공동체를 의지하는 힘이 사라진 상황이라면 이러한 의미 부여는 다소 억지스럽다.

　이중에서 특히 불편하면서도 인간적인 소통 기구는 '마이크'이다. 아침과 저녁 그리고 비정기적으로 행해지는 마이크를 통하여 이들의 생활은 통제된다. 동시에 일터라고 할 수 있는 논과 밭 자체가 수시로 사람들이 오며 가며 소통가능성이 열려있는 공간이다. 먹거리를 생산하는 일 자체의 중요성과 관련시킨다면 다행스러운 일이다. 하지만 농민 입장에서 식량 생산의 공적 중요성은 존중받지 못하고 오히려 희생을 강요당한다. 벼 품종조차 관의 통제를 받을 만큼 사생활의 영역이 침탈당하면서 피해의식을 갖지 않을 수 없을 것이다. 이러한 상황에서 관의 통제에 대한 소극적인 저항은 자연스럽게 불법행위로 표출된다. 밀주단속에 대한 알레고리적 대응이 그 예가 될 수 있다.

> 느닷없이 확성기에서 '징글벨'이 튀어나왔다. 사람들은 어리둥절하며 변을 쳐다보았다. 변도 무슨 비상인지 영문을 몰라 눈만 허옇게 뜨고 움직일 바를 몰라 했다. 그런데 이내 노래가 뭉뚝 잘리면서 "동넷분덜에게 급히 전해 드리겠습니다." 하는 부인네 목소리가 두서너 번 되풀이되는데 들어보니 이장 안식구였다. 그녀는 생전 처음 마이크를 쥐어보면서도 숫티라고는 없이 말씨부터 능청스러웠다. "시방 기별 온 것을 알려드립니다. 누가 와서 그러는디, 뇌 멕이는 개를 찍어 간다구, 지금 막 우리게루 사람덜이 떠나더라구 합니다. 개를 단단히 감추시기 바랍니다. 이상입니다."
>
> — 「우리 동네 리씨」(71 ~ 72쪽)

밀주 단속반이 떴으니 조심하라는 경고성 메시지다. 여기서 '뇌 먹이는 개'는 '밀주'를 뜻하고 '개를 감추라'는 말은 '밀주를 숨기라'는 일종의 암호다. 중요한 것은 '일상의 크로노토프'가 감시와 저항의 형식으로 구성된다는 점이다. 이때의 감시는 직책이나, 사회적 위치 때문에 어쩔 수 없이 수행되는 경우가 대부분이다. 그렇기 때문에 형식적 감시가 될 수밖에 없고, 이러한 상황을 알고 있으므로 감시를 당하는 입장에서도 소극적 저항만이 가능하다. 일단 억압을 인정하면서 저항하는 것이기 때문이다.

이 장면은 '다성성의 대화'로 볼 때 몇 가지 의미 부여를 할 수 있다. 먼저 관과의 대립이다. 수시로 밀주 단속이 뜨지만 마을 사람들은 여러 구조상 술을 담가 먹을 수밖에 없다, 그래서 밀주 감시반의 단속에 대비하여 미리 암호를 만들어서 약한 자끼리 소통하는 것이다. 단속반 또한 이 암호는 일종의 알면서 속아주는 장치인 셈이다.

'일상의 크로노토프'에서 구성되는 '형식적 감시와 소극적 저항'의 논리는 토박이말과 비속어를 통하여 '다성성 대화'로 표출한다. 그리하여 일상의 저항담론과 일상 자체가 침투 당했던 시대상황과의 관련을 보여주는 것에서 의미를 부여할 수 있다. 한수영의 '말이 이데올로기적 구성물이며, 일상 언어는 그러한 말들이 충돌하고 길항하는 공간임을 집요하게 일깨워준다'는 지적 또한 이러한 관점에서 주목해야 한다

> "사람이라는 것이 종자를 받으면 주뎅이에 처늫는 것허구 배앝는 것버텀 우선적으루 가르치는 벱이건만, 이 친구는 워치기 컸길래 남으 말에 찌그렝이 붙는 것버텀 배웠는구……불법적으루 쓰다 들켰으면 사굇적으루 나오는 게 아니구, 됩세 큰소리 쳐? 나봐 워따 대구 큰소리여? 당신 허는 짓이 보통 사건인 중 알어? 시대적으루 볼 것 같으면 안보적인 문젠겨. 뜨건 국에 맛을 몰라두 한도가 있는 게지, 되지 못허게 워따 대구 큰소리여, 큰소리가……"
>
> — 「우리 동네 김씨」(25쪽)

앞 장에서 『우리 동네』를 중심으로 이문구 소설에 나타난 '다성성 대화'의 의미를 탐색하였다. '다성성 대화'는 주체 구성의 방식이기도 하다. 이 속에서 주체적으로 발언하며 생을 즐기는 새로운 유형의 농민을 만날 수 있었다. 이와 관련하여 이 장에서는 '일상의 크로노토프'와 관련하여 독재시대의 점점 공고해지는 통제 시스템에도 굴하지 않는 저항의지 표출을 확인할 수 있었다. 다음 장에서는 이문구 소설에 나타난 '다성성 대화'의 의미를 바흐찐의 카니발리즘에서 유발하는 유쾌한 상

대성[16]과 관련하여 논의해 보겠다.

IV. 언어의 카니발 – '말'을 넘어서는 '말잔치'

이문구 소설에 몰입하다 보면 시나브로 배경음악처럼 흐르는 웃음을 만나게 된다. 인물과 인물의 갈등조차 웃음으로 마무리하는 문장의 마력이 이문구 소설의 힘이 되는 동시에 공식적 상황을 해체하는 역할을 하기도 한다. 『우리 동네』의 어느 장면 하나 웃음을 유발하지 않는 부분이 거의 없다 해도 과언이 아니다.

이에 주목하여 이문구 소설을 카니발리즘과 연관지어 보고자 한다. 카니발리즘이란 '기존 질서를 뒤엎는 민중 축제의 전통'을 말한다. 바흐 찐이 축제의 속성을 문학이론으로 정리한 것인데 권위적이고 억압적인 기성 질서 속에서 누적된 모순이 폭발적으로 터지는 일시적인 축제의 미를 중시하는 이론이다. '카타르시스'. '효용', '감화', '시대의 거울', '거울과 램프'가 의미하는 문학용어만큼 일반화되지 않은 이론이다. 카니발리즘은 리얼리즘과 모더니즘의 틈새를 해명해주지만 지배 질서의 입장에서 볼 때 무질서하고 비루해 보일 수 있다. 그러나 낡은 권위에 대한 적나라한 폭로와 파괴, 해체는 '민중의 웃음'과 일시적 해방을 유발한다. 이러한 카니발 이론은 미하일 바흐찐이 라블레의 소설을 분석하면서 민중의 저항 문화를 의미화한 데에서 유래한다.[17]

16　바흐찐은 문화를 그 수용주체에 따라 지배계층, 귀족계급의 문화인 공식적 문화와 피지배계층, 민중의 문화인 비공식문화로 구분하였다. 카니발이란 비공식문화, 집단적 민중적 특성, 웃음과 패러디를 통해 지배계층의 권위와 전통을 파괴 모든 대립되는 것이 뒤섞이는 '유쾌한 상대성'이 지배하는 세계로 중시함.

17　바흐찐의 카니발적 상황은 궁극적인 대화적 형식이며, 사회의 이질혼성이 최대한 자기 역할을 펼치는 시간과 공간이다. 이는 엄밀한 의미에서 그것은 사회 역사적 현실

이문구 소설이 지닌 '다성성 대화'의 특성은 권위와 억압을 해체하는 것과 관련이 깊다. 농민을 주체로 다루면서도 이들을 희생양이나 투사, 이상형이 아닌 장삼이사로 보여주는 것 자체가 특별한 의미가 있는 것이다. 이들을 생명력이 넘치는 신명을 지닌 존재로 생동감있게 형상화함으로써 권위와 억압을 뛰어넘는 전도의 순간을 창출한다. 대개 이 순간은 언어와 웃음이 함께 한다. '말'을 넘어서는 말잔치를 통하여 일시적 해방감을 얻으면서 억압의 표출과 권력자의 말 뒤집기 등 다양한 포즈를 보인다. 비속어와 토박이말이 바탕이 됨은 물론이다.

대체로 문학작품에서 웃음이 생성되는 요인은 반어, 풍자와 해학 등 작가의 태도와 관련이 깊다는 점을 발견할 수 있다. 그런데 『우리 동네』의 웃음은 작가가 의도적으로 연출하여 작용하는 전지적 분위기나 구심적으로 유발되는 것과 양상이 다르다. 작품 속 인물과 인물들의 상호작용 속에서 다양하게 전개되는 상황에서 피어나는 웃음이기 때문이다. 이것은 금지된 생각을 생산함으로써 웃음이라는 에너지가 발산돼 자유로움을 만끽한다. 말잔치는 언어를 통한 웃음 찾기이다. 반어, 뒤집기, 비속어, 토속어 등과 터부 깨기가 있다. 금지된 생각에서 해방되기나 허위와 위선을 깨고 맨얼굴, 맨몸의 언어가 오히려 웃음을 주고 이로써 상황이 즐거움으로 전도된다.

언어는 이데올로기의 집이다. 이데올로기는 실제 생활에서도 끊임없이 인간을 소외시키고 구속한다. 중요한 것은 『우리 동네』의 배경은 일인독재가 사회곳곳을 지배했던 시국이었다는 점이다. 농촌은 배움과

을 구성하는 것은 아니고 사회를 개혁하는 수단을 도출시킬 수 있는 사회의 모델을 구현하는 것도 아니다. 하지만 역사와 사회에 존재하는 허구적이며 연극적인 요소로 사회적 현실의 위계질서를 절대화하는 권력구조에 대해 비판적 전망을 제시한다. 교조적이고 권위적인 특성을 띠고 있는 지배 체제와 담론을 희화하고 전복한다. 사회의 본질이나 궁극적 방향을 미리 결정하지 않은 채 치환의 가능성을 품고 있는 유동적인 사회적 실상에 접근한다. (권덕하, 『소설의 대화이론』, 소명출판, 2002년, 337쪽. 요약.)

경제와 정치적 권력으로부터 소외된 곳이면서 공동체적 따뜻함이 잔존했던 지역이었다. 이데올로기의 언어는 공용어에 가깝고 도시적 공간과 친화적이다. 반어, 뒤집기, 비속어, 토속어 등과 터부 깨기를 통하여 이데올로기의 '호명'은 다성성의 대화 속에 녹아서 새로운 분위기를 이끌어낸다. 『우리 동네』는 이러한 상황을 보여주면서 상황을 타개하는 가능성의 순간을 넉넉한 웃음으로 포착하였다. 웃을 수 없는 절망의 분위기에서 웃음의 잔치가 가능한 것은 어떤 의미를 지니는가? 아래 작품의 예를 들어보도록 하겠다.

"가뭄에 물치기는 땅임자의 도리구 조상에 효도유, 왜 그류?" (중략)
"왜 그류? 왜 그러겠구먼……남의 재산을 불법적으루 쓰구두 가뭄 핑계만 대면 단 중 아서?"
중년이 대들려는 짓둥이를 하자 김은 급한 김에 말도 안 되는 대꾸를 했다.
"내가 원제 불법적으루 썼유. 물법적으루 썼지. 넝민이 논에 물을 대는 건 당연히 물법적인 거유."
　　　　　　　　　　　　　　　　　　　－「우리 동네 김씨」(24쪽)

"도대체 당신 워디 사는 누구여? 뭣 허는 사람여?"
그러자 누군가가 뒤에서 큰 소리로 대답했다.
"그 사람두 높어유."
그 말이 떨어지기 전에 또 다른 목소리가 곁들여졌다.
"미부락 개발위원이구, 마을문고 후원회원이구……."
그러자 여기저기서 우르르 하고 아무나 한마디씩 됩들이를 했다.
"부랄 조심(가족계획) 추진위원이구……. "
"부녀회 회원 남편이여"
"연료림 조성 대책위원이유."

"야산 개발 추진위원이구."

　　"단위조합 회원이여."

　　"이장허구 친구여."

　　"죄용해 줘유. 앉어줘유. 그만해 둬유. 입 다물어줘유."

―「우리 동네 김씨」(35쪽)

　'다성성의 대화'가 포착되는 장면이다. 부면장이 행하는 관의 지시 사항에 대해 불평불만의 감정을 가지고 있으나 직접 표출할 수 없는 농민들의 억눌림이 해학적으로 분출되는 과정이다. 또한 '우리 동네'에 어울리지 않는 다양한 위원회와 자치활동 기구가 풍자되고 있다. '미부락 개발위원회', '마을문고 후원회', '부랄 조심(가족계획) 추진위원회', '부녀회', '연료림 조성 대책위원회', '야산 개발 추진위원회', '단위 조합' 등이 그것이다. 이들은 관의 지시에 따라 명칭만으로 조직된 모임과 주체적으로 활동하는 모임, 가끔 이름만 이용하는 모임 등 다양하다. '부랄 조심(가족계획) 추진위원회'에 담긴 말 바꾸기의 재치는 사적담론과 공적담론의 경계선을 넘나드는 이질혼성성의 비판이 담겨있다. '이장허구 친구여' 대목에서 터지는 웃음은 일방적인 권력의 목소리를 해체하는 풍자를 발휘한다. 이 해체는 지시전달이 이루어지는 현장, 이를 거부하기 어려운 농민들의 입장을 대변하는 문제제기가 담겨 있다. 그러므로 김씨와 부면장의 대립이 아니라 관의 지시 사항에 불만을 지닌 농민들의 입장을 소통시키는 가능성이 열리는 것이다. 이 속에서 권력의 위계가 변하는 것은 아니지만 순간의 상황이 전도되면서 웃음을 유발하는 '유쾌한 상대성'이 가능해진다.

　　여기에서 '다성성의 대화'가 이루어지는 양상은 앞 장에서 논의한 '일상의 크로노토프'에 담긴 '형식적 감시와 소극적 저항의 형식'과도 통한다고 할 수 있다. 부면장과 김씨는 지시 전달하는 자와 받아들이는 자인 것이다. 그 틈새에서 감시하는 자와 감시당하는 자, 저항하는 자와 저항당하는 자의 대립적 입장이 존재한다. 하지만 이들 역시 승자와 패자가 없는 말싸움을 쳇바퀴 돌리듯 반복할 뿐이다. 이들은 사회적 역사적 상황을 바꾸기 위하여 투쟁하는 것이 아니라 불만 언어를 통한 카타르시스를 표출할 뿐이다. 하지만 이런 해학적 상황을 유발하면서 상황타개를 위한 화두를 던질 수 있는 여유를 회복하는 것이다.

이문구 소설에서 성 관련 담화는 긴장을 풀어주는 도구이다. 공적인 격식어의 입장에서는 성 관련 담화를 금기시하며 공개된 자리에서는 일종의 터부였으나 사석에서는 남성적 친밀어로 통용되는 담론이다. 이문구 소설에서 성적 담화는 사생활과 공적 담화로 규정짓지 않고 수시로 그 벽을 넘나든다.

남성인물과 여성인물이 전도적인 양상을 보이기도 한다. 여성인물은 직접 성을 언급하고 성적으로 무능한 남성인물을 꼼짝 못하게 몰아세운다. 그렇다고 여성의 섹슈얼리티가 부각되는 것은 아니고 단지 한바탕 웃음으로 긴장된 분위기를 해체하고 기존의 가부장제담론에 가볍게 물음표를 던질 뿐이다. 귀숙어매는 전에 사귀던 남자가 술집 여자와 자러 온 간막이 방에 다른 남자와 자러 와서 두 남자의 폭행 사건을 만든 주범이다. 경찰서에 와서 귀숙 어매가 한 말을 아래에 인용한다. 귀숙 어매는 이혼녀이고 상대방은 모두 가정이 있는 남자들이다.

> "누구는 삼천리 동포 위해 살던가벼. 그러면 나 땜이 냄의 농사가 들 된다는 거여, 장사가 들 된다는 거여. 냄이사 연애를 걸건 애인을 갈건, 그게 부가가치세를 무는 거유 방위세를 내는 거유? 암만 생각해 봐두 아저씨가 좌향 앞으롯 가, 우향 앞으롯 가, 헐 일이 아닌디 소리가 큰소릴세"
>
> 그녀는 넉살좋게 코웃음을 쳤다.
>
> — 「우리 동네 류씨」(199쪽)

'부가가치세' '방위세', '좌향 앞으롯 가', '우향 앞으롯 가'라는 문장이 농촌 신작로 술청 어디쯤에 생뚱맞게 던져진다. 그녀의 표현은 해학을 통한 에너지를 생산해 줄 뿐만 아니라 기존 담론에 문제제기를 품도록 만든다. 그 문제제기는 군사적 통제문화를 떠올리게 하며 '개인의 성'에까지 영향력을 끼치고 있음을 자각할 때 유쾌한 상대성의 웃음으로 끝나지 않는 무거움이 실린다.

V. 마치는 말

이문구 소설의 『우리 동네』에 나타난 저항과 소통공간의 의의를 바흐찐이 소설을 읽는 '다성성 대화'의 눈을 통하여 밝혀보았다. 이를 통하여 자본과 이데올로기의 권력에 주눅 들지 않고 살아가는 주체적 농민의 모습을 확인할 수 있었다. 이는 개별자를 보편자로 형상화하여 '투사형'이나 '이상형' 아닌, 허점을 지니지만 주체적으로 발언하고 생을 즐길 줄 아는 진짜배기 농민을 창조했다는 점에서 의의가 있는 것이다. 이들은 '일상의 크로노토프를 통하여 형식적으로 이루어지는 감시와 소극적 저항으로 의지를 표출하였다. 이는 '주인과 노예의 변증법' 원리이고 저항을 포기하지 않으면서 감시와 통제의 시대를 주체적으로 살아남기 위한 삶의 논리이다.

이문구의 『우리 동네』는 1977년 5월부터 3년여 동안 임시로 거주했던 발안 지역의 작업실에서 탄생한다. 이문구는 소설 창작을 통하여 감시와 통제의 시대적 억압으로부터의 저항과, 소통 공간을 창출한 것이다. 이러한 창작원리의 바탕이 된 것은 작가가 직접 현장에서 부딪히며 생산해낸 민중언어의 힘이다. 이 힘을 빌려 이문구는 '말'을 넘어서는 '말잔치'의 주체로서 『우리 동네』의 장삼이사에게 생명을 불어넣었다. 그로 인하여 토속어, 비속어, 언어유희 등 금지된 생각의 분출, 여성과 남성의 전도된 성담론 속에서 유쾌한 상대성의 웃음을 유발할 수 있었다.

이문구의 소설 『우리 동네』를 바흐찐의 눈으로 읽으면서, 이러한 창작 장치들이 일인 군부정권의 억압 담론을 일상적으로 해체시키는 원동력으로서 새로운 돌파구의 가능성을 제시하는 에너지였음을 조심스럽게 확인할 수 있었다. 이와 관련하여 이문구 문학이 지닌 '사회 대응 양상의 문학적 의의'를 제대로 평가받을 수 있기 바란다.

3.
공선옥의 장편소설
『꽃 같은 시절』
– 생태 페미니즘적 '여성 하위주체'시각으로 읽기

1. 작가 공선옥과 '여성 하위주체'

공선옥은 진실을 향한 세상의 변혁을 지원하고 동참한다. 광주항쟁의 원체험자로서의 간절함은, 시대의 아픔과 역사의 현장이 각인된 후일담을 끌어안은 채, 생리적 모성성의 강인한 생명력으로 굴곡있게 형상화된다. 이 생리적 모성성을 떠올릴 때 공선옥 소설에서의 여성은 특별한 의미를 지닌다. 작가의 자전적인 요소가 깔려있고, 노동운동과 여성운동을 광주의 정신으로 계승하려는 의지가 엿보인다는 점에서 특히 그러하다.

공선옥의 소설은, 여성소설로 독해할 때 작가의 의지와 작품의 내재적 완성도의 길항이 강하게 충돌한다. 이 충돌과정에서 형성된 대화의 장면들은 작가와 작중인물의 정체성 탐색이 투사와 전이에서 자유롭지 못하다. 이는 소설을 통한 변혁 동참과 스스로의 정체성 세우기가 동일 선상에서 이루어지기를 소망하기 때문이다. 이로 인해 냉철한 관찰자의 시점을 포기한 채 작중인물에게 끊임없이 자신의 알몸을 투사한다. 이점은 때로는 작품읽기의 매력으로 가끔은 독자에게 생경함으로 다가온다.

먼저 작가 이력을 정리해 보자. 공선옥은 386세대 운동권이라는 의식을 가지고 끈기있게 이야기하는 작가이다. 도시빈민 여성의 고통스런 삶에 대한 고발적 시각, 도시 농촌간 연대의 문제에 대한 관심, 작품 심층에 흐르는 80년대 광주 민주화 운동에 대한 계승정신, 그리고 개발과 세계화로 이어지는 우리시대 노동자, 농민의 소외문제로 이어지는 작품경향이 그러하다. 공선옥이 추구하는 '하위계층 여성'에 대한 관심과 이들을 소외시키는 현실에 대한 변혁의지는, 작품 활동 초기부터 현재까지 일관성있게 지속된다.

그는 최하층의 여성노동으로 신산함의 분위기를 지닌 '공선옥표 어머니'의 자리를 마련한 바 있다. 아버지로부터 버림받거나, 생활력이 무능한 남편 때문에 생계와 자녀부양을 떠맡은 채 방황하고 힘들어하는 어머니를 대변한다. 또한 단지 부양의 끈만을 놓지 않으려 안간힘을 다하는 어머니인 동시에 '술 마시고 담배 피우는' 밑바닥 삶 속에서 본능적으로 자식을 품는 모성상이다. (「술 마시고 담배 피우는 어머니」, 「내 생의 알리바이」, 「피어라 수선화」 등) 이는 도시빈민 여성에게 부당하게 가장의 짐을 부여한 우리시대의 아픈 자화상이다. 여기엔 가부장제 우월신화로서의 커튼을 과감하게 벗기는 허위와 모순을 통찰하는 힘이 담겨있다. 또한 가부장제 가족 해체의 비극과 희생을 최소화하려는 안간힘이 담긴 현실직시의 현장을 제시한다. 동시에 여성의 해방과 자유

의 메시지를 확장하려는 의지가 끈기 있게 탐구되어 왔다.[18]

『꽃 같은 시절』[19]은 『창작과 비평』에 2010년 봄부터 겨울까지 4회에 걸쳐 연재한 작품이다. 이 작품에서 작가는 하위계층 여성을 '여성 하위주체'[20]로 재탄생시켰다. 경제 사회적 타자로서의 억압된 존재가 지닌 주체적 자각의 잠재력에 주목한 것이다. '여성 하위주체'는 이중 삼중의 억압 속에서 최악의 상황을 견뎌내야 한다. 하지만 역설적으로 이를 극복하기 위한 여성의 저항과 생명력의 분출가능성을 담고 있다. 특히 이 작품에서 순양석재와 투쟁하는 할머니들은 '여성 하위주체'로서 억압당하고 저항하는 존재로서 형상화되어 특별한 주목을 요한다.

2. '여성 하위주체'는 무엇으로 말하는가?

'여성 하위주체'란 그람시의 '하위주체' 이론을 바탕으로 한 것이다. 그람시는 프롤레타리아란 용어 대신 하위주체란 용어를 사용하였고, 이후 호미바바, 스피박을 거치면서 하위주체는 헤게모니 세력에 저항할 수 있는 가능성을 지닌 소외된 집단으로 규정되어 왔다. 그러니까 '여성

---

18   장편소설 『수수밭으로 오세요』는 노동운동과 여성운동에 대한 회의와 비판을 담고 있다. 인간의 자유와 해방에 대한 작가의식의 탐색과정을 엿볼 수 있는 작품이다. 평면적인 구성 인물들의 전형성이 단순하게 설정되어 작가의도가 작품의 내재적 원리로 충분히 분만되지 못한 느낌을 주는 아쉬움이 있지만 공선옥이 추구하는 여성의식을 원형적으로 보여주는 작품으로 의의가 있다.

19   기본텍스트는 2010년 『창작과 비평』에 연재한 『꽃 같은 시절』 봄, 여름, 가을, 겨울호 4회분으로 한다.

20   인간에 의해 인위적으로 자연이 파헤쳐지는 일이 일상화되면서 생태계가 교란되고 있다. 자연의 질서와 논리가 경제적 이해관계 속에서 자본의 힘에 의해 진행되는 세상이 되었다. 이러한 상황에서 억눌리고 무시 받으며 개발과 자본논리의 주변부에서 소외된 할머니들이 순양석재와 맞서 유정면의 생태계와 마을 공동체를 지키는 과정을 여성하위주체로서 조명했다는 점은 작가의 뛰어난 통찰이다.

하위주체'는 여성, 가부장권력 양면의 부당함과 소외를 감당해야 하는 집단이면서 문제점을 해결할 수 있는 가능성의 존재인 것이다. '여성 하위주체'를 생태페미니즘[21]과 연관하여 작품의 젠더정체성을 탐색할 때, 새롭게 밝혀지는 모순과 허위의 통찰을 기대할 수 있을 것이다. 하지만 모순과 허위가 극명해진다 하여, 저마다 꿈꾸는 자유와 해방에 대한 구원과 희망을 품어볼 수 있을 것인가의 물음에 낙관하기는 어렵다. 이미 북극성이 사라진 시대에서의 문학은 시지프스의 허무한 행위임을 자각한 까닭이다. 그러함에도 공선옥이 쓰는 소설에는 씩씩한 희망이 있다. 그의 씩씩한 희망이 작품으로 살아 숨 쉬고 또 깊게 울림의 공명을 지지함은 매우 귀한 현상이다. 이는 공선옥의 문학과 삶이 일체감으로 희망을 증언하는 생명력을 발산하기 때문으로 여겨진다.

생태주의는 영성을 강조하면서 모든 생명체를 신성한 것으로 여기고 존중할 때에만 지구상의 생명이 보존될 수 있다는 점을 중시한다. 또한 유기체에 대한 공감과 자연의 영속적 리듬에의 참여도 중시한다. 자연의 여성적 원리를 발견하여 자연과 인간의 조화로운 교류를 중시하는 생태페미니즘은 '여성 하위주체'의 자유와 해방을 위한 연대의 소통행위에 거멀못이 된다.

작품의 줄거리는, 유정면민이 '순양석재'라는 불법 공해기업과 투쟁하는 2008년 5월부터 그해 11월까지가 표면적인 중심 서사다. 중심인

---

21 생태페미니즘─ 여성 생태주의라는 용어는 여성의 잠재력을 생태학적 혁명으로 끌어들이려는 불란서의 프랑소아즈 드본느에 의해 1974년에 처음 사용. 이 용어는 에코페미니즘, 생태페미니즘 여러 가지로 쓰이는데 본논문에서는 생태페미니즘으로 통일하여 사용하였음.
근대화라는 환경개발은 여성적 원리의 죽음을 전제로 하는 악개발로 인식하며, 비폭력적이고 성별에 기반하지 않는, 모든 인간을 포괄하는 대안으로서 여성적 원리의 회복을 주장한다. 김욱동, 『문학 생태학을 위하여』, 민음사, 1998. 참조.

물의 하나인 이영희는 남편 철수와 작은 음식점을 운영하다 재개발이 되어 권리금도 못 받고 삶의 터전에서 쫓겨난다. 오갈 데 없는 상황에서 유정면의 빈집에 살며, 이영희는 순양석재 투쟁 위원장으로 활동한다. 불법 순양석재 쇄석기 설치가동 반대집회, 1인 시위, 감사신청을 진행하였으나 투쟁 경험이 미숙하고, 소수의 약자로서 언론과 경찰과 관청에서 무시 받고 재판과정에서도 일방적으로 패배한다. 하지만 이영희와 할머니들은 권력과 재력의 불균형으로 무조건 지게 되어 있는 싸움일지라도 멈출 수가 없다.

서사의 내적인 흐름에서 중요한 역할을 하는 할머니들은 가부장제 억압 속에서 딸, 아내, 며느리, 어머니 구실로 젊음을 보낸 팔구십의 노인이다. 여기에서 '화전놀이', '당산나무가 운다' 는 할머니들의 젊은 시절 이야기이다. 시멘트 담을 부수고 돌담을 다시 쌓는 장면, 당산나무를 지키는 장면, 화전놀이에 담긴 이야기들은 작품 전체에 심줄과도 같은 생명력을 불어 넣는 전사(前史)이다. 할머니들이 투쟁의 중심이고, 이영희가 대변자로서 대표를 맡는다. 순양석재와의 투쟁을 계기로 여성들이 스스로의 정체성을 자각하고 삶의 의미를 회복하는 과정에 작가의 관심이 모아진다.

이들의 투쟁은 실제 있었던 일이며 현재도 진행 중임을 '작가의 말'에서 밝히고 있다. 작가는 실제의 상황을 중심서사로 삼으면서 혼사람과 저승의 세계를 일상생활에 풀어놓는 기법을 사용하였다. 할머니들의 혼과 이영희의 혼이 저승과 이승의 길목에서 떠도는 장면들을 처음과 끝에 설정하면서 순양석재 투쟁이 지니는 의미를 삶과 죽음이 진행되는 자연 질서의 세계라는 넓고 무한한 공간으로 이끌어낸다.

『꽃 같은 시절』에서 '여성 하위주체'는 무엇으로 말하는가? 이들은 울음과 노래로 저항한다. 이러한 저항의 도구는 소통행위를 넘어서 문제 해결의 바탕이며 마음을 사로잡는 공감과 설득의 언어이다. 이 울음과 노래는 과거와 현재, 삶과 죽음, 저항과 순응의 넘나듦에서 존재한다.

이 넘나듦에는 한과 신명의 노래가 있다. 노래는 소통행위의 연대감과 실제의 결속력으로 작용한다. '여성 하위주체'는 어떻게 말하는가? '돌담 다시 쌓기', '당산나무 살리기', '순양석재와의 싸움'은 이들이 부르는 노래이며 노래의 힘으로 만들어진 결과이다.

피해 지역민을 대표하여 계란으로 바위치기 식의 순양석재와의 싸움을 끝까지 포기하지 않고 지속할 수 있는 힘은 '여성 하위주체'가 지닌 잠재된 생명력이다. 이는 '꽃 같은 시절'로 늙음을 사는 힘이고 이 힘은 다시 죽어가는 땅을 살릴 수 있는 가능성의 힘이다.

(1) 눈물로 '돌담 다시 쌓기'의 간접적 저항

1970년 새마을 운동이 시작되면서 정부시책으로 지붕개량, 담 개량 사업이 추진된다.[22] 위로부터 진행되는 정부시책 추진 과정에서 자연환경은 철저하게 이용당하고 파괴된다. 이러한 '따라잡기식 개발'[23] 속에서 파괴되는 자연을 살리려는 노력은 생명의 복원에 대한 간절함이다. 그 간절함이 '어머니 땅의 남성화에 대한 저항'[24]행위가 된다. 이 행위는 반생명의 개발 논리에 저항하는 모성의 정신이 발현된 것이다. '돌담 다시 쌓기'는 자연을 파괴하는 '사나운 마음'의 남성화에 저항하는 행위이다. 여기에서 '사나운 마음'은 '부숴버리는' 행위, 즉 파괴라는 형식의 개발담론인데 이에 대한 저항은 순응과의 넘나듦 속에서 표출된다. 서러움의 눈물, 한숨, 육자배기 한 자락은 직접적으로 대응할 수 없기 때문이다.

---

22 새마을 운동의 공과는 정치 경제 문화 전반적 측면에서 논의가 이루어져야 하나, 환경에 대한 무지와 전통에 대한 고려의 부족은 반성할 점으로 공론화되고 있다.

23 풍요로운 국가와 풍요로운 계급, 지배적인 성인 남성과 우세한 도시중심지와 그 생활양식은 실현된 자유주의의 유토피아이며, 아직 명백히 뒤쳐져 있는 사람들이 성취해야할 유토피아로 인식.

24 '어머니 땅의 남성화'는 모든 사람들의 마음과 정신에서 어머니 땅을 사라지게 하는 결과를 낳게 되므로 생태 페미니즘 입장에서 자연훼손을 의미하는 표현임.

'여성 하위주체'들은 무서워하고 서러워하며 육자배기 한 자락을 풀면서 막힌 가슴을 풀 뿐이다.

> 그 낮은 돌담 너머로 오명순네 밥 짓는 연기가 푸실푸실 새어나오는 것이 좋았고 먹을 것을 넘겨받고 넘겨주는 것이 우리는 좋았다. 그 좋은 것을 부숴버리는 사나운 마음은 도대체 어디서 온 것일까. 나는 그 사나운 마음이 어디서 온 것인지를 알 수 없어 무서웠다. 오명순은 서러워 울었다. 서러워 운다고 해서 눈물을 철철 흘리는 것도 아니다. 언제나 그랬듯, 한숨을 쉬듯이, 육자배기 가락에 사설 한자락을 풀다 보면 막힌 가슴이 좀 뚫리는 것이다.[25]
>
> ― 가을호(161쪽)

'돌담 다시 쌓기' 힘의 근본은 개발논리의 허위에 대항하는 서정성의 친화력이다. '마을을 들어서면 맨 먼저 이끼 자욱한 돌담이 맞아주는 것', '돌담 너머로 새어나오는 오명순네 밥 짓는 연기가 푸실푸실 새어나오는 것', '먹을 것을 넘겨받고 넘겨주는' 풍경에 담겨 있는 정서는 육자배기식 정서와 통한다. 오래된 이끼처럼 푸근한 정겨움, 한솥밥을 먹는 마음의 나눔과 관련되는 정서, 즉 속정이 배어나오는 소통의 정서이다. 이웃사촌이라는 말, 마을공동체 정서의 소중함을 형상화하여 독자를 자연스럽게 그 정서 속으로 빠져들게 하는 장면이다. 그러니까 오명순의 울음은 한숨이 승화된 육자배기 가락으로 막힌 가슴을 풀어내는 눈물이다.

오명순이 조난남이 할말이 없어서가 아니라 기가 막히고 코가 막히고

---

25 『창작과 비평』 가을 호, 창작과 비평사, 2010. 161쪽. 앞으로는 작품 인용은 각주는 생략하고, 본문에 (가을 호, 161쪽)의 형식으로 하고자 함.

억장이 무너져서 숨을 못 쉴 지경으로 아이고오, 아이고오, 소리만 내고 있는 것을 보고 있자니 오장육부가 시리고 아려서 할 수 없이 내가 나섰다. 우선 애비들한테 혼날까봐 옆에 가지도 못하고 대밭거리 한쪽에서 비 맞은 뭐같이 입맛만 다시고 눈치만 보고 있던 양도출이 애기들, 우리집 애기들, 양분란이 애기들, 김채선이 애기들, 한연순이 애기들, 하여간 동네 애기들을 싹 다 불러모아 애비들 개추렴하는 곳으로 갔다. 가서 애기들한테 구탕한 그릇씩을 안기고는 이제 막 굳기 시작하는 브로꾸담을 부수기 시작했다. 집주인인 오명순이 마른 울음을 삼키느라 자꾸 흐르륵, 흐르륵, 딸꾹질 소리를 내면서 돌을 날라오면 그것을 나하고 조난남이 받아 기초를 만들고 그위에 차곡차곡 돌을 쌓았다. 양도출이하고 김춘복이가 주동하여 '항차에 저년들을 주개불자'고 남자들을 선동하며 옥화네 주막으로 몰려갔다.

— 가을 호(160쪽)

'브로꾸' 담을 부수는 행위는 개발논리의 허위를 통찰하는 내재적 힘에서 비롯한다. 하지만 남성에 대한 저항이 아니라 남성화의 개발논리에 대한 저항임을 분명히 하는 것이 중요하다.

(2) 인간과 자연의 교감 – 남성화 개발논리의 지배담론에 저항

남성화의 개발논리는 새마을 사업이라는 지배담론으로 성장하여 상징계이자 현실계로 실존한다. 이 개발논리에 대한 저항은 그 대상의 구분이 애매할 때가 있다. '어미 당산나무'를 베는 원리는 개발논리에서 비롯하지만 실제 행위자는 남편들이기 때문에 여성과 남성의 대항이 불가피해진다. 작가는 이를 어떻게 해결하고 있는가?

여기에 저항할 수 있는 두 가지의 방향이 있을 수 있다. 인식의 치밀함과 합리적 사고력으로 부당함을 증명하는 것과 인식과 논리 이전의 서정적 감성으로 대응하는 것이다. 즉 상징계와 현실계를 무력화시키는 대응이다. 지붕개량 사업이나 당산나무 베기를 하면서 '국민이 국가

시책을 어기면 '빨갱이'라며 마을회의에서 남성들끼리만 공론화하며 지배담론에 적극 동조하는 행위에 대한 대응방식으로 가능한 방법은 무엇일까? '어미 당산나무'를 지키는 힘은 자연과 인간이 함께 살아온 세월에서 비롯한 서정적 감성의 절대성이다. 이러한 공감의 가능성을 마련한 후 인간과 자연의 교감차원에서 이루어지는 마술적 리얼리즘[26]이 발현한다.

> 어미당산나무를 베어서는 안 될 일이었다. 우리 동네 여자들이 치성을 드리는 곳이기 때문이다. 어미당산나무가 없어지면 우리가 쌓은 돌탑도 무너질 것이고 이제 우리 설움 고해내고 우리 마음 기댈 데가 만고에 없어지게 되는 것이다. (······)우리는 단단히 나무를 그러안고 버티면서 남자들을 기다렸다. 그러고 있자니 속도 모르고 남자들이 하나둘 올라왔다. (······)우리는 죽기 살기로 버텼다. 그리고 그 순간, 우리와 나무를 하늘이 살렸다. 마른하늘에 번개치고 천둥치는 날이 바로 그날이었다. 어디선가 번쩍 한다 싶었는데, 으르릉 꽝꽝, 천지가 진동했다. (······) 내 속 알아주기는 남편보다 나은 당산나무 아래서 우리는 그날도 노래 불렀다. 비를 철철 맞아가며 노래 불렀다.
> ─ 가을 호(164쪽)

'어미 당산나무'는 '동네 여자들이 치성드리는 곳'이다. 오며 가며 '돌

---

26 라틴아메리카에서 발생한 현대문학의 기법으로 황석영의 『손님』에서 혼령이 이승과 저승을 넘나드는 구성이 이와 관련된다. 공선옥의 『꽃 같은 시절』에서도 혼령이 이승과 저승의 중간에 서서 이야기를 이끌어가는 구성형식이나, 이영회가 저승으로 가는 길목에서 혼사람들의 염원으로 다시 이승으로 돌아오는 설정 등이 이에 해당한다. 마술적 리얼리즘은 리얼리즘 문학이 지닌 단순성이나 건조함을 보다 풍부한 전통형식과 연관할 수 있다는 점에서 의의가 인정된다. 특히 이 작품에서 생태페미니즘에서 중시하는 영성의 교감을 마술적 리얼리즘기법으로 처리한 것은 그로테스크와 다르게, 섬뜩하고 낯선 세계로 우리를 이끌어가면서 풍요로움과 정감의 새로움을 만날 수 있도록 한다.

탑'을 쌓으며 힘없는 민초들에게 용기를 불어넣고, 마음의 위안을 주는 성소로 여겨졌다. 그렇듯 성황당은 민속신앙으로 한국인의 잠재의식에 존재감이 깊다. '내 속 알아주기는 남편보다 나은 당산나무'에 성황당 신앙의 체험이 묻어난다.

'죽기 살기로 버티는' 이런 무모한 행위는 체념과 저항속 넘나듦의 언어 즉 노래로서 이루어진다. 성소로서 지켜야 하는 소중함과 절대적 당위성이 체념의 한을 표출하게 한다. 노래의 의미는 감성의 힘이자 비논리의 힘이며 분출의 힘이다. 하위주체 여성의 언어는 중심의 언어에서 비껴서 있다. 논리성이 부족하며, 직접적으로 표출할 수 있는 출구도 없다. 하지만 '우리는 그날도 노래 불렀다. 비를 철철 맞아가며 노래 불렀다'처럼 이들이 부르는 노래는 저항과 해방을 담은 자유와 기쁨의 언어로 상상계의 충족성이 있다.

'돌담 새로 쌓기'나 '어미 당산나무 지키기'의 과거 체험이 희망으로 작용한다. 죽어가는 생명을 살렸고 공동체를 살려낸 것이다. 40여 년의 세월이 흘러 순양석재가 들어와서 마을의 자연을 훼손할 때 할머니가 된 이들이 앞장서서 마을을 지킨다. 불법으로 공장을 가동하여 소음과 공해로 마을의 자연을 파괴하는 순양석재라는 거대한 권력은 할머니들에게 벅찬 상대이다. 하지만 절대적 당위성 속에서 포기할 수 없다. 이들의 투쟁 장소는 순양석재 정문, 관청 정문, 법정, 국회의사당이 되고, 나아가 서명을 하기 위해 그동안 깨우치지 못한 한글을 배운다.

이들의 투쟁은 언론의 조명도 전혀 받지 못하는 작은 저항에 불과하지만, 절박한 생존의 소망에서 비롯한다. 이 절대상황이 만든 투쟁의 힘은 승패를 저울질하여 멈출 수 없다. 현실에서의 패배 역시 그들의 패배는 아니다. 멈추지 않고 저항할 수 있는 힘이 있는 한 그들은 이미 현재의 승패를 초월하여 생명력을 복원하고 있기 때문이다.

미래를 준비하는 자에게 현재는 더욱 소중하다. 그것이 '돌담 새로 쌓기'의 주동자 오명순할머니가 아흔셋의 나이로 순양석재와의 투쟁에서 물러서지 않는 이유다. 더욱 소중한 현재를 위하여 그들은 해야 할 말을 하고, 노래나, 화전놀이 등의 분출로 해방감을 느끼기도 한다. 이 상황설정은 작은 시골마을의 작은 하청공장의 불법성과 투쟁하는 과정을 일상사의 세태와 맞물리게 구성하였다.

오명순 할머니가 아흔셋의 고령으로 사망한 것은 자연사[27]로 설정되었다. 하지만 자연사로 사망하기 직전까지 마을연대 투쟁에 참여한 일은 분신자살한 젊은이들의 죽음 못지않게 숙연함을 자아낸다. 이는 자본의 폭력에 대한 분노와 비애감을 준다. 오명순 할머니의 초상을 치르면서 마을여자들이 잔치마당 놀이를 하는 것은 죽음과 삶을 넘나드는 소통으로서 의미를 지닌다. 그렇게 오명순 할머니의 삶은 과거 현재 미래를 넘나드는 삶으로 이어진다.

> "우리 이럴 것이 아니고, 시앙골떠기 가는 길 외롭지나 말라고 우끈하게 놀아나 보세." 노분례의 제안에 김채선이 장구를 치자 이내 오명순이 좁은 초상마당이 잔치마당이 되었다……(중략) 쿵덕쿵덕 장구가락 하나에 맞추어 노래 부르고 춤을 추며 고구마밭 한귀퉁이에 오명순을 묻고 와서 또 울다가 노래하다 웃다가 발광을 했다. 그때 이영희가 그랬었다.
> "오늘은 이정도에서 끝내고 나중에 우리가 승리하면 다시 한 번 왕언니네 집에서 잔치를 하자고요."
>   – 겨울호(178 ~ 179쪽)

'초상마당'을 '잔치마당'으로 죽음을 축제로 만들고 새로운 투쟁을 결

---

27 "오명순은 고구마를 캐다 그 모습 그대로 저승길로 떠났다. 호미 끝에 고구마 서너 알이 따라 나와 있었다." (겨울호, 178쪽)

의하는 장면은 이들만이 지닌 특별함의 힘이 있다. 자연의 순리를 수용하면서 자연의 파괴를 막고 생명력을 복원하려는 이들의 일관된 삶의 방식과 통하기 때문이다. 하지만 상식적인 장례문화라는 관점에서 보면 일탈 행위이다. 이 일탈은 순양석재와의 투쟁 과정이라는 측면에서, 이들이 승리하는 그날을 기원하는 축제로서 전복을 지향하는 의지가 담겨있다. 이 의지가 함께 녹아있는 삶은 이영희라는 '유정면민 순양석재 쇄석기 설치 가동 반대 투쟁위원회' 위원장을 만들었다. 그뿐만 아니라 서해정[28] 등 지식인 여성과의 연대도 가능하게 하였다.

(3) 지역생태 복원에 사활을 건 순양석재 투쟁

순양석재는 생태계를 파괴하는 자본이며 일방적으로 마을을 점령하고 생활터전을 침범하는 거대한 권력이다. 교환가치를 보장하는 권력 앞에 마을의 생태계, 마을 주민들은 타자일 뿐이다. 하지만 순양석재의 권력에 동조하는 자들은 스스로의 타자성을 인식할 수 없다. 자본과의 동일화 논리에 편승하여 자신에게 떡고물로 주어질 교환가치를 기대하며 순양석재와의 투쟁을 어리석음으로 치부한다. 이제 교환가치와 지역생태의 복원이 서로의 중요성을 주장하며 현실론과 당위론의 발판 위에서 한판 승부를 벌이게 된다.

> 그 소리에 놀래서 어미 뱃속에서 소새끼가 죽고 염생이가 죽고 갱아지가 죽고 닭이 알을 안 낳고 천지사방이 문지 투성이라 깻잎싹 한나를 못 묵어. 그런디도 나랏님들은 돈을 벌어야 쓴다고 독공장 돌리는 것을 안 막어. 그렇게 디모를 헌 거여.
>
> — 겨울호(200쪽)

---

28 서해정이 오명순 할머니가 돌아가신 집으로 옮겨 살면서 연대의 강도가 높아진다.

    승패의 결정은 담론의 헤게모니가 누구에게 어떻게 정당성을 부여하느냐에 달려있다. 순양석재와의 투쟁에서 이영희와 할머니, 마을 주민들끼리 만들어가는 담론의 의미는 정당성과 관련이 깊다. 제도 권력의 안과 밖에서 마을주민들의 수많은 웅성거림과 수다스러움을 담론에 참여시키고, 형사까지 포용[29]하는 것은 최소한의 인간적 승리를 예견한다. 순양석재[30]는 이권투쟁으로 받아들이지만 할머니들과 이영희에게 이 투쟁은 생존권인 동시에 더 이상 물러설 수 없는 생명 지키기의 투쟁이기에 이 승리의 의미는 값진 것이다. 파괴된 지역 생태 복원의 힘이 무엇인가를 시사한다. '여성 하위주체'는 따라잡기식 개발로 얻을 수 있는 돈의 가치보다는 죽어가는 생명의 가치를 중시한다. 이는 논리적인 계산으로 가능한 것이 아니다. 체험과 영적 감각으로 함께 소통하여 자연과의 공감력으로 가능한 것이다. 결국 이기는 싸움이 중요한 것이 아니라 마을을 지키고 생명을 살리기 위해 연대하는 절대적 당위성이 중요한 것이다.

    망하기는커녕 돌공장은 더욱 기세등등해졌다. 새벽부터 밤늦게까지 돌공장에서 나오는 소리들은 어디로 안착할 곳을 찾지 못해 들판을 헤매다가 인근 마을 사람들과 짐승들의 몸을 후려치고 마음을 찢어놓고 있었다. 새끼를 낳던 암소가 돌 깨는 굉음에 놀라 새끼를 사산하고, 덤프트럭이 질주하는 농로에서 노인들이 소스라치게 놀라 논바

---

29 순양석재와의 투쟁 과정에서 형사와의 작은 충돌이 있었으나 형사의 어머니가 할머니들과 한 마을에서 살았던 옥화임이 밝혀지면서 적대감보다는 친근감과 연민에 가까운 분위기를 조성함.

30 순양석재는 돌 깨는 공장이다. 이것은 환경 위해시설로 주민들의 희생을 감안하여 보상을 약속하는 긴밀한 협조 속에서만 승인이 가능하다. 하지만 순양석재는 레미콘 공장으로 위장한 후 돌 깨는 작업을 하고, 이러한 불법행위가 배후의 결탁 속에서 사후 승인을 받는다. 이러한 과정에서 마을 주민들은 철저하게 기만당하고 희생당한다.

닥으로 처박혔다.

　먼지는 비닐하우스에 켜켜이 쌓여서 하우스 안은 구름이 낀 것처럼 햇빛이 들지 않았다. 깻잎에 돌가루가 박혀 입에서 싸그락싸그락 돌이 씹혔다. 논바닥에도 돌먼지가 쌓여 햇빛을 차단한 탓에 벼뿌리가 썩어갔다.

— 봄 호(179쪽)

　영희가 받아온 서명을 들여다보던 종수가 할머니들이 썼다기보다 거의 그린 이름들을 보고 기막혀 한다. 그 자필서명을 받기 위해 실제로 영희가 빈 종이에 할머니들의 이름을 크게 쓰면 할머니들은 진땀을 흘려가며 그것을 보고 지렁이가 기어가며 만든 무늬같은 글자를 그렸다. 할머니, 아줌마들에 비해 할아버지, 아저씨들의 필체는 간간이 한문도 들어가고 세련되어 금방 표가 났다.

— 가을 호(169쪽)

　할머니들의 자필서명은 공식화 작업이다. 할머니들은 문자세계의 타자였지만, 자신의 이름으로 '지렁이가 기어가며 만든 무늬같은 글자를' 만들어냄으로써 주체로써 발언한다. 순양석재와의 투쟁에서 서명이라는 상징계의 주어진 형식을 저항의 수단으로 삼는다. 제도권에서 인정받는 것이 중요한 것이 아니다. 내안의 타자성인 체념과 패배의식에서 벗어날 수 있는 가능성으로서의 확인이 중요한 것이다. 젊은 시절 꽃피우지 못했던 자유로운 말과 행동의 제약을 벗어나는 가능성이다. '지금까지 살아온 그대로 조용히 살게만 해 달라'는 자유일 뿐이지만 주체로서 요구할 때, 행위는 곧 자유의 쟁취인 것이다.

3. '여성 하위주체'의 젠더 정체성

공선옥의 『꽃 같은 시절』을 '여성 하위주체'와 생태 페미니즘 관점에서 독해하는 과정에서 젠더(gender) 정체성을 검토하였으나 이 장에서 다시 한 번 언급하고자 한다. 젠더(gender)란 신체적 생물학적 성(sex)을 사회적 문화적 성으로 이해하여 고정불변의 개념이 아니라 탐색되고 형성되는 과정의 것으로 취급한다. 젠더 정체성이란 사회적 문화적으로 의미를 지닐 수 있는 여성성의 자각을 의미한다. 이 작품에서 새롭게 자각한 젠더 정체성, 또는 기존에 언급된 것이라도 의미를 부여할 수 있는 젠더정체성을 정리해 보도록 하겠다.

(1) '여성 하위주체 – 모성애적 자매애

공선옥의 『꽃 같은 시절』에 나타난 '여성 하위주체'의 자매애는 할머니를 중심으로 이루어진다. 할머니는 어머니의 어머니, 늙은 어머니이며 그 자체로서 역사가 되고 자연이 된다. 정신대 할머니는 정치 경제성의 식민화로 비극을 체현한 산 증인의 예이다. 철저하게 타자로서의 대상화된 존재 취급을 받았던 할머니들은 교환가치에 물들지 않은 이 시대의 역설적 타자이기도 하다. 소외된 만큼 사용가치의 세계에 머물 수 있는 순수한 삶의 양식을 지니고 있다.

> 지나가는 사람이 있으면 무조건 오라고 하죠. 그래서 그 사람이 와서 맛있다고, 잘 먹고 간다고 하면 그렇게 고맙고 좋을 수가 없어요. 내가 할머니들한테 뭐라고 해도 그냥 할머니들이 웃기만 하는 것이 첨엔 답답했죠. 근데 자꾸 반복되다보니까, 제가 그분들을 닮아가요. 근데, 그분들처럼 하니까 맘이 참 좋더라고요. 그냥 좋아요.
>
> – 겨울호(198쪽)

할머니들의 웅숭깊은 맘씨와 타자에 대한 관용과 배려, 이들이 지닌 포용력은 넓은 대지, 즉 모든 생명을 만들고 키워내는 흙의 마음이다. 할머니와 이영희는 여성, 경제적 타자라는 점에서 긴밀하지만 이보다 더욱 강한 유대감의 형성은 모성성[31]이다. '무조건 오라'고 해서 먹이는 마음 '맛있다고, 잘 먹고 간다고 하면' '고맙고 좋'은 배가 고파본 사람만이 알 수 있는 먹이고 싶은 마음의 바탕에는 모성성의 흐름이 있다.

　　"괴기반찬은 없어도 아직 밥 안 묵었으면 좀 드씨요."
　　어디서 온 사람인지, 누구를 찾아왔는지도 묻지 않고 노인들이 주섬주섬 플라스틱 밥그릇에 밥을 고봉으로 퍼서 숟가락을 꽂아준다. 엉겁결에 노인들 틈에 앉아 밥을 퍼넣었다. 반찬은 말린 고구마대를 넣은 잡어찌개, 마늘종 장아찌, 유채 겉절이다. 배가 고프지 않은데도 밥은 꿀맛이다.
　　"밥이 정말 맛있네요."
　　의례적으로 한 말이 아니다. 단순히 맛있기만 한 것이 아니다. 오래 전 집을 떠났다가 이제 방금 돌아온 집에서 눈물과 함께 먹는 회한의 밥 같았다고나 할까. 하지만 그렇게 복잡한 느낌을 말할 수는 없어서, 그냥 맛있다고만 한다.
　　　　　　　　　　　　　　　　　　　　　　　　　- 여름호(189쪽)

'오래전 집을 떠났다가 이제 방금 돌아온 집에서 눈물과 함께 먹는 회한의 밥'에는 모성의 품에 안긴 원초적 안도감이 있다. 서해정이 할머니

31　모성성 자체는 생명을 잉태하고 키워내는 높은 가치를 지닌 인간의 덕성이다. 하지만 모성성을 내세우며 무조건 여성의 희생을 강요하는 이데올로기나 제도의 재생산은 철저히 막아야 한다는 주장이 페미니즘의 공통된 입장이다. 모성성의 품성을 풍부하게 지닐 수 있도록 남녀 모두에게 교육의 계기를 마련하는 방안이 필요하다.

들과 이영희와 하나가 되는 장면은 이념이나 의식을 뛰어넘는 끈끈함의 정서가 있다. 이 소설의 할머니들은 그동안 보아온 '공선옥표 어머니'들의 모습이 조금씩 담겨있는 낯익은 분위기가 있다. 그런데 이영희는 낯선 얼굴이다. 새롭다는 점에서 낯설고, 작가가 이상형으로 만들어 낸 인물의 표시가 난다는 점에서도 낯이 설다.

    이영희와 함께 시간을 보내는 것이 해정은 좋았다. 이영희의 어떤 부분에 끌리는지는 아직 잘 모르겠으나 어느 순간 해정은 '인간에게 받은 상처를 자연에서 치유 받는 사람의 어느 하루'에 관한 이야기 따위는 잊어버리고 싶었다. 대신 이영희를 쓰고 싶었다.

― 겨울호(188쪽)

서해정은 출판사와 약속한 '인간에게 받은 상처를 자연에서 치유 받는 사람의 어느 하루'에 관한 글을 포기한다. 계약이나 돈과 관련 없는 진정성을 담은 '이영희를 쓰고 싶'기 때문이다. '인간에게 받은 상처를 자연에서 치유받는 사람의 어느 하루'가 현실의 문제의식을 외면한 채 마음의 평화를 추구하는 것임을 깨달았기 때문이라 추측할 수 있겠다. '이영희의 어떤 부분에 끌리는 지는 아직 잘 모르'면서 이념이 아닌 절대적 당위성에 스스로 동참한다. 이념이 아닌 밥과 눈물은 할머니들과 이영희, 그리고 서해정을 끈끈하게 묶어주는 거멀못이 된다. 원초적 모성의 품안에서 혈연보다 진한 사랑으로 소통된다고 느낄 때 이들의 마음은 자유의 성취와 해방의 기쁨에 한 발 다가감을 예감하는 것이다.

    열어놓은 창문으로 바람 한줄기가 불어왔다. 그 틈을 타고 꽃들이 책상위로 날아들었다. 할머니들이 일제히 탄성을 질렀다.
    "야, 이놈들아, 꽃나비다아! 꽃나비여."
    야 이놈들아 라고 한게 재미있었는지, 노인들은 어린 소녀들처럼 서로의 옆구리를 찌르며 까르르 웃어젖혔다. 김경사가 파르르 떨며, 창문을 꽝 닫았다.

"어떤 사람들은 이쁜 꽃나비가 무섭기도 허는 모냥이여어."

왕언니, 오명순의 한마디에 겨우 멎었던 웃음소리가 또다시 꽃처럼 피어났다.

– 겨울호(189쪽)

외롭게 벌이는 투쟁 속에서도 만나면 함께 웃음꽃을 터뜨리고, 서로를 특별하게 존중해주는 모녀와 같이 또 자매처럼 사랑이 피어난다. 이러한 모성애적 자매애는 '꽃처럼 피어나는 웃음소리'가 되어 작품의 제목처럼 '꽃 같은 시절'의 주체가 된다.

(2) '여성 하위주체' – 생명복원력의 주체로서의 여성성

여성성은 차이가 아닌 차별로 규정되었고, 고정불변의 것으로 담론화되어 왔다. 여성차별의 걸림돌은 단지 과거의 야만성으로 사라지지 않았다. 현재를 살아가는 우리에게 상징계의 법, 언어를 비롯하여 상상계와 현실계의 구석구석까지 차별의 흔적이 강하게 현존한다. 이러한 문제의식을 바탕으로 여성성을 접근한다면 여성성이라는 용어 자체가 어색하다. 피해자 페미니즘을 지양하고 파워 페미니즘을 지향하며 조심스럽게 여성성을 둘러싼 다양한 겹겹의 커튼을 열어본다.

먼저 여성성과 남성성의 단어를 나열해 보자.

긍정적인 측면에서 거론되는 여성성은 부드러움, 감성, 양보와 희생, 배려, 보살핌, 사려 깊음, 인내와 포용력 등이다. 여기에 대응하는 남성성은 강함. 이성, 논리성, 능동성, 지도력 등이다. 여성성과 남성성이 대립적인 면이 있을 수 있지만 이를 절대화하는 오해가 상식이 되어버린 것이 문제이다. 특히 수직적인 상향식의 권위주의 사회에서 지금까지 능동성과 지도력은 남성성으로 인식되어 왔다. 하지만 수평적 인간관계, 그리고 명령이나 지시 전달보다 대화를 중시하는 현대 사회에서의 지도력은 새로운 시각의 접근을 필요로 한다. 한 명 한 명과 인격적인 만남을 가능하게 하는 힘은 권위가 아닌, 배려와 감성이 바탕이 되어야 할 것이다.

거미를 바라보고 참새 소리를 듣고 벌 춤을 바라보고 있자니, 눈물이 시나브로 말랐다. 영희는 말개진 눈을 들어 방안을 한번 둘러보았다. 어둑시근한 방안에 말할 수 없는 평화의 기운이 가득 서린 것 같았다. 영희는 문득, 자신이 누군가로부터 위로를 받고 있는 느낌이 들었다. 거미가, 참새가, 벌이 그 위로의 말을 소리로, 몸짓으로 대신해주는 것만 같았다. 울지 마라, 울지 마라, 등을 다독이는 것만 같았다. 대롱대롱대롱, 뽀시락뽀시락뽀시락, 곤지곤지곤지……하면서

— 겨울호(182쪽)

자연과 교감할 수 있는 능력은 인간과의 교감 또한 풍부하게 할 것이다. 이 교감 능력은 스스로를 위로할 뿐 아니라 살아있는 모든 것들, 특히 약한 존재, 슬픔의 존재를 위로할 수 있는 높은 수준의 공감 능력이다. 이것은 생명을 탄생케 하면서 죽었던 생명을 되살리는 힘이기도 하다.

김경사도 웃는다. 영희도 웃는다. 웃기는 웃는데 왜 그런지는 몰라도 자꾸만 가슴 한복판에서 졸졸졸졸졸, 물 흐르는 소리가 난다. 가슴골을 따라 흐르던 그것은 급기야 영희 눈 밖으로 분출되기 직전이다. 그 사태를 피하기 위해 고개를 한껏 들어올리고 김경사는 등 너머 창문 밖을 바라보았다. 창문 너머 화단에 하얀 수국꽃이 뭉클뭉클 피어 있었다. 바람이 불때마다 수국 이파리가 우수수 흩날리고 있었다. 그것은 마치 수많은 나비떼가 한꺼번에 날아오르는 것 같았다.

- 겨울호(188쪽)

웃음은 새로운 웃음을 창출하여 사람과 사람의 벽을 허물어 스스로
가 소통의 가능성을 여는 문이 된다. 풍부한 감성의 분출은 해방된 자,
영혼이 자유로운 자의 특권이다. 인간만이 웃음을 지닌 유일한 동물이
라 한다. 하지만 성인이 될수록 점점 웃음을 잃어간다. 웃음은 권위, 욕
망과 반비례 관계에 있기 때문이다. 웃음은 생명체를 아름답게 하며, 생
명력을 발산하고, 웃음을 통하여 온몸의 세포와 근육들이 활성화되며
이는 타자와의 전이와 공감의 확산을 가능하게 한다. '감성적 아름다움'
은 웃을 수 있는 마음이며 꽃을 사랑할 수 있는 마음이다. 자연과의 소
통을 가능하게 하며 행복을 느낄 수 있는 마음이다. 어려운 투쟁과정에
서 서로에게 웃음을 선물하고 '감성적 아름다움'을 교감하며 공동체적
유토피아 체험을 가능하게 하는 것은 감성과 포용력이며 권위를 털어
버린 열린 마음이다.

저승의 문턱에 들어간 이영희를 다시 살리는 힘은 교감능력에서 비
롯한다. 순양석재와의 투쟁에 담긴 근본정신 또한 죽어가는 유정면의
자연을 살리겠다는 의지와 통하는 것이다.

(3) '여성 하위주체' – 새로운 지도자상으로서의 여성성

'여성 하위주체'는 지도자로서 어디까지 가능한가? 현실 정치에서 지
도자상으로서의 여성성은 이미 실현되고 있다. 특히 포용력과 책임감
과 소통 능력으로서의 여성성은 그 우수함이 이미 입증이 되었다. 하지
만 대부분 여성 지도자는 단지 생물학적 성(sex)이 여성일 뿐이지 사회
적 문화적 성(gender)이 남성에 가깝거나 또는 남성적 이데올로기를 대
변하는 경우가 많았다. 마치 오바마가 흑인이지만 흑인을 위한 대통령
이 아니라 미국이데올로기를 대변하는 대통령일 뿐인 것처럼.

하지만 이 작품에서 이영희는 지식인 여성이 아니다. 할머니들과 이

영희가 마을사람들을 대표하여 순양석재와 맞서서 투쟁위원회를 조직하고 위원장이 되는 과정은 교환가치에서 자유로운 점, 자연과의 교감력, 생명복원력의 주체로서의 활동이었다. 다시 말하여 사회의 중심부에서 움직이는 방향이 자연을 파괴하고 생명을 죽이는 것이기 때문에 이에 대항하는 세력으로서의 지도자상으로 작가는 '여성 하위주체'에 주목한 것이다.

지금까지 공선옥의 소설에서 지도자상으로서의 여성인물은 생소한 것처럼 보인다. 이영희라는 인물이 낯설게 느껴지는 것은 이 때문이다. 하루 벌어 하루 사는 신산고초의 삶을 지탱하며 가장 역할을 맡은 도시 빈민 여성의 모습은 당당하려고 애쓰지만 독기가 묻어있어서 안쓰러운 존재였다. 이들은 이미 서로 연대하거나 사회적 문제해결에 눈을 돌릴 수 없는 생존의 절박함으로 지쳐있었다. '단독자에 대한 개인의 관심' 그 이상을 지향하지 못한 것은 작가의 절박함이기도 할 것이다. 여기에서 작가는 이영희라는 이상적 여성 지도자를 탄생시켰다. 그 의도를 생태 페미니즘과 연관하여 본다면 여성성이 지니는 감성적 공감능력과 생명복원력의 가능성에서 찾아볼 수 있다. 따라서 이영희는 '여성 하위주체'로서 싸우는 할머니들의 대변자이며 동반자다. 할머니들과 함께 울고, 웃을 수 있는 감성적 공감능력이 불편한 진실을 외면할 수 없게 한다.

공선옥 소설에서 여성의 결혼생활은 대체로 원만하지 못하다.『꽃 같은 시절』의 결혼생활 역시 대부분 여성의 역할이 주도적이나, 평탄하지는 않다. 영희의 남편 철수, 철수 누나의 남편, 서해정의 남편, 귀옥의 남편, 그리고 할머니들의 남편은 일찍 죽거나 가정을 등한시하는 무책임한 경우가 대부분이다.

그 가운데 이영희의 경우는 '철수와 영희'라는 이름처럼 비교적 평범한 결혼생활의 모습을 보여준다. 다만 남편 철수는 가족의 든든한 울타리를 만들어주지 못한 실패한 가장으로서 괴로워할 뿐이다. 결국 투쟁

위원장으로 활동하는 영회를 받아들이지 못하고 비아냥거리며 방해한
다. 여성이 적극적으로 사회활동을 할 때 대부분의 남성들이 보이는 이
러한 모습도 권위주의적이다.

이영회는 남성의 권위주의에 순응하지 않지만 적대적인 관계를 갖지
않으려고 최대한 포용의 미덕을 발휘하는 이상적인 인물형으로 제시된
다. 형사의 마음을 설레게 할 정도로 외모가 매력적이고, 부드럽고 감성
적인 성격이며 약자를 배려하는 실천행위가 돋보이며, 바른 말을 할 줄
알며 정의감이 넘친다. 게다가 정이 많고 의리가 있다. 문서 하나 읽고
순양석재의 불법성을 지적하는 지혜로움도 갖추고 있으니 작가가 생각
하는 새로운 지도자상으로서의 인물로 투사하고 있음을 쉽게 눈치 챌
수 있다. 가장의 역할을 수행할 수밖에 없었던 '공선옥표 어머니'가 사
회문제 해결을 위한 지도자로 성장할 수밖에 없는 절박한 상황을 만난
것이기도 하다. 생태 복원력이나 생명력의 주체를 여성으로 보고 여성
이 문제해결의 중심이 되어야 한다면 지도자로서의 역할도 감당해야
할 수밖에 없다[32]는 관점이다.

그러니까 이영회가 위원장직을 맡았다고 해서 카리스마를 지닌 그런
지도자는 아니고 단지 하나의 역할분담을 맡은 것일 뿐이다. 순양석재
투쟁의 중심에는 할머니들과, 마을 이장이 있으며 위원장을 맡게 된 이
영회와 이들을 지지해주는 서해정이 있다. 이들 모두는 누가 누구를 이
끌어주고 따라 오는 것이 아니라 함께 투쟁의 주체가 되는 것이다. 여기
에는 권력도 없고 명예도 없으며 공동체적인 배려와 인정이 넘칠 뿐이

---

32 지배담론의 지지를 받지 못하는 사각지대의 상황에서 어쩔 수 없이 여성 지도자가
힘을 발휘하는 경우를 말한다. 여성들이 투쟁의 중심이 되면서 남성지도자가 이끌어가
는 경우보다 여성들 스스로 지도자 역할까지 감당하는 경우 성공적인 사례가 많다. 또한
관료사회의 부패청산과 관련하여 해결방법으로서 여성 지도자가 거론되기도 한다. 실
제로 여성 지도자가 부패와 부도덕의 사례가 적다는 연구결과가 있다.

다. 하지만 이영희에게는 남편 철수와의 갈등이 '단독자로서의 개인'의 문제로 무게감 있게 그려진다. 남편의 반대를 무릅쓰고 사회활동을 하는 여성 지도자의 이미지는 희망적이지 않다. 여성의 행복이나 가정의 소중함을 포기하는 여성 지도자의 이미지는 피해자 페미니즘에 머물 위험요소가 짙다.

냉철하게 판단해 본다면 아내의 대외활동을 적극적으로 지지하는 남성은 거의 없다. 특히 하위 계층의 상황이라면 더욱 심할 것이다. 철수는 집세가 없어서 시골의 빈집에 사는 처지에 대한 열등감 때문에 유정면의 순양석재 투쟁에 동참하는 영희를 이해하지 못한다. 위원장 활동을 하는 영희와의 갈등과 경제적 어려움 때문에 철수는 여름 한 철 집을 나갔다가 돌아온다. 철수가 돌아온 후 영희는 과로로 쓰러져서 병원에 입원하여 사경을 헤맨다. 대부분 이와 비슷한 상황을 연출할 수밖에 없는 평범한 모습들이다.

> 이제 영희가 깨어나기만 하면 꽃도 보고 시도 듣고 참새 거미 벌도 보고 그것이 소리나 몸짓으로 말을 건다고 했으니 정말로 그런가 한 번 귀도 기울여보리라고, 정말 그러리라고 결심하는데.
>
> — 겨울호(176쪽)

할머니들의 남편이 끝내 할머니들의 감성적 세계를 무시했던 것과 달리 철수는 영희의 감수성을 이해하려고 결심한다. 자연과의 교감에서 위안을 받으며 끝까지 철수와의 소통가능성을 포기하지 않았던 영희의 노력이 출구를 만나는 계기를 마련한 것이다.

> 세상에서 가장 순한 사람들이 외로운 싸움을 한다며 짠한 표정을 지을 때, 거미를 죽여서 죄로 갈 것 같다는 할머니가 다 있더라며 눈을 반짝일 때 내가 지금 거미 한 마리 때문에 괴로워하는 사람들과 함께

하고 있다고, 한 번도 험하지 않은 세월이 없었지만 그 험한 세월 중에 그래도 지금이 가장 꽃시절이라며 함박꽃같이 웃는 사람들하고 같이 있다고. 지렁이들이 겨울잠에 들려고 하면서 새근거리는 소리.

– 겨울호(175쪽)

철수가 영희를 내밀한 감성까지 이해하려는 접근을 엿볼 수 있는 감동적인 장면이다. 그러나 갈등의 과정이 거의 생략되어 있어서 순간의 감동이 싱겁기도 하다. 영희가 쓰러지기 전에 아궁이에 불을 때는 장면이나, 돼지고기를 사 오는 설정이 없는 것은 아니지만 영희와 철수의 갈등해소는 석연찮은 구석이 있다. 영희가 쓰러져서 깨어나지 못하는 상황[33]에서 후회와 자책으로 일관되기 때문이다. 갈등 해소는 대화를 통한 '너'와 '나'의 다름을 존중하는 화해의 소통이 필수적이기 때문이다. 하지만 일방적으로 영희를 받아들이고 참회하는 차원으로 머무른다는 점에서 억지 화해의 혐의가 짙다.

영희는 저승과 이승을 오가는 영성 세계를 체험한다. 오명순 할머니가 영희를 살려주어야 한다며 저승사람들의 힘을 빌려 간신히 영희는 이승으로 돌아올 수 있게 된다. 돌아온 영희는 철수의 지지를 받으며 할머니들과 서해정과 힘을 합하여 실패한 순양석재의 투쟁경험을 되살려 세상의 변혁을 위한 지도자로서 우뚝 솟을 것이다.

생태페미니즘 여성성은 새로운 사회를 이끌어갈 지도자의 덕목으로서 이영희라는 새로운 인간형을 창조하였다. 이영희는 '일탈의 어머니'에서 저항하고자 한 가부장제 덕목으로서의 희생과 인고의 성품이, 생태 페미니즘 여성성의 관점에서 생태복원과 생명 살리기의 정신과 결

---

33 영희를 살려주는 것은 저승에 간 할머니들이다. 아직 할 일이 남았다며 다시 이승으로 보낸다. 영희는 저승에서 다시 이승으로 보내자는 의견에 따라 삶과 죽음을 넘나든다. 이때 역시 노래가 이 넘나듦의 매개체가 된다.

합한 인물이다. 이영희와 할머니들은 '순양석재'와의 투쟁에서 지도자 어머니의 모습으로 형상화 되었다. 이들 행위는 공동체와 연대를 형성하여 아름다운 세상을 향한 희망을 제시한다. 울음과 웃음으로, 밥과 꽃으로 이들이 전해주는 희망은 공감의 소통능력으로 연대를 형성하며 확산된다. 작가는 미래에 대한 의지와 전망을 이승세계와 저승세계를 넘나드는 상황을 풀어서 도식적인 전망 제시와 단순성의 구성을 넘어서는 넓은 지평을 확보할 수 있었다.

4. 『꽃 같은 시절』의 생태 페미니즘과 '여성 하위주체'의 여성성

장편소설의 승패가 시대현실과의 필연성에 있다고 할 때, 공선옥이 생태 페미니즘과 '여성 하위주체'를 소설의 원리로 착안한 것은 높이 평가할만하다. 환경과 여성 그리고 타자에 대한 관심이 시대현실의 화두로서 적절하기 때문이다. 특히 '공선옥표 어머니'의 씩씩함이 시대현실과 대면하는 주체로서 형상화된 점은 작가의 성과로 보여진다. 한기욱은 장편소설이 갖춰야 할 핵심적인 요소로 '단독자로서의 개인에 대한 관심', '윤리에 대한 집요한 성찰', '시대 현실에 대한 물음'으로 본다. 그렇다면 이 세 가지를 작품평가의 기준으로 삼는 것이 무리는 아닐 것이다.

『꽃 같은 시절』에서 작가가 주목한 '여성 하위주체'는 이러한 핵심적 요소에 적합하다. 물론 '시대현실에 대한 물음'과 '윤리에 대한 집요한 성찰'은 공선옥이 일관성 있게 삶과 창작 행위로 추구해 온 지상과제였다. 하지만 '단독자로서의 개인에 대한 관심'은 앞의 두 가지 요소와 길항관계에 있다는 점에서 단순하지 않다. 이 문제를 해결하기 위해 작가는 '여성 하위주체'의 젠더 정체성을 생태 페미니즘적 여성성으로 접근한 것이다.

하지만 할머니들과 이영희와 서해정이 서로를 보듬고 연대하는 과정에 초점이 모아지다 보니 '단독자로서의 개인에 대한 관심'이 보편화의 상황으로 몰린 것은 아쉬움으로 남는다. 여성소설에서 범하기 쉬운 여성 인물의 극단적인 소영웅화나 남성인물의 비현실적인 무리한 설정이 대체로 자제되어 있음은 그나마 다행스럽다. 자제된 작가의 목소리는 인물들의 행위에 녹아들어 생동감 넘치는 담화를 통하여 증폭된 공감력을 발휘하기 때문이다.

이천 년대 마구잡이식 개발과 문명이라는 이름의 자연훼손에 대한 우리들 반응은 대부분 방관적이다. 불편한 진실로 받아들일 뿐, 보이지도 들리지도 않는 듯이 태연하다. 이 작품에서 순양석재와 벌이는 외로운 할머니들의 싸움은 이러한 둔감성을 일깨운다는 점에서 주목을 요한다. 허구와 현실이 분명하지 않은, 이 애매함의 빈틈에서 자연훼손의 심각성이나, 방관자로서의 부끄러움을 나의 문제로서 자각할 수 있기를 작가는 기대했으리라. 논픽션의 장편소설화를 통하여 시대와의 호흡에 일침을 놓았고, 4대강 사업을 향한 저항의 담론으로서 한 페이지를 장식하였다는 점 또한 작가의 역량으로 보인다.

작가는 자연과 인간의 조화와 교류를 중시하는 생태 페미니즘의 관점에서 특히 '여성 하위주체'가 지닌 가능성을 할머니들에게서 발견한다. 할머니들은 사라져 가는 자연을 살리는 주체이면서 사라지는 자연 자체이다. 할머니들이 '세계에 대한 주체의 태도로서 대결의 자의식'을 지닌 존재로 형상화되면서 오래된 고목처럼 인간 자체가 자연의 하나임을 인간과 자연이 함께 살아야함을 스스로 깨닫게 되는 것이다.

이제 한국문학에서 지렁이의 울음소리는 자본과 당당히 맞서 싸운 할머니들과 영희의 노래가 되었다. 그 울림 속에서 '여성하위주체'의 맥박은 꺼져가는 생명체에 숨결을 불어넣을 수 있을 것이다.

4.
6 · 25 트라우마의 시선으로
횡설수설 담론 들여다보기
– 이문희 중편소설 「하모니카의 계절」

1. 또 하나의 6 · 25 트라우마

데자뷰의 체험.

처음 대하는 장면이 언젠가 본 듯한 친숙함의 느낌으로 다가올 때. 언제 어디서 어떻게 만났는지 알 수 없으면서도 몸이 기억하는 그 낯익음의 강렬함은 깊은 잠재의식의 귀퉁이를 휩쓸며 지나간다. 이상 소설의 무의식과 초현실주의 심리, 손창섭 소설의 모멸과 자기혐오의 병적인 인간상이 이런 식으로 모여 있다. 하지만 그 어조는 자못 여유롭다. 채만식의 풍자와 해학적 입담을 닮은 요설체 문장이 진양조와 중모리 중중모리에서 자진모리까지 구성지게 펼쳐진다. 그 마당 한복판에서 6 · 25 트라우마의 시공간을 들여다보는 체험이 담겨있는 그의 소설은 매우 산만해 보인다.

이문희는 선배 작가들의 입말을 섭렵하여 그만의 독특한 요설체 작품세계를 구축한 작가이다. 그 세계는 거대담론을 외면하고 내밀한 인간 심리에 관심의 저울추가 기울어 있다. 6 · 25 체험도 사적(私的)인 접근을 절대시하면서 인간실존의 남루함만을 다룬다. 혐오와 동정의 시선 속 절망과 불안과 자포자기와 자학만이 주체하지 못할 만큼 방만하게 흐른다. 그런 만큼 소설을 읽는 시간은 불편함을 감수할 수밖에 없다. 인간존재에 대해 회의하고 불신하는 에너지가 덕지덕지 달라붙는 걸 어쩌지 못하는 고통에 몸을 맡겨야 한다.

횡설수설 담론에는 불안과 절망의 그림자가 지배적인데 6 · 25 전쟁의 이미지를 민낯으로 만나는 심정은 고통스럽지만 멈출 수 없는 흡입력이 도도(滔滔)하다. 그렇게 소설을 읽는 작업은 전쟁이 개인에게 남긴 상처를 포착한 지점을 함께 더듬으며 그 감각을 공유하는 시간이 된다. 6 · 25체험을 데자뷰하는 의식의 공유지점을 확인하는 작업은 지난(至難)하면서도 허탈하다. 담론을 주도하는 6 · 25체험의 연결고리는 이미 의식 저편으로 가물가물하여 명료하지 않기 때문이다. 직접 체험한 자(영규)의 공포와 불안의 공간은 논리적 접근이 불가능한 부조리의 세상이기에 합리적 이성의 접근이 막혀있다. 이러한 심리를 표현하기 위해 그는 요설체 문장을 선택하였고 하모니카 의적과, 전사한 동생의 아내인 옥희와 살고 있는 영규의 이야기가 엽기적으로 펼쳐지면서 감각적 만남을 준비한다.

이문희는 전후작가로 출발하였지만 그의 작품세계는 여타의 전후문학과 구분되는 독특함 때문에 문학사에서 부당하게 소외받아 왔다.

사랑 모티프가 작품 표면에 도드라지는 점[34]도 외면의 사유가 되었을

---

34 그의 작품 「우기의 시」는 혜영과 성자 사이에서 방황하면서 진정한 사랑을 갈구하는 사랑 오디세이의 성격을 지녔고, 「왕소나무의 포효」는 영순을 향한 철순의 순수한 사랑이 중심서사로 진행된다. 또한 「오돌막집과 옹달샘」은 예순두 살의 재혼이 작품 중심

듯하다. 6·25 체험은 동족상잔의 비극이라는 점에서 문학에서 근친상 간 또는 강간과 폭행의 이미지로 폭력성을 고발한 경우는 흔한데 「하모 니카의 계절」에서도 주요 모티프로 등장한다. 6·25 체험 소설에 기대 하는 바, 민족의 현실에 대한 긍정적 전망이나 손상된 자아와 공동체의 회복을 위한 태도를 중시하는 리얼리즘 문학론과 이문희의 작품세계는 상당 부분 다르다.

작품 제목인 '하모니카의 계절'을 시공간 개념으로 유추해 보자. 의적 이 밤 9시에 부는 하모니카 소리는 일(도둑질)을 나간다는 신호이다. 의 적이 일을 나가면 안심이 된다는 상황 설정은 비정상적인 사회시스템 에 대한 불신감과 조롱이다. 동네사람은 도둑질에서 제외된다는 믿음, 부족한 먹거리를 도움 받을 수 있다는 안도감 자체가 쓰나미를 예견하 는 모래성처럼 불안하다. 그 의미는 현재, 과거, 미래가 뒤죽박죽된 불 안의 시간, 현실과 현실도피, 삶과 죽음이 시작되고 끝나는 지점이 엉켜 있는 부조리의 시공간으로 해석할 수밖에 없다.

특히 「하모니카의 계절」은 이데올로기가 부재하며, 인간성 회복의 메시지조차 찾아볼 수 없다. 전후작가에게 요구되는 냉철한 사실주의 적 접근의 문단 흐름에서 벗어나 있는 것처럼 보이는 건 당연하다하겠 다. 그렇다하더라도 전후문학의 흐름에서 그의 작품이 외면 받아 온 것 은 안타깝다. 다양한 접근방법으로 숨겨진 작품의 가치와 진면모를 밝혀낼 수 있어야 할 것이다. 특히 요설체 문장 속에 담긴 횡설수설 의 담론을 재진술하여 정리하는 작업은 중요해 보인다. 다음 문장을 살 펴보자.

영규로서 볼 때에도, 사실 말이지 잠자는 어린 것을 깨워서까지 굳

모티프이다.

이 어른들의 그 요란한 사랑의 장면을 구경시켜야 될 이유는 없는 것 같았다. 그런 데에까지 일일이 끝알을 세고 있다간 진짜로 화급한 '큰 아빠'의 교육 같은 것은 대체 어느 세월을 기다려야 할까 싶었다. 화급한 교육—왜냐하면, 란이가 철모르는 란이가, 그나마 옥희조차 밖에 나가 없는 새에, "아빠, 아빠"하고 매섭게 달라붙어 오는 그 아픈 맛이란, 도저히 정리나 그 밖의 이해성을 가지고는 감당을 할 수가 없는 것이었기 때문이다. 하기야 란이가 아빠를 찾을 때의 그 따가운 감각이야말로, 바로 영규 자기가 오늘을 살고 있다 하는 신랄한 주제(主題)임엔 틀림없다. 의적의 주제보다도 더 욕되고 저주스러운 주제(主題)임에……옥희의 뱃속에서 가을을 기다리는 핏덩어리를 생각하면, 그 욕되고 소름 끼치는 주제는 자꾸만 죽음의 빛깔로 물들어 간다. 죽음의 빛깔은 하늘처럼 차다. 뱃속의 아이는 아마 자줏빛을 하고 나올 것이다. 자줏빛을 하구서까지 나와야 할 이유가 무엇일까? "애가 생길려나 봐요." 이 말을 하던 때의 옥희는 입이 썼다. "세 식구도 못 먹고 굶는데 웬 또 아이까지."옥희가 환상곡을 변주(變奏)해서 그럼 당신은 서 있구려, 한데는 그러니까 좋은 의미와 나쁜 의미가 반반씩 들어 있다. 뱃속에 든 아이는 요컨대 옥희부터가 싫어하고 있다. 그녀는 때때로 아주 몹시 어울리는 표정으로 세상을 회의할 때가 있다. "이 놈의 세상을, 좋아서 사는 사람이 어디 있을라구요." 정말이다. 옥희의 말뜻은 명백하다. 그녀는 내심 하나의 결의를 가지고 있는 것이다. 제약회사 외교원의 지식을 가지고도 결국은 성공 못 시켰던 피임술(避姙術)—영규가 장담할 수 있는 단 하나의 확신은 이것이다. 뱃속에서 가을을 기다리는 아이는 분명히 자줏빛깔을 하고 나오리라고. 장수할 권리와 '이놈의 세상'과, 자식을 낳아서 부잣집 문전에다 갖다 버리고 오는 것도 하나의 생활양식이다. 깎듯한 생활양식이다. 강보(襁褓)의 핏덩어리를 개구녁받이로 드리밀고, 찬바람 몰아치는 한 시간이고 두 시간이고를, 살아 있다는 실감 속에서 자기를 수호한다……? 허나 어떤 자기를? 어디를 우러러 자기를? 개조차 짖지 않고 하늘은 자줏빛으로 차 갑기만 한데……이를테면 그, 진정한 '사랑'이란 없는 것인가. 가령, 한 시간이고 두 시간이고를 찬바람에 말리다가 불덩어리가 된 그것을 안 고 집에 와서 죽인다면, 엄마가 되는 옥희는 눈물이라도 흘릴 것인가. 장수할 권리와 망가뜨려진 피임법과 그리고 '이놈의 세상'과 변주되는 환상곡과……태아를 굳이 살려야 한다면 란이의 경우처럼 이번에도 유복(遺腹)시키는) (?) 도리밖엔 없을라. 그리고 실지가 되는 일이라면 영규야말로 이번 가을을 보기 전에 죽어 버리고 싶다. 태아의 생사 문 제와는 별도로 치고라도 말이다. 어차피 '삼촌'과 '사촌'이라는 소박한 글자 외에, 란이와 자기와 핏덩어리와의 관계를 헤아릴 수 있는 신통 한 잣대(測尺)란 없는 것이니까. 있는 것이라고는 오로지, 늦어도 이 번 가을이 오기 전에는 자기가 아니면 이 집 세 식구 중의 누구 하나는 반드시 죽어주어야 한다 하는 결론 뿐이다. 결국 입에서 피가 나오는 병을 얻긴 얻었다.[35]

(102∼105쪽)

요설체의 특성을 보여주기 위해 부득이하게 긴 인용으로 선택한 문 장이다. "아빠"와 "큰아빠"의 교육, "진정한 사랑", "태아의 생사", "자줏 빛". "핏덩어리"는 "죽음의 빛깔"로 정리되면서 "죽음"의 행위를 구체화 한다. "주제"와 "생활양식" 역시 자연스럽게 죽음으로 귀결된다. 영규의 불안감은 결국 죽음의 문제에 집요하게 매달린다. 옥희는 죄의식과 불 안심리를 환상을 동원하여 사랑으로 합리화한다. 하지만 영규는 그런 융통성이 없는 고지식한 인물이기에 누군가의 죽음으로 문제를 해결

---

35   이문희 지음, 장영우 엮음, 『이문희 작품집』, 「하모니카의 계절」, 지식을 만드는 지 식 고전선집, 2010년. 본문 인용은 쪽수만 표기함.

할 수밖에 없다고 여겨 극단적 선택을 준비한다. 영규의 심층심리는 장황하고 두서없는 반복과 다양한 주변인물의 죽음이 겹쳐지면서 서서히 모습을 드러내는 것이다. 결국 영규의 일상은 삶이 아닌 죽음을 위해 존재한다는 역설을 읽어낼 수 있다.

2. 횡설수설 담론의 미학

요설체란 수다스럽게 떠벌리는 화법이다. 핵심이 없고 쓸데없는 군더더기 말들이 반복된다. 자동기술법이나 무의식의 글쓰기처럼 제어하기 어려운 심층심리나 충격적인 심리를 표현함에 효과적이라 하겠다. 개인이 감당할 수 없는 극단적 상황의 체험과 이로 인한 트라우마는 극도의 불안감을 유발한다. 횡설수설로 불안심리를 토로(吐露)함으로써 해결책 제시가 아닌 치유의 기능을 감당했다고 보여진다. 부조리한 세계에서 부조리한 존재로 살아남은 자들에 대한 한없는 이해와 공감을 호소한다. 그러니까 횡설수설 담론이란 요설체 문장으로 이루어진 이야기에 붙인 이름이다. 이 소설에는 플롯도 있고 결말도 있지만 뒤죽박죽 진행되는데 이는 부조리한 상황이나 심리를 부각시키기 위함이다.

왜 작가는 이런 문장을 선택하였는가? 새로운 표현기법을 창출한 예술가의 의욕은 무엇이었을까? 6·25 전쟁의 책임 규명과 피해자와 가해자의 구분도 중요하지만 작가는 전쟁 때문에 겪는 왜곡된 일상을 보여주는 방법을 위해 문체를 선택했던 것이 아닐까?

거대담론 중심의 전후문학사에서 개인의 상처보다 중요한 건 일일이 열거하기 어려울 만큼 많다. 가족이나 마을 공동체 더 나아가 민족이나 국가의 이데올로기 등등. 그것들이 입은 훼손과 그 회복에 대한 관심이 무엇보다 중요했을 뿐이다. 그런 상황에서 개인의 상처를 전면에 내세운다는 것 자체가 엄두조차 내지 못할 일이었는지도 모른다.

그런데도 「하모니카의 계절」에서는 개인의 아픔을 제대로 호소하기 위해 장단을 치고 한판 굿을 벌인다. 근친상간[36]의 설정과, 손가락을 찾으러 포화에 뛰어든 통신병의 죽음과, 큰아버지와 아버지를 구분하지 못하는 조카와의 갈등 등 서사구조가 주는 횡설수설의 난해함과 음울한 분위기는 상처 입은 개인의 심리를 독특하고 설득력 있게 전개한다. 하지만 거대담론에 비하여 비루함 투성이의 이야기일 뿐이다. 그 의미 탐색을 위해 사실주의 미학보다는 기법이나 부조리 미학으로서의 접근 방법이 요구될 수밖에 없다.

손창섭이 대표적인 50년대 작가로서 당당하게 인정받은 건 전쟁의 참상을 어두운 표정의 '맨얼굴 드러내기'에 성공했기 때문이었다. 사실주의 미학의 관점에서 '불구의 문학' '밀실의 문학'이라 폄하되었던 손창섭의 「비 오는 날」이 인정을 받은 것은, 작품을 바라보는 관점을 달리했기에 가능했다. 전쟁의 참상을 서사와 갈등을 배제한 빗소리나, 절룩이는 동욱의 실루엣, 표정 없는 얼굴의 이미지가 주는 강렬함으로 대신했던 작품세계를 존중했기 때문이다. 이문희 역시 독특한 작품세계를 존중하여 재평가 받아야 하는 작가라고 생각한다. 특히 그의 작품 「하모니카의 계절」에서 그려내는 전쟁의 참상은 강렬한 심리적 충격에 집중된다. 삶과 죽음의 갈등심리를 손가락에 실을 동여매어 피가 통하지 않게 반복하는 행동, 큰아빠와 아빠의 혼동을 바로잡으려는 진지함과, 사랑과 야만적 본능의 극단 사이에서 방황하는 섹슈얼리티의 담론은 엽기적일 만치 강한 인상을 남긴다. 작가는 서사구조와 별개인 이미지와 직관을 통해 6·25 트라우마로 고통받는 인간의 표정을 보여주고 있는

---

36 이문희 작품에서 자주 다루는 모티프이지만 엄밀한 의미에서 동생의 아내와의 혼인은 법적으로 문제가 없다. 하지만 당사자인 영규는 근친상간과 진배없는 금지된 성이라는 의미로 받아들여 자책하면서 '난교', '비극', '무서운 기억'이라 부른다. 적절하지 않은 용어이지만 사용할 수밖에 없음을 밝힌다.

것이다. 또 하나의 트라우마, 그 표정을 찾아 읽는 방법이다.

이 작품에는 폐허처럼 망가진 인생살이의 비루함이 담겨있다. 그들은 6·25의 트라우마에서 헤어 나오지 못해 인간이기를 거부하고자 차라리 죽음을 향하는 인생들이다. 주인공 영규의 심리를 진단하자면 극단적 상황에서의 공포, 불안이 일상생활을 지배하는 공황장애에 가깝다. 죽음에 대한 두려움에서 벗어나고자 죽음을 준비하는 의지박약과 자포자기의 심리가 그렇다. 전쟁을 체험했던 무능한 생활인의 무의식을 지배하는 건 죽음이며 무의미이고 부조리함이다. 요설체 문장의 횡설수설은 이를 위한 선택이다.

작가는 6·25 전쟁이 남긴 심리적 상흔에 주목하여 이를 보여주기 위한 장치를 준비한다. 어쩌면 죽음보다 더 아플 수도 있는 내밀한 상처, 또는 목숨을 유지한다는 것이 모멸자체인 삶의 현장에 내재한 고통을 민낯으로 만날 수 있도록 내면심리를 보여준다. 개인의 의지가 죽음 앞에서 얼마나 무기력한가를 체험한 것이다. 본인의 의지나 행위와는 무관했던 통신병의 죽음과 집단강간의 트라우마가 영규의 일상을 무기력과 절망의 시간으로 짓눌리게 한다.

그러니까 쉬운 말로 그 반쯤 죽는다는 것-하모니카 소리는 그냥 들려오고 있다. 음산하면서도 비장한 그 장송곡은, 분명히 그 무엇인가를 애절히 부르고 있는 소리다. 한 살짜리와 두 살짜리를 들쳐 안고, 그 아버지는 찾아갔었다. 북풍이 몰아치는 어느 겨울날 밤-영규는 무서웠다. 죽음보다도, 아니 그보다 더한 무엇보다도 무서운 기억. 지금도 그날 밤의 일을 생각하면 등덜미에 오한이 달린다. 바람이 불어대는 겨울날 밤처럼 무시무시한 것은 없다. 모진 북풍이 빈민굴 일대의 판잣집들을 모조리 집어삼키려 들었었다. 생각하면 그날 밤이야말로, 영규가 형도의 명실상부한 아우가 되는 순간이었었다. 계딱지처럼 산비탈에 달라붙은 판잣집들이 납죽 엎디어 바람이 가져오는 밤을 기다렸다. 문쪼가리는 쿵쾅거리며 여닫히고, 지붕을 덮은 천막떼기는 귀신이 들린 것처럼 파열했다. 불조차 켤 수가 없었다. 흐릿 없이 최전방 고지의 불을 뿜는 격전장이었다. 통신병의 손가락쯤 백 개는 더 달아나도 무방했다. 그렇게도 살벌한 판잣집 단칸방 속에서 영규는 마침내 형도의 아우가 되고 말았다.

(93 ∼ 94쪽)

"반쯤 죽는다는 것"은 손가락에 피를 통하지 않게 감는 행위이며, 이는 "한 살짜리와 두 살짜리" 아이의 죽음을 체험한 아버지이며, "무서운 기억"이다. 이 "무서운 기억"의 근원은 통신병의 죽음이고 집단강간 현장인 전쟁터이다. 그 연장선상에서 "영규는 마침내 형도의 아우가 되고 말았다." 모든 것이 "최전방 고지의 불을 뿜는 격전장"에서 비롯된 일이다. 이제 정상적인 생활의 회복은 가능하지 않다. 돌아올 수 없는 강을 건너버린 자의 두려움은 실체가 모호하다. 영규의 친동생인 형도의 아내 옥희와의 동거는 부조리한 일상의 반복을 보여주는 장치일 뿐이다. "무서운 기억"은 죽음에 대한 기억이며 전쟁에 대한 기억인 것이다. 손가락이 잘린 통신병의 죽음과 옥희와 영규와 란의 관계, 그리고 자식이 둘씩이나 죽은 하모니카 의적의 사연은 끊임없이 반복 재생된다. 하지만 그 반복은 단순한 행위의 반복이 아니라 망설임과 후회와 고뇌하는 심리적 과정이다. 요설체 문장과, 자포자기 인물들의 설정은 뒤죽박죽 부조리의 세계를 보여주면서 생의 비의(祕意)에 젖게 한다. 6·25의 비극은 그 어떤 이론으로도 정당화하거나 합리화할 수 없으니 부조리한 생의 불연속적 장면으로 수긍하며 넋두리나 할 뿐이다. 횡설수설 담론의 탄생은 이 지점이다. 전쟁의 트라우마가 낳은 현재의 삶에서 미래는 두려움이고 감당할 수 없는 불안이다. 두려움과 공포가 환상과 현실로 겹쳐지면서 극대화되면 공황장애가 된다. 작품 속에 빨려 들어가면서 전쟁의 희생자들을 시대를 잘못 타고난 생존자의 일상으로 넓힐 수 있는 다양한 공감의 시선을 모을 수 있게 된다. 합리적 논리와 이성을 버려야만 공감의 시선에 동참할 수 있다. 「하모니카의 계절」에 담긴 공황장애의 인간 심리는 부조리라는 말 이외 다른 표현이 불가능한 지경이기 때문이다. 부조리란 거대담론으로 해명할 수 없는 개인의 불안과 절망의 심리 접근에 도움이 될 것이다.

냉철한 논리가 아닌 직관과 열정으로 부르짖는 음성. 소설과 시의 경계가 흔들리는 이러한 이야기 전달은 특이한데 이게 바로 문체가 지닌 힘이다. 요설체의 문장을 통해 드러나는 직관과 열정에서 우리는 부조리한 인물 심리에 무기력하게 젖어들 뿐이다. 보통 인간의 나약함과 의지박약을 어찌하란 말인가? 작가는 생명체로서 자신의 몫으로 짊어진 고통 속에서 발버둥치는 인물들의 심리를 대변할 뿐이다.

> '위안(慰安)'치고는 히안한 것이었다. 바람은 불어대고 두 살 난 란이는 옆에서 잠만 잤다. 환상이 무서운 것인 줄을, 그날 밤에사 알았다. 영규는 속바로 고지에 가 있었다. 여자에 굶주려 이리 떼가 되어버린 분대원들을 이끌고 계곡을 헤메는 것이었다. 기진맥진했다. 계곡에서는 아무튼 마흔 살이 넘은 아주머니일지라도 치마만 둘렀으면 철저하게 여자다. 아군이건 적군이건, 상대를 가릴 권리는 없다. 그저, 총뿌리 밑에서 기는 것뿐이다. 총뿌리는 열 겹이 되고 스무 겹이 되는 수도 있다. 총뿌리가 걷혔을 때는 여자는 이미 일어날 힘조차 상실한 뒤이다. 힘도 아니다. 괜히 집을 지킨답시다가 피난을 안 가고 이 꼴이 됐다는 후회도 이미는 늦었다. 눈물조차 말라버려 그네들은 울 줄도 모른다. '위안'을 받은 이리들은 바람도 밤도 무섭지 않다.
>
> (95쪽)

이 요설체의 효과는 다층적인 상황을 반복, 재현, 지속하면서 과거와 현재와 미래를 공포체험으로 묶는다. 6·25 전쟁에서의 집단강간의 공포감을 겪은 이후 이 남자는 삶의 주제를 상실했고 살의(殺意)만 남았다.

　이 세상이라는 것이 아무리 넓어도 좋다는 건강한 사색, 시간이라고 하는 것이 아무리 많아도 오히려 모자란다는 튼튼한 신념. 비록 동양적으로 고리타분했을망정 그때엔 어엿한 '주제'에 살았다. 지금처럼 이렇게 강렬하고 잔악한 주제란 생각해 볼 수도 없었다. 오늘처럼 이렇게 쓸모없이 맵차기만 한 '이유'들은 없었다. 형도의 아내를 내 것으로 인수해야 했던 이유라거나 형도의 아내에게다 형도의 조카를 보게 하려는 이유라거나, 그 때문에 또한, 자기의 부하 분대원에게만은 여자를 못 건드리게 금기를 내리고 있었던 옛날을 후회해야만 되는 이유라거나…… 시방 남아 있는 것은 어쩌면 손구락을 감는 실 한 오락이뿐일가……애초에 무엇을 묶는 데 쓰였던 실인지 상당히 길고 찔긴 그것은 손때가 묻어 까맣게 옻(漆)을 입었는데 그것은 철저하게 자기만이 사용하는 물건이다. 란이는 제 실을 따로 가지고 있다. 그렇다고 영규가 자기의 그 길고 찔긴 실 오락을 사랑했던 것은 또 아니다. 허나 요컨대는 죄의 발단–란이의 목에 가져갔던 실 오락은 바로 그것이었다. 그러고 보면 실에도 그 무슨 '주제'는 있었던 것일가. 손구락을 감아서 피를 못 통하게 한다는 것이 이제까지의 실이 하는 역할이었는데, 그것이 란이의 모가지로 옮겨질 때에는 갑자기 살의(殺意)를 품었다. 란이에게도 죄는 있다. 너무 자는 것이다.

(113～114쪽)

　이 남자(영규)에게는 "무서운 기억"만이 반복된다. 죽은 통신병의 손가락, 한 살짜리와 두 살짜리 아이의 죽음, 동생 형도의 아내와 함께 보낸 밤, 현실을 짓누르는 이 무서움은 전쟁의 연속성 때문이다. 영규의 전쟁기억은 두 가지 영상으로 재현된다. 소대장으로서 민간인 여성 강간 폭행을 못하도록 명령한 것과, 폭발물에 손가락이 잘리자 이를 찾으러 가다 전사한 통신병의 장면이 그것이다. 하지만 현실은 참전보다 더욱 비참하다. 전쟁 속에서 겪었던 강간 폭행보다 더한 고통의 현장이 바로 영규 자신의 일상으로 지속되는 것이다. 영규의 동생 형도의 아내인 옥희와 기묘한 동거생활 속에서 옥희는 임신하게 되는 상황. 영규는 자신의 행위를 부정하고 옥희는 합리화를 지향하지만 이들은 전후 왜곡된 일상에 처한 나약한 인물이라는 점에서 동일성의 존재자다. 하지만 "비극에 책임을 져야 할" 사람은 누구인가? 멈추지 않는 이 물음을 주목해야 한다.

> 란이가 그 어머니의 불행과 함께, '큰아빠'와 그냥 '아빠'와의 분별도 이해하게 되는, 그 아득한 십이 년 뒤의 어느 날까지, 이 집 세 식구의 생활, 아니 목숨들이 무사하게 지속돼 갈 수는 없으리라는 사실을. 반드시 그 안에 누군가 한 사람이 죽는다는 사실을. 옥희와 란이의 모녀는 건재한다고 하더라도 적어도 영규 자기의 목숨만은 믿을 것이 못 된다. 어쩔 수 없는 일이다. 옥희의 말마따나 죽을 때까지 '비극'에 관한 책임을 져야 할 텐데,
>
> (88쪽)

무의식과 의식이 뒤엉킨 복잡한 심리를 장황하게 펼치면서 이성으로 해독불가한 불합리한 세계에 도달하면 죽음과 맞닥뜨리게 된다. 과거와 현재와 미래가, 현실과 환상이 공존하는 세상에서 죽음 이외 해결책을 찾지 못하기 때문이다. 죄의식과 모멸감과 부조리의 삶에서 부대끼는 모순과 역설이다. 살기 위해 죽는가, 죽기 위해 사는가의 횡설수설 담론은 결국 목숨을 유지한다는 것 자체가 죄인이 될 수밖에 없는 상황에 대한 울부짖음이다. 심리적 충격의 반복과 지속 효과는 6·25 체험 시공간의 확장을 마련한다.

3. 아름다운 죄인들[37]

김수영 시인이 거제도 포로수용소에 잡혔다가 생니를 뽑는 고통을
견디며 살아난 건 사랑하는 아내 때문이었다. 하지만 천신만고 끝에 만
난 아내는 자신의 친구와 살림을 차렸고 김수영의 팔을 뿌리치며 외면
했다. 이후 우여곡절 끝에 김수영 시인이 아내와 만나 나머지 인생을 살
았다는 사연은 6 · 25의 비극이 뿌려놓은 파란만장한 이야기 중 하나일
뿐이다.

「하모니카의 계절」에서 등장인물들의 일상은 죽음과 벌이는 생존의
사투처럼 보인다. 희망이나 행복과는 거리가 먼 그들의 삶은 "반죽음"
상태이다. 영규와 옥희, 하모니카 의적, 그리고 여섯 살 '란'조차도 예외
는 아니다.

시간 - 그리고 공간의 정의(定義)가 그 순간처럼 선명해지는 겨를
은 없었다. 종래의 정의를 뒤집어 놓는 전연 새로운 것, 새로이 자기의
위치를 그것들 속에 실감하는 전격적(電擊的)인 찰라, 영규는 전율했
다. 진종일 울다가 '아빠'를 부르기 위하여 쓰러진 란이와, 빈민굴 산비
탈을 집어삼킬 듯이 몰아치건 바람이 삽시에 멎은 뒤의 그 거짓말 같
은 고요와, 피를 토한 뒤의 현기증으로 하여 손구락을 분산 못하는 늘
어진 자기를 내려다보며 통쾌하게 웃어대는 형도와 통신병과 아주
머니들……손가락은 이미 보이지 아니했으나 란이의 목으로 끈아풀
을 가져가면서는 뒷집 의적의 하모니카를 뼈아프게도 원해봤던 것인
데……형도의 웃음소리에도지지 않고 분명히 살아있는 것은 오직 그
것뿐이었다. 란이보다도 실은 란이의 목에까지 가기 전에 자기가 먼

---

37 김숨 자전 성장소설 제목 『나의 아름다운 죄인들』에서 빌려 왔음을 밝힌다.

저 죽게 될 것만 같은 다구친 순간에도, 자기가 시방 뒷집의 장송곡을 목마르게 아쉬워하고 있다는 의식만큼은 원통할 지경으로 분명한 것이었다.

(114 ~ 115쪽)

횡설수설 담론으로 만들어진 등장인물의 표정에는 과거와 현재와 미래가 동시적으로 담겨있다. 영규는 과거에 사는 인물이며 란은 현실을 대변하는 존재이다. 옥희는 환상 속에 살고 있는 인물로 과거 현재 미래를 넘나드는 비현실적인 존재이다. 옥희가 뱃속에 품고 있는 아이는 기약할 수 없는 미지의 존재이다. 이 작품의 전반적인 정조를 담고 있는 하모니카 소리는 보이지 않는 의적의 존재와 행위를 암시한다. 부잣집 담을 털어서 가난한 사람들에게 나누어주는 희망의 소리이기도 하다. 여기에서 하모니카 소리는 과거와 현재와 미래를 연결하는 지점이다. 영규는 동생이 전사하여 집안에서의 위치가 원래는 큰아빠이지만, 아빠처럼 살고 있다. 아빠와 큰아빠의 차이는 정상과 비정상, 안정감과 불안, 당당함과 욕됨을 내포한다. 동생의 아내였던 옥희는 시숙인 영규의 아이를 임신하였으나 영규와 다른 입장을 표명한다. 난륜의 비극을 사랑으로 포장하고, 삶의 누추함을 "임종의 장면에 대한 무한한 기대로 살고 있다."는 건 죽음에 대한 다른 해석이다. 영규와 옥희의 갈등은 유일하게 사건을 전개하고 흥미를 불어넣는데 초점화자 영규의 시선이 강해서 옥희의 존재는 부차적이다.

옥희는 지금쯤 어디서 뭘 하고 있을가? 그녀의 소원대로 행복한 '한숨의 세레나데'를 부르게 되었을가? 어쩌면 그녀는 지금 쯤 울고 있을지도 모른다……기뻐서 우는 것이 아니라 슬퍼서……이미 당신의 아이를 뱄으니까 술집에 나가도 재차 임신할 염려는 없다고 장담하던 그녀지만 그래도 지금쯤은 젖이 불은 유방을 끌어안고 울면서 오고 있는지도 모르지. 울면서, '여보'를 연해 부르면서 이리로들 달려오고 있는지도 모르지. 그리하여 혹은 저 하모니카 소리가 멎기 전에 제약회사의 제복을 입은 그녀의 얼굴을 이 방 안에서 보게 될는지도 모르겠다. 어서 오너라! 옥희가 오기 전까진 고이 피가 그냥 흐르고 있을 거다. 한 살짜리와 두 살짜리를 들쳐 안고 아버지는 찾아갔었다. 개조차 짖을 줄 모르는 부잣집 앞에서 아버지는 기실 '큰아버지'도 아니면서 애기들을 울렸다. '큰아버지'도 아니면서 애기들을 하모니카 한 자루에다 팔아 던졌다. 영규는 사실은 그 하모니카의 음악을 저주하여 왔었다. 어서 오너라. 옥희가 오기 전까지는 흐르는 피가 멎을 길이 없다. 그렇지만 나는 내 손을 가지고는 이 피를 멎게 하지 않으리라. 새로운 시간, 그리고 새로운 출발에의 욕망이 있기에 나는 이 순간에도 이처럼 평안하게 누워 있을 수가 있는 것일까. 영규는 자기의 팔목에서 숨어 나오는 병든 피가 란이의 이불 자락을 온통 적셔들어 가고 있음을 어렴풋히 계산하고 있었다.

(118 ~ 119쪽)

소설의 마지막 장면이다. 영규의 살의(殺意)는 옥희와 란에게 향했지만 결국 자신이 감당할 수밖에 없다. 비극의 책임을 짊어진 영규는 "새로운 출발에의 욕망이 있기에 나는 이 순간에도 평안하다"고 고백한다. 영규의 죽음은 집단무의식 상처에 대한 치유의 욕망이다. 6·25 전쟁이 야기한 집단무의식의 상처는 65년 세월이 흘렀지만 치유하지 못한 상처의 골이 그대로 묻혀 있다. 봉합되어 방치된 흔적에서 핏물자욱이 축축하건만 가해자와 피해자의 구분도 명백하지 않은 채 원통한 원혼들이 지금도 한반도를 덮고 있다. 그 원한들을 풀지 못한 채 서로에게 겨눈 총부리는 나날이 날카로움을 더해간다. 정작 책임을 져야 할 자들은 누구인가? 6·25 트라우마를 짊어진 파탄과 불행의 올가미에 갇혀 버린 인물들을 위해 마련한 하모니카의 장송곡은 작품 너머로 울리는 착시청각 현상을 불러일으킨다.

장송곡의 분위기는 음울하지만 예의와 품격을 포기하지 않으니. 6·25 전쟁이 어떻게 인간의 존엄성을 상실하였는가를 묻는 듯하다. 의지박약과 무기력에 대한 자책과 가정의 파탄과 사회의 부조리를 괴로워하고 그 책임을 자신에게 돌리는 나약한 개인들을 향한 시선은 결코 차갑지 않은 것이다. 레비나스의 타자성처럼 그들을 배제하지 않고 끌어안기 위해 얼굴을 마주 하는 것이다. 그들의 얼굴을 아름다운 죄인이라 부르고 싶어하는 간절함을 머뭇거림의 언어 틈새에서 엿보게 한다.

가다머의 말대로 예술작품이란 이렇게 무한히 펼쳐지는 해석을 통해 스스로의 삶을 창출하는 것이다. 작품의 영원한 생명을 만드는 자는 결코 작가만이 아니다. 비평과 해석의 다양성은 온전하게 독자의 몫인 것이다. 이문희 작품처럼 작가의 목소리를 여러 겹으로 감추고 있는 경우에는 독자의 기대지평이 무한한 확장을 거듭한다.

『전쟁은 여자의 얼굴을 하지 않았다』의 저자 스베틀라나 알렉시예비치는 "전쟁이라면 토할 것 같고 전쟁을 생각하는 것만으로도 역겨운, 그런 책을 미치도록 쓰고 싶다."고 밝혔다. 「하모니카의 계절」의 작가 이문희 역시 같은 심정을 지니지 않았을까 여겨진다.

1961년 발표된 소설을 반세기가 지난 2016년에 음미하는 작업은 매우 불편하다. 게다가 요설체 문장의 알맹이 찾기 또한 난해하다. 그래서일까. 결말은 그로테스크한 비극성을 지니면서도, 진행과정은 느리고 해학적인 웃음마저 간간이 삽입하는 여유를 부리고 있지 않은가? 김유정, 채만식의 뒤를 이어받아 이문구와 성석제로 맥을 잇는 해학과 풍자의 세계를 한국적 문체로 연결하는 공을 인정받은 작가, 이문희의 작품세계를 한국문학사의 흐름 속에서 자리매김하는 작업은 다음 기회로 미루고자 한다.

5.
인간적인 너무도 인간적인
– 강병철의『토메이토와 포테이토』

1.

　책 읽는 사람을 동경하던 분위기는 박물관으로 사라져 버린지 오래다. 가상과 현실을 오락가락하는 사이버 공간을 배회하다가 TV를 통하여 정리 확인하는 것만으로도 머릿속이 터질듯이 분주한 것이 현대인이다. 또, 영상게임, 드라마, 유행을 뒤　는 쇼핑 행위 등 자본의 힘으로 굴러가는 중독성 물질들에게 가로막혀 소설읽기의 공간이 좁아지는 것이다.

　그런데도 나에게는 소설읽기가 세상에서 가장 좋았던 시절이 있었다. "외롭고 막막할 때 무엇을 하느냐"고, 물으면 나는 거침없이 대답했었다. "소설을 읽는다고. 잠 안 오는 시간조차 고마워진다고. 소설을 읽으면 어느 틈에 막막했던 심정이 열정과 의욕으로 바뀐다"고. 나에게 그 시절은 다른 무엇과 비교할 수 없는 최우선 순위가 소설읽기였다.

그 책의 의욕이 넘치던 80년대 시국에 무크지 『민중교육』지에 소설 『비늘눈』을 쓰고 해직된 시골 선생 강병철을 만났다. 독자로서 소설읽기보다 작가로서 소설쓰기를 더 좋아하는 사람. 자신의 작품을 구상하거나 쓰는 일이 아니면 주로 자신의 작품을 곱씹어 읽기를 즐기는 사람이다. 그렇지만 솔직히 말해서 그는 소설보다는 친구를 더 좋아한다. 불러주는 친구가 있으면 술과 자신의 작품을 함께 마시고 주변 문인들이나 작품들을 안주삼아 먹는다.

그는 그렇게 긴 세월 글쓰기 하나에만 매달려 살아왔다. 등산도 운동도 영화도 모두 관심밖이다. 오직 한 가지에만 몰입해온 사람들에게는 남을 의식할 필요가 없는 그만의 세계가 존재하기 마련이다. 열 번째 책을 상재하는 강병철 역시 그러할 것이다. 그의 세계는 몸 따로 마음 따로인 세계가 아니다. 몸의 모든 촉수가 글쓰기만을 위하여 열려있는 사람. 그리하여 곤충의 더듬이처럼 오직 문장의 흐름에만 민감하게 반응하는 사람이다.

그는 유년기부터 세 개의 주름이 있었다고 한다. 얼굴을 펴면 주름이 사라지는 것처럼 보이다가도 다시 골이 지는 것처럼 이 세 개의 촉수는 그의 업이요, 넘어야 하는 문턱이다. 그래서일까, 그는 시, 소설, 산문까지 세 개의 짐을 동시에 짊어진 채 도정을 멈추지 않는다. 안쓰럽지만 때로는 그런 짐들이 그의 작품세계를 총체적으로 안내하는 친절함으로 받아들여진다. 시를 읽다가 걸리는 문턱이 산문을 읽으며 넘어가게 되고 소설을 읽으며 걸리는 문턱이 시에서 풀어지기도 한다. 그러면서 궁금하다. 그의 작품을 읽으며 '탁' 걸리는 문턱들을 만나게 되는 순간, 그때 작가는 어떤 표정으로 독자와 함께 할까. 아마 쓰뭉하게 웃고 있을 것이다.

그의 첫 출발은 소설이다. 소설집 『비늘눈』은 해직교사가 된 사연과 그의 초기 작품들을 담았다. 비슷한 시기에 발간한 시집 『유년일기』에는 쫓겨난 교단에 대한 짝사랑을 호소했고 『하이에나는 썩은 고기를 찾는다』에서 그는 왜곡된 사회현실과 정면대결하지 못하는 자괴감과 분노를 시어로 표출한다. 내적으로 승화하지 못하는 이 분노와 자괴감은 현실에서의 부적응만큼 시어의 생경함을 수반하지만 비정상적인 약육강식의 사회논리를 비판하는 힘이 되기도 한다. 『꽃이 눈물이다』에서 장년에 접어든 한 사내의 인생 역정은 텃밭에서의 도피가 엿보이기도 하고, 산문집 『쓰뭉선생의 좌충우돌기』에 담긴 교단생활의 자화상에는 그 자체가 사회고발이면서 창백한 지식인으로 살아가는 참회와 반성이 묻어난다.

2.

성장소설*이란 유년기에서 소년기를 거쳐 성인의 세계로 입문하는 한 인물이 겪는 내면적 갈등과 정신적 성장, 자신을 들러 싸고 있는 세계에 대한 각성 과정을 담는다. 미성숙한 주인공이 어떤 경험을 통해 자아의식을 성찰하는 과정을 묘사하고 있는 것이다. 보통의 성장소설이라면 한 인물의 특정한 성장의 드라마가 전개된다. 이 과정에서 몇 단계의 시련을 겪는다. 그리고 이 시련을 극복하여 새로운 세계로 진입하게

---

38 최근 10년 사이 '청소년소설', '청소년시'라는 용어를 사용하여 아동문학, 성인문학과 구분하여 중학생과 고등학생을 독자이자 작가이며 주인공으로 하는 문학작품이 하나의 붐을 이루는 문학현상이 있다. 진로와 성장통과 교육문제를 다룬 소설을 청소년소설이라 한다면 『토메이토와 포테이토』는 당연히 청소년소설이다. 그럼에도 성장소설이라는 용어를 사용하는 것은 이전에 쓴 글을 고치지 않는 것이 좋겠다는 생각 때문이다. 그리고 이 작품은 '청소년을 위한 청소년소설'이라기보다는 어른과 청소년 모두를 독자로 삼은 성장통을 다루고 있기에 성장소설이라 지칭하는 것이 보다 적절하다는 생각도 있기 때문임을 밝혀둔다.

되는 독특한 서사구조를 갖는다. 그러나 그의 성장소설 『닭니』와 『꽃 피는 부지깽이』에 이어 『토메이토 포테이토』의 서사 구조 역시 뚜렷하게 자아를 각성케 하는 성장의 돌파구를 찾기는 어렵다. 결정적인 성장의 계기 대신 다양한 통과의례적 사건이 파노라마식으로 펼쳐질 뿐이다. 자전적 주인공이 겪는 통과의례를 추보식으로 열거하면 다음과 같다.

① 고향을 떠나 누나와 객지에서 산다.
② '정글의 교실'에서 물리적 충돌을 겪는다.
③ 수학 천재 기세와 특별한 우정을 나누었으나 갑자기 죽음을 맞는다.
④ 불한당의 등장으로 위기에 처하나 죽은 기세가 나타나 구원해 준다.
⑤ 체벌이 관성화된 교육현실을 해학과 풍자의 시선으로 고발한다.
⑥ 성희롱 교사에게 일침의 저항을 보이기도 한다.
⑦ 가정형편으로 평화시장으로 떠난 찬배를 새롭게 인식한다
⑧ 여자목욕탕을 엿보다 낙상한다.
⑨ 삼선반대 데모사건을 겪으며 세상의 흐름을 성찰하게 된다

『토메이토 포테이토』는 『비늘눈』, 『엄마의 장롱』, 『꽃 피는 부지깽이』, 『닭니』에 이어 그의 다섯 번째 성장소설집이다. 그는 문체주의자이며 소시민적 담론을 전면에 내세우는 촉수를 선보이고 있다. 그러면서도 시대의 모순을 풍자와 해학으로 담아낸다. 이는 다각도의 등장인물이 저마다 주인공으로서 불쑥불쑥 제자리를 만들어가는 '인간적인 너무도 인간적인' 사람 냄새 때문에 가능하다. 주인공과 엑스트라가 불분명한 대신 인물과 인물의 개성적 대화가 풍성해지는 것이다. 독자가 이들 대화에 엑스트라가 아닌 대등한 참여자가 되어가는 것이 이 소설이

지닌 다양한 마력에서 단연 돋보이는 점이다.

'바흐친의 대화이론'에 의하면, 시의 언어는 단성성을 지니고 소설의 언어는 다성성을 지닌다. 시의 목소리는 신을 닮고 싶어하는 절대성과 중심을 지향하는 구심력을 추구한다. 반면 소설의 목소리는 다양성이 상충함으로써 뒤죽박죽 섞인 가치관과 다양한 스펙트럼의 인물들이 서로의 목소리를 드러내는 의사소통적 구조가 된다. 이것을 언어의 다성성, 이어성이라고 했다. 그러므로 좋은 소설은 소설 속 등장인물들이 과거, 현재, 미래의 시공간을 종횡무진하며 서로 활발한 소통이 가능할 수 있어야 한다고 언급하였다.

『토메이토 포테이토』의 등장인물들은 유일하게 기세만이 환상적 인물에 가까울 뿐, 특별히 선하지도 악하지도 않은 리얼한 소시민적 인물들이다. 선생님들 역시 관성적 체벌과 성희롱을 보여주지만 이들에 대한 시선도 차갑지만은 않다. 다혈질의 포테이토 선생도 피아노를 칠 때의 예술적 감성을 지닌 인물로 마무리한다. 이는 65명의 콩나물교실에서 주입식에 몰입할 수밖에 없는 교육현실의 열악함에 대한 풍자와 해학의 차원에서 형상화되고 있기 때문이다. 이로써 그의 성장소설이 기존의 사회를 유지해온 권력적인 담론에 대해 사회구조적 차원에서 대항담론의 장으로 기능할 수 있는 가능성이 열리는 것이다.

60-70년대 청소년들에게 교사는 지금보다 강한 영향력을 행사했다. 그 영향력이 개인에게는 부정과 긍정의 양날개로 작용했을 것이다. 그럼에도 작품에 등장하는 부정적 인물 위주의 사건구성은 작가의 교육현장 고발의식을 담고 있는 것으로 해석된다. 작금의 교육현장에서 체벌금지가 중요한 화두로 떠오르는 시점에서 이러한 고발은 의미심장하다.

주인공 성강철을 성장하게 하는 가장 큰 힘은 친구이다. 대부분 호구지책 해결에 허덕이는 현실 속에서 부모의 영향력은 크게 작용하지 않는다. 그래서 사춘기 벗들과 함께 막힌 장벽을 뛰어넘는 모습이 껍질을 깨는 생명탄생의 기쁨과 아픔 속에서 전개된다. 이때 복잡한 성장과정의 진통의 드라마가 생략되는 아쉬움이 있다. 이 아쉬움 속에서 기세가 죽어서도 강철을 지켜주는 환상의 필연성이 부여된다. 기세의 존재는 죽어서까지 성강철에게 성장의 밑거름으로서 자양분이요 배경이 된다. '선생님의 나쁜 손'에서 '자지를 만지지 마세요' 돌출적으로 고함치는 성강철의 용기는 해학적 비장미를 자아낸다. 폭력의 무방비 속에서 웃음을 잃지 않고 인간에 대한 신뢰와 미래에 대한 희망을 꿈꾸며 살아왔던 60-70년대의 중딩들은 현재와 맞물려 빛바랜 드라마를 바라보는 것처럼 씁쓸하다.

기세와 대등한 비중의 인물로는 천배가 등장한다. 천배는 난쟁이 아버지와 의붓어머니에게 천덕꾸러기로 키워지다가 평화시장 시다로 가버린 키 작은 친구이다. 동시에 성강철에게 있어서 작은 것끼리 서로 등을 기대는 가난한 이웃으로 등장한다. 교실의 약자였던 천배는, '근로기준법을 지키라'고 외치며 분신했던 전태일을 삶의 주체 속으로 이끌어가는 존재로 성장하여 성강철을 각성시키기도 한다.

3.

『토메이토 포테이토』에서 작가는 키와 몸무게를 집요하게 표기한다. 천배(130센티, 33킬로), 울쌍님(165센티, 58킬로) 식의 표현을 통해 작가가 의도하는 바가 무엇인가? 『토메이토 포테이토』를 읽는 과정은 이 수수께끼를 푸는 과정이기도 했다. 모든 사람의 키와 몸무게를 수치화하는 작가의 내적 절실함을 이해하려고 노력했음에도 독자는 때로 마음이 불편할 수 있다. 필자는 이 불편함을 '솔직함에 익숙하지 않은 현대인의 정서'와 연관지어 본다. 키와 몸무게는 본인의 의지와 무관하게 타인에게 공개되는 몸의 표출이다. 운동선수나 연예인들처럼 몸이 상품가치인 공인들에게는 이 숫자가 당사자의 존재 의미로 담론화되지만 이 소설에서의 신상공개는 상황이 다르다. 이렇게 수치화됨으로써 다양한 상상의 가능성이 사라지는 대신 고정된 이미지로 복제되어 존재한다. 사적인 인간이 공적 인간이 되어버리는 변신의 기술이라고 할까? 또, 이 수치화에는 힘에 대한 선망과 함께, 폭력이 난무하는 사회를 비판 저항하는 의지를 담아내고 싶었을 수도 있다. 수치화함으로써 닫혀지는 정체성, 그리고 이 수치의 한계를 벗어나고자 하는 성강철의 무의식적 몸부림을 집착에 가까운 반복과 일관된 표기로써 기호화하려는 의미를 담지하고 있는 것은 아닐까.

아마 다음 산문집 어딘가에 이 비밀의 열쇠를 풀어놓을 것이라 기대해도 좋다. 그는 비밀을 가슴 속에 꼭꼭 묻어두는 사람이 아니라 자물쇠를 푸는 장치를 여기저기에 숨겨놓는 사람이다.

『토메이토 포테이토』는 옴니버스식 형식이다. 장면과 장면은 때로는 독립적으로 때로는 겹치면서 단선적 시간 흐름을 지양한다. 32개의 장면은 서른두 개의 소제목으로 단절과 이음을 점철시킨다. 그 연결 방법 중의 하나가 노래이다. 노래를 읽는 재미는 소설에 새로운 의미의 대화와 소통과정을 부여한다. 이러한 소통과정에서 시대를 상징하는 풍자와 해학으로서, 소설에 등장하지 않는 다양한 인물들의 노랫소리를 들을 수 있다면 시공간을 종횡하는 대화의 가능성이 문장의 틈새에서 생성된 것이다.

그럼에도 불구하고 작가의 여성에 대한 관점은 한계를 노출한다. 『토메이토 포테이토』에 등장하는 여성들은 안타깝게도 작가의 관심과 갈등의 결핍으로 타자로서의 운명을 감수해야 한다. 친누나인 선옥이 누나를 제외한 나머지 여성들은 선망의 대상이나 천사표로서 갈등의 과정이나 존재감이 부재 또는 빈약하다. 남학교 전교회장 선거에 배경음악으로 등장하는 웃음과 같이 부차적 존재일 뿐이다. 일반적으로 남성 성장소설에서 여성은 이런 식으로 타자화된다. 여성이 소외된 성장소설은 현실을 왜곡하는 판타지이거나, 미래에 대한 전망의 구조를 약하게 하여 인간에 대한 성찰의 가능성을 제한할 수도 있다. 이것들이 체험 위주 서사구조로서의 작은 문제점일 뿐, 강병철의 솔직함의 한계가 아니길 바라면서.

4.

현대인들, 특히 지식인들은 자신의 입지를 다지면서 몸과 마음이 분리된 채 살아야 한다. 소외가 일반화되고 특히, 디지털화가 진행되는 어쩔 수 없는 풍토 속에서 작가 강병철의 이미지는 더욱 희귀해 보인다. 그는 노력이나 수양과 무관하게 늘상 맨얼굴에, 맨몸인 원초적 인간의 냄새를 풍긴다. 평론가 이은봉은 '작가 강병철로부터 받는 이미지와 작품의 이미지가 너무도 흡사해서 그의 소설은 그 자신의 삶과 세계에 대한 다큐멘터리적 기록'이라고 했다. 비슷한 맥락에서 시인 김열이 '참숯 같은 사람'이라고 했으며 평론가 임지연은 『미니마, 모랄리아, 미니마 메모리아』에서, 시인 도종환은 '장승같은 미소로' 그의 진한 순수함을 평가했다. 정영상의 유고시로써 글을 마친다.

> 아직도 진흙인 사람이 있다
> 진흙길인 사람이 있다
> 아직 포장되지 않은 인간이 있다
> 도시의 길처럼, 시멘트처럼, 아스팔트처럼, 콘크리트처럼
> 포장되어버린 이들은 그와 친구 못한다.
>
> 진흙은 사람의 본 모습이다.

진흙을 빚어서 사람을 만들었다고 하지 않는가

　－ 정영상 유고시집, 『물인 듯 불인 듯 바람인 듯』, 「진흙」 중에서

6.
채만식 소설의
여성 인물과 '돈'

1.

현대소설 속에서 '돈'은 인간관계를 규정짓는 강력한 수단이자 목적인 사회적 흐름의 역할을 한다. 그리고 금전과 어느 정도인가 끊을 수 없는 관계를 맺고 있는 사회계급의 제반문제에 관련하여 현실과 환상의 욕망을 다룬다. 그런 관점에서의 현대소설은 '돈'의 힘에 대한 반응의 문학이다.[39] 돈의 힘이 인간관계의 지극히 사적인 영역까지 지배하면

---

[39] 돈은 사물의 모든 다양성을 균등한 척도로 재고 모든 질적 차이를 양적 차이로 표현하며, 무미건조하고 무관심한 태도로 모든 가치의 공통분모임을 자처함으로써 아주 가공할 만한 평준화 기계가 된다. 돈은 이로써 사물의 핵심과 고유성, 특별한 가치, 비교 불가능성을 가차없이 없애버린다.

서 소설은 루시앵 골드만이 언급한 바, 타락한 사회에서 타락한 방법으로 진정한 가치를 추구하는 자본주의시대 거대한 담론이 되고 있다.

채만식 문학에 등장하는 '돈'을 욕망과 현실문제의 기호로서 살펴보고자 한다. 이러한 '돈'의 문제성과 그 의미 추적을 통해 작가의 사회과학적 인식이 작품에 부여한 심층적 의미찾기를 시도함은 그의 작품세계를 폭넓게 조명하는 가능성을 부여해줄 것이다. 그의 작품에 일관되게 작용하는 '돈'에 대한 관심은 '빈익빈 부익부' 경제적 불평등을 심화 재생산하는 자본주의 사회구조에 대한 비판담론으로서의 맥락이라고 보여진다. 또한 이 관심은 물화된 사회의 인간관계와 인간 자체의 내면적 욕망에 대한 관심이 결부되어 '돈'이 인간의 실상을 어떻게 움직이는가를 보여준다.

'돈'은 일상을 영위하는 평범한 인간에게 가장 심각한 고통과 최고의 행복이라는 모순된 감정을 불러일으킨다. 동시에 인간으로 하여금 경멸적인 무관심과 복종적 헌신 사이의 제 단계의 감정을 환기시킨다.

인간은 '돈'을 갈망하는 열렬한 욕구와 '돈'의 본질적 수단적 본성 때문에 목적 – 수단의 전도현상의 불합리성이 나타난다. 절대적인 수단이면서도 동시에 대부분의 사람에게 있어서 심리상 절대적인 목적이 된다는 점에 기인하며, 이 수단은 '돈'으로 하여금 실제 생활의 주요한 당위 원칙이 응축되어 있는 상징이 되도록 한다. 이것은 현실과 비현실을 넘나들며 의식전반을 흔들기도 한다

'돈'의 이러한 양가성은 작가도 알지 못하는 사이에 하나의 의미작용의 비체계적인 총체로서 작품에 담기게 되므로 이를 주목해야 할 필요성이 있다. 채만식의 '돈'에 대한 관심은 사회과학적 이론의 체득과 가난한 생활체험이 복합되어 작품 내면의 철학으로 작용하는 것으로 보

게오르그 짐멜 지음, 김덕영 옮김, 『짐멜의 모더니티 읽기』, 새물결, 2005년. 42쪽.

여진다.

'돈'의 의미를 여성인물과 결부하여 살펴보고자 한다. 식민지 자본주의 경제 구조 속에서 여성인물을 통해 살펴볼 수 있는 사적영역은, 근대화 양식이나 사회 변화과정과 긴밀하게 결합되어 있다고 보기 때문이다. 필자는 채만식 작품세계의 '돈'과 관련한 상상력이 중심 변인으로 있음을 여성인물을 중심으로 밝혀보고자 한다. 여성인물이 주요 사건이 되는 소설을 중심으로 상상과 현실에서 '돈'과 어떠한 양상으로 관계하는지를 추적할 것이다.

2.

그는 다작의 소설가이다. 다음의 표는 32년도에서 39년도까지의 그의 작품을 대상으로 경제 관련 주제로 해석할 수 있는 가능성을 찾아서 정리한 것이다. 책만식의 작품 전반에 대한 배경지식을 돕는 역할을 할 것이다.

연도	작품 제목	여성인물과 경제 불평등 관련 문제의식
1932	농민의 회계보고	장례비용으로 진 빚 때문에 자작농에서 도시날품팔이로 몰락하는 농민의 사정
1933	인형의 집을 나와서	여성해방의 가능성을 여성의 경제력에서 보았다
	팔려간 몸	견우와 직녀 패러디 제사공장이라 속이고 사창가로 팔려간 농촌여성
1934	인텔리와 빈대떡	경제적으로 무능한 지식인 남편과 합리적이고 현실적인 아내

연도	작품 제목	여성인물과 경제 불평등 관련 문제의식
1934	레디메이드 인생	지식인 실업 문제와 경제불평등구조 심화시키는 식민지 교육의 문제점
	염마	악인형 여성인물의 돈과 남성에 대한 욕망
	영웅모집	
1936	보리방아	농촌여성이 공장노동자가 되는 농촌 경제사정
	심봉사	
	소복입은 영혼	
	빈 제일장 제 이과	하층민중여성인물인 유모의 경제적 수단인 몸과 젖과 그리고 굶주리는 아기
	명일	가정의 경제적 빈곤에 대처하는 여성 인물의 현실적 대응력과 무력한 지식인 실업자의 무조건적인 식민지 교육의 거부
1937	젖	빈 제일장 제일과와 같음
	생명	어머니를 찾아서
	정거장 근처	아내를 술집에 파는 바보남편의 경제적 무능과 가정의 파산
	예수나 안믿었더면	
	탁류	자본주의 경제성장 과정에서 파산하는 무력한 가장을 대신하여 집안을 책임지는 구여성 채봉의 몰락과, 자본주의 경제성장 과정에서 발전적으로 성숙하는 신여성 계봉
	제향날	
	황금원	
1938	태평천하	
	동화	보리방아와 동일

연도	작품 제목	여성인물과 경제 불평등 관련 문제의식
	치숙	
	이런 처지	
	쑥국새	
	두 순정	
	용동댁의 경우	과부 문제
	소망	경제적으로 무능한 이상주의자를 간접비판하는 여성화자의 현실인식
1939	정자나무있는 삽화	
	패배자의 무덤	
	금의 정열	황금만능주의 세태에 물든 지식인 비판(여성인물이 지니는 황금의 힘으로 불가능한 인간 관계 가능성과 비극적 죽음)
	남식이	
	반점	
	모색	신여성의 진로갈등
	홍보씨	
	이런 남매	인간다운 삶의 가능성을 제공하는 것이 경제인가, 정신인가의 탐색 고결한 정신을 중시하는 오빠와 경제적 곤란으로 비참한 지경에 이르는 해란과 물질적 만족을 위하여 몸을 파는 해련
	상경반절기	

표를 보면 경제적 어려움을 해결하려는 인간의 의지가 좌절되면서 여성인물이 겪는 파멸과 그 해결가능성을 담은 작품이 매우 많음을 확인할 수 있다. 특히 그의 작품에 빈번하게 등장하는 경제관련 문제의식은 균등분배에 대한 지향이자 현실의 모순에 대한 비판의식임을 중요

하게 인식해야 한다. 음영으로 표시한 작품을 중심으로 논지를 전개할 것이다.

농촌경제의 불공평한 분배에 대한 비판의식이 여성문제와 복합적으로 나타나는 작품이 「보리방아」, 「동화」 등이다. 특히 채만식 작품 중 유일하게 여성해방의 가능성을 다룬 작품이 있는데, 사회과학적 이론을 바탕에 깔고, 여성의 경제적 독립의 중요성에 천착하여 문제의식을 던져준 장편 『인형의 집을 나와서』는 2017년의 현실에 비추어도, 여성의 경제적 자립문제의 심각성을 성찰하게 할 만큼 근본적인 사회문제의 심층을 파헤치고 있다. 경제적으로 무능한 지식인 남성과 대조적으로 보다 적극적으로 경제문제해결에 대처하는 아내를 통하여 경제의 균등분배의 문제점을 제시하는 작품으로 「명일」, 「소망」 등도 눈여겨 보아야 한다.

(가) 상상적 욕망으로서의 가능성과 현실적 불가능으로서의 이중성

채만식 소설의 여성인물들은 실현할 수 없는 가능성을 상상하는 것이 소박하여 현실과 상상의 거리감이 무의미해진다. 「보리방아」의 경우 용희가 소망하는 재봉틀과 '돈'은 상상속의 기호에 머문다. 그러나 '편하고 재미있는 맛'을 위한 상상적 욕망은 위험한 유혹이 된다. 돼지를 키운 '돈'으로 재봉틀을 사려하는 소망 자체가 용희네 처지에서 볼 때 내적 필연성이 부족하다. 보리방아를 찧어 한 끼를 연명하는 용희네는 돼지에게 줄 먹이 자체가 비현실적이기 때문이다.

용희 욕망의 기호는 돼지에서 소에서 재봉틀로 이어진다. 그 욕망의 특성이 소박함과 생활 속에서 '돼지를 살뜰한 정으로 키우는' 성실함으로 인지될 때 성취의 필연성이 부여된다. 그러나 용희 어머니 장씨는 경험상 도야지 키워서 재봉틀을 사는 것이 불가능함을 알기에 '부잣집에 시집을 가면 재봉틀을 살 수 있다'고 말한다. 재봉틀 자체가 학교 다닐

때 읍내 친구네서 사용해본 그 '편하고 재미있는 맛' 때문에 끌릴 뿐 사용가치의 생활필수품은 아니다. 따라서 재봉틀은 상징장치의 기호로 읽어야 작품내적 질서가 보인다. 그래도 용희는 돼지가 '돈'이 되고 다시 그 '돈'이 소가 될 수 있다고 믿음을 버리지 않는다.

> 시월에 가면 '배매기'로 얻어온 저 도야지가 새끼를 날 테니까 열 마리만 날 셈 치고 그중 한 마리는 걸구를 껴서 돌려주고 나머지가 아홉 마리, 아홉 마리에서 두 마리쯤 축질 요량을 해도 일곱 마리, 일곱 마리를 한 마리에 사 원씩만 받아도 이십팔 원, 이십팔 원이면 십사 원 짜리 송아지가 두 마리, 그놈을 일 년 반만 먹이면 큰 소가 두 마리…… 큰 소 한 마리에 얼마씩이나 하나? …… 용희는 도야지를 굽어다보고 있노라니까 어느새 그놈이 큰 소가 되어서 무하고 소리를 지르는데 그 너머로 다르르 바늘이 오르내리는 재봉틀이 보이는 것 같다.[40]

큰 소 한 마리에 100원이고 이는 재봉틀 한 대 값이다. 용희는 보통학교를 7년 다녀서 세상에 조금 눈을 떴다. 그녀의 상상 속의 소박한 욕망을 현실화시키는 역할에 재봉틀 여인의 중요성이 부여된다. '용희 공부를 더 시켜라.', '좋은 신랑감을 찾아주겠다.', '제사공장에 아는 사람이 있어서 월급을 후히 주겠다.' 등으로 유혹하는 재봉틀 여인의 속셈은 자본의 논리에 충실하다. 그녀의 등장은 식민지 시대 경제 구조가 농촌 구석에까지 침투한 세밀함의 표상이다. 소득이 충분하지 못한 상태에서 소비를 촉진하기 위한 유혹은 경제의 최종적 구조인 가계를 겨냥하게

---

40 「보리방아」, 『채만식 전집 7』, 창작과 비평사, 1989. 87~88쪽. (조선일보, 1936. 7. 4~18 12회) 전집에서 인용하였으며, 앞으로의 인용문에는 작품 제목과 전집의 권수 그리고 쪽수를 표시함.

되기 때문이다.

용희는 공부를 더 하고 싶고, 좋은 신랑 만나 결혼하고 싶어 하는데, 그 감추어진 욕망의 표상이 '재봉틀'이다. 용희가 갖고 싶어서 꿈까지 꾸는 재봉틀은 더 나은 삶을 보장하고 불만스런 현실을 벗어날 수 있는 가능성이다. 보통학교 다니며 장터 사는 친구네서 사용해봤던 그 기억 속의 '편하고 재미있는 것'은 상급학교 진학을 못한 자신의 처지를 보상받을 수 있는 매개물이다. 더 나아가서 재봉틀은 현실의 가난을 벗어날 수 있는 가능성으로서의 생산수단 즉 자본의 표상이다.

상상 속의 '돈' 100원과 그것으로 성취가능성을 꿈꾸지만 재봉틀은 끝내 '현실화'되지 못한 채 용희가 바라는 '편하고 재미난' 삶은 보장받을 수 없음을 보여준다. 동시에 용희는 1931년에서 1934년 사이에 4배나 늘어난 여성노동자의 대열에 합류될 것이 예견된다. 1930년대 후반 식민지 사회의 질곡을 작가는 100원으로 표상되는 용희의 욕망을 농촌의 경제적 빈곤의 풍경속에서 스케치하듯이 보여주고 있다.

「보리방아」서사의 한 부분은 문제의 원인과 해결 탐색이다. 용희 아버지 태호와 면장의 대면 속에서 당시 식민지정책의 구체적 불합리성이 드러난다. 구장과 함께 진흥회 모임에 참석하기로 한 용희 아버지는 면장실에서 나락 두 섬의 저리농량을 개인적으로 요구하는데. 이는 공적 담론의 계기를 기회 삼아 하는 사적 요구의 제안이다. 면장은 '색복'을 입지 않았다고 탓하며 그 위세로 나락 두 섬의 저리농량 요구를 거절한다. 면장과 태호의 대결에서 승자는 태호일 것으로 추측된다. 태호가 면장의 비리를 알고 이를 미끼삼아 계획적으로 자신의 목적을 달성하는 것이기 때문이다. 이는 1930년대 한반도 농촌 경제가 세계경제공황의 타격을 최소화하기 위한 일본의 갖가지 농촌 정책으로 몰락과 궁핍화 진행의 현실 반영이다.

이처럼 「보리방아」에 나타나는 경제문제 해결은 '돼지 → 소→ 재봉틀'로 이어지면서 가난을 벗어나고자 상상하는 소박한 용희의 노력이 좌절될 것이 예상된다. '재봉틀'을 사기 위한 경제활동이 결국 농촌경제를 활성화하는 것이 아니라 그 반대의 방향을 향해 추락할 것임을 암시하는 것이다.

반면에 아버지 태호가 벌이는 사적인 저리농량 요구와 농민진흥회 활동의 비전이 미약하나마 농촌경제활동의 해결방안으로 제시된다. 이 두 가지는 식민지 경제의 수탈구조와 무관하지 않다. 교묘하게 간접화되어 있는 일본 자본의 위력에 잠식되어 가는 농촌경제의 세밀한 관찰과 그 해결방안에 대한 모색이다. 이 작품이 미완이기 때문에 더 이상의 논지 전개가 어렵지만 상상속의 돈이 현실화되면서 그 돈은 그들의 삶을 더욱 궁핍하게 하고 전재산인 육체를 훼손하게 하는 폭력이 된다.

「동화」는 '그날까지가 동화고, 그래서 업순이는 그리로 떠났다.'를 서두에 적으며 시작한다. 서두가 의미하는 것은 「동화」에 담긴 두 가지 의미를 살리기 위한 작가의 의도로 여겨진다. 한 가지는 업순이가 제사공장에 가기로 하면서 들떠 있는 분위기까지를 동화라는 자족적 세계 충만의 세계로 보는 것이다. 현실에서 가능했던 동화의 세계이다. 또 하나의 의미는 업순이가 상상하는 동화적 세계이다. 업순이에게는 그대로의 생활이 동화에 가까운데 새로운 세계를 욕망하면서 현실의 동화적 세계가 더욱 피폐해지고 훼손됨을 보여준다. 결국 이러한 동화적 세계에 대한 이중적 의미는 제사공장에 떠나기 전의 삶과 떠난 후의 삶을 대비적으로 독자에게 제시하고자 함이다.

본디 업순이는 무남독녀로 읍내 보통학교를 다녔었다. 그러나 '지체도 없으려니와 찢어지게 가난한 터수'에도 주변 농촌 총각은 눈에 차지 않고 '적격자' 찾기가 어려운 형편이라 혼인하기도 마땅치 않다. 그러다 그녀는 전주 감영 공장에 직공으로 가기로 하고 '선하로 20원을 받아서 보리 열 말, 쌀, 옷감을 사고 이를 '자랑하고 싶게 희한하고 즐거워'한다. '비단 만지는 꿈 아닌 꿈'을 꾸며 부풀어있다. 이 돈은 업순이가 상상 속에서 만드는 400원의 돈에 현실감을 주므로 그 가치는 단순한 20원이 아닌 400원과 맞먹는 가치를 지니게 되는 것이다. 그 부풀려진 세계가 바로 동화적 상상의 세계이다.

> 업순이는 예산을 이렇게 했었다. 처음 여섯 달 동안 견습을 하고 나면 그때는 이십오 원씩 옹근 월급을 준다니까, 그놈에서 기숙사 밥값이 칠원 오십 전이라니, 그걸 제하면 십칠 원 오십 전, 그 십칠 원 오십 전에서 이 원 오십 전만 용돈을 쓰고 오 원은 집으로 보내고, 십 원씩은 꼭꼭 저금을 해둔다. 그래서 삼 년만 하면 삼백육십 원이라, 근 사백 원 돈이니까, 그땔라컨 그놈을 찾아가지고 집으로 돌아온다. 아버지한테는 큰 소를 한 마리 사드리고, 어머니한테는 양돝 걸구(암놈) 한 마리를 사 드리고, 집안의 빚도 갚아 드리고, 그리고 한 백 원은 남겨서 시집갈 밑천을 한다.[41]

그러나 현실과 상상의 넘나듦은 '돈'의 자본화와 소모적 성격 때문에 화해 불가능하며 결국 파산하거나 빈곤의 상태에 처해질 뿐이다. 「동화」의 세계가 이어질 수 없는 필연성이다. 이것은 「동화」의 후편으로 쓰여진 「병이 낫거든」으로 이어질 수밖에 없다. 다음 장에서 이를 논의해보자.

(나) 하층민 생활을 더욱 궁핍하게 만드는 '돈'의 현실성

「병이 낫거든」은 「동화」의 속편으로 업순이가 비단 공장에 간 후의 이야기이다. 업순이는 병든 몸으로 떠날 때, "공장에서 해준 의무저금까지 죄다 찾은 것이 73원하고 80전"이었다. '그중에서 보름 밥값을 물고 어머니와 아버지와 제몫으로 옷감을 10원어치 끊었다. 어머니 목도리

---

41 「童話」, 전집 7권, 250쪽.

를 6원 20전짜리를 사고 아버지 샤쓰와 빨간 털쉐타, 파아란 알 박은 반지, 머리핀과 가방 등 평소에 갈망하던 생필품을 샀다. 남은 돈 40원을 들고 고향에 갔으나 약값 한 제에 15원으로 서너 제를 먹으면 그 돈은 남는 것이 없다. 약값 자체도 '속 다 빠안히 아는 중세'라는 강생원의 말이 빠안히 거짓말에 가깝기에 그토록 애쓰던 것에 비해 순식간에 달아나는'돈'은 어이없고 허무하다. 현실의 '돈'은 업순이의 소망을 실현해주기는 커녕 병든 몸으로 대가를 치르게 하고 결국 그들의 생활을 빈익빈 부익부의 굴레에 빠지게 할 뿐이다.

「얼어 죽은 모나리자」는 병원비가 없어 소경이 된 인물 오목이의 사랑이야기가 표면적 주제이다. 그러나 이면의 주제는 '눈먼 사랑의 진실함'이 '눈뜬 사랑의 허위'를 깨우치기 위해 얼어 죽어 영원이 아름다운 여인으로 남는 이야기다.

오목이네 부모는 오목이 시집보내기 위해 '돈' 모으기에 여념이 없다. 장날마다 가마니, 떡을 팔아 '돈'을 모으기 위해 몸을 혹사한다. 이 돈으로 오목이를, 논 열 마지기 주는 좋은 조건으로 (소경임을 속여), 시집보낼 생각이다. 오목이 역시 틈틈이 짚신을 삼아 '돈'을 보태니 상상과 현실의 경계가 없다. 그에게도 한 가지 낙이 있다. 자신에게 친절했던 금출이를 상상하는 즐거움이다. 그런데 실제 금출이가 부모님이 안 계신 장날마다 오목이를 보러 오면서 둘은 급격히 가까워진다. 거리를 유지한 채 좋은 감정을 키우게 된 것이다. 그러나 금출이는 오목이의 실제 뜬눈을 보고 호기심 반 진심 반으로 접근하였다가 겁을 먹고 이후 발길을 딱 끊어버렸다. 막연하게 좋아했던 오목이였으나 흉한 육체의 눈을 보고 난 후 감당하기 어려운 두려움 때문이다.

오목이는 혼인 전날 밤 집을 나가 밤새 해매다 죽는다. 제목 「얼어 죽은 모나리자」는 오목이의 행복한 미소의 의미를 담은 것이다. 오직 금출이만이 그 미소의 의미를 알았다는 결말은 오목이의 '눈먼 사랑의 진실함'이 금출의 '눈뜬 사랑의 허위'를 깨우치고자 한다는 일말의 암시적

장치이다. 채만식 문학의 패러디적 성격의 현실고발과 풍자의 의미가
'돈'과 진정한 사랑과 성취될 수 없는 현실의 무게를 결합시킨다. 가마
니 짜기와 짚신 짜기를 통해 돈을 버는 오목이네 가족이 근대화와 산업
화의 물결을 이겨내기는 처음부터 무리한 설정이다.[42]

　「정거장 근처」에서 아내는 100원에 팔려간다. '돈'에 대한 관심도 없
고 그 어떤 욕망도 감히 꿈꾸지 못하리만치 억압되어 백치에 가까우
나 오히려 남편과 시어머니에게 '돈'보다 소중한 것이 무엇인지 가르치
는 인물이다. 아내보다 우월한 존재처럼 행동하였던 시어머니와 남편
은 그동안 구박만 했던 이쁜이를 '돈' 100원 때문에 큰 갈등의 과정도 없
이 거래를 벌인다. '돈' 100원은 시어머니와 아들 사이를 이간질하는 결
과를 초래한다. 그들은 국밥 한 그릇을 부러워하고, 두부 한 모를 아쉬
워하는 현실의 궁핍한 생활에서 가부장적 형태로 유지되던 가족관계가
그나마 더 이상 지탱하지 못한다. 그들이 받은 100원이라는 '돈'의 가치
가 풍족한 생활에 대한 가능성으로 기능하지 못하고 가족관계 자체를
해체하는 결과를 초래한다.

　　"그리서 을매나 썼단 말이냐?"
　　"한 십 원 썼우"
　　"뭐?……아 저런 썩어 죽을 놈 보아!"
　덕쇠어머니는 눅이려던 부아가 도로 치밀어올랐다. 십 원이라니 쉬
흔 냥 아닌가. 한꺼번에 쉬흔 냥을 다 쓰다니 기가 막혀 말이 나오지를
아니한다. 더구나 무엇인지는 몰라도 십원을 다 썼다는 말하고 꿍쳐
가지고 온 것을 보면 생판 거짓말 같다.

42　오목이 부모의 딸만 생각하는 사랑과 돈 모으기의 억척이 결코 딸의 행복을 돈으로
살 수 없다는 점에 대한 상징장치이다.

"너 무엇에다 쉬흔 냥을 다 썼냐?"

혹시 노름 밑천을 하려고 따로 떼어두고 그러는가 하는 의심까지 든 것이다.

"허참! 자 보시오. 쌀이 구승 한 말에 이 원 사십 전이지라우?"

"무엇하러 한 말두룩 팔어! ······ 그러구?"

"고무신이 두 켜리에 일원 이십 전 허닝개, 응 가만있자 그놈이 을매냐 ······ 응 ······"[43]

결국 덕쇠는 그 돈을 놀음으로 모두 날려 버렸으니 돈을 벌어서 다시 아내를 찾겠다는 가능성은 사라졌다. 그러나 솔직히 그 가능성은 처음부터 존재하지 않았던 것이다.

"그럼 나는 돈두 잃구 예편네두 잃어버렸게?"

덕쇠는 춘삼이와 한편에 서서 구경만 하고 섰는 순갑이를 번갈아 보면서 방금울상이다.

"이 사람아 누가 헐 말인지 모르겠네? 자네는 그래도 내헌테 돈 백 원은 가져갔지? 그렇지만 나는 돈 백 원에 그새 옷 해입히구 모다 시중드느라구 사오십 원 들었지? 그런 것을 한 푼 못 찾구 들거리를 놓쳤으니 내야말루 게두 구럭두 놓친 놈이네. 거 참 운수가 사나울랴니까 ······"

모든 것을 김덕대와 짜고 그한테서 돈을 일백팔십 원이나 받고 그러고 나서 이쁜이를 빼돌리고는 이런 거짓말을 하고 있는 줄이야 덕쇠가 알 턱이 없다.[44]

---

43 「停車場 近處」, 전집 5권. 335쪽.

44 위의 책, 350쪽.

아내는 낯선 곳으로 팔려가고 아내를 찾기 위한 '돈'을 벌기 위해 덕쇠가 금점판 일꾼이 되었다가 자기가 캐낸 것도 아닌 노다지를 삼켜버리는 장면은, '돈'이라는 악마에게 영혼을 팔아버린 자로서 사물화되어 가는 현대인에 대한 경고이다.

"에라 이놈의 것……"
하더니 노다지를 제 입에다가 쥐어 넣고 금시로 불룩해진 볼때기를 우물우물하면서 이어 삼키느라고 끼룩끼룩 목을 길게 잡아뺀다. 눈 깜짝할 사이다. 너무 뜻밖의 일이라, 키다리는 잠시 멍하니 서서 있고 그동안에 덕쇠는 연신 목을 잡아늘여 대가리를 내두르면서 두 번에 두 개 삼켜버렸다. 그때야 키다리가 두 팔을 벌려 덕쇠의 모가지를 후려잡고 내동댕이를 친다. 덕쇠는 힘을 못쓰고 쓰러지고 그 위에 가 키다리가 깔고 엎드러진다. 몇 사람은 허허 하고 웃고 몇 사람은 키다리와 같이 들이덤벼 수십 개의 손가락이 덕쇠의 입을 잡아 찢으려고 한다.
덕쇠는 목구멍을 할퀴기는 했어도 두 개는 이미 넘어갔으니까 반쯤 죽더라도 지금 입 안에 남아 있는 놈을 마저 삼켜 버리려고 애를 쓴다. 손가락이 입안으로 들어오면 사정없이 질근질근 물어뗀다. 그래도 손가락은 드리없이 파고든다.[45]

「팔려간 몸」에서 직녀는 제사공장이 아닌 사창가로 팔려갔다. 그곳에서 진 빚이 400원, 그 '돈'을 벌어 갚아야 자유의 몸이 된다. 자유의 몸이 되기 위해 견우와의 만남도 일 년에 한 번으로 만족해야 한다는 이 패러디 작품은 채만식 문학의 현실고발의 성격과 연관지어 읽으면 의

---

45 「停車場 近處」, 전집 5권. 357쪽.

1부 | 슬픈, 시대의, 자화상　123

미가 자명해진다. 제사공장에서 상품화된 노동력을 팔아 임금을 받는 것과 사창가에서 상품화된 몸을 팔아 돈을 받는 것이 지니는 문제제기가 바로 그것이다. 이를 더욱 확대 심화하면 식민지 경제의 재생산구조에서 자유롭지 못한 민중의 생활고와, 나라를 팔아먹고 팔려버린 나라에 목을 매고 자유를 빼앗기고 살아가는 민족의 설움으로 읽을 수 있는 상징장치이다. 상품화된 성의 문제를 패러디와 400원의 '돈'과 조직적으로 대응하는 해결방안이 모색된 작품이다.

「정거장 근처」, 「팔려간 몸」, 「얼어 죽은 모나리자」의 여성인물은 경제활동의 주체가 아니다. 이들은 타자로서 경제활동이 무언지 모르면서 이용되다가 최대의 피해자가 된다. 「정거장 근처」와 「팔려간 몸」은 성의 상품화가 되고 「얼어 죽은 모나리자」는 죽음의 최후를 맞는다. 이들은 타자로서 육체가 훼손되거나 죽음을 맞는다. 그 원인은 표면적으로 제시된 것은 개인의 바보스러움이나 세상물정에 적응하지 못하는 모습으로 표상하였지만 경제구조의 불합리함이나 모순 때문임을 눈치채게 한다. 「정거장 근처」의 아내 이쁜이의 바보스러운 순박함, 「팔려간 몸」의 집단행동에의 동참, 「얼어 죽은 모나리자」의 순순한 사랑의 행위는 타자로서의 그 처지를 이겨낼 수 있는 가능성의 가치가 있다. 우리는 자본주의 대항의 가능성으로서의 힘에 대한 관점을 읽어낼 수 있다. 그것은 차라리 바보처럼 순박한 삶, 열악한 상태의 조직, 돈에 눈을 감고 살아가는 생활력의 가능성 그것으로 거대한 자본주의에 대항하는 힘이 될 것이라는 메시지다. 물론 이러한 모색은 채만식만의 독특함은 아니다. 그 시대 주류담론의 양상이기도 하다. 동반자 작가로서의 카프 문학의 흐름과도 상통하는 점이 있다. 그 시대의 담론을 담아내면서도 채만식만의 독자적 세계를 지니고 있다는 점이 주목할 만한 것이다.

'돈'이 지닌 위력과 폐해의 다양성을 섬세함으로 접근하고 타자에 대한 관심으로 조망한 것은 가벼운 감상과 도식적 전망에 머무르지 않는 깊이 있는 성찰을 제공한다. 또 돈에 맞서 시시각각 자본과 물질만능으로 치장된 세상에서 어떤 삶을 살아야하는가의 물음은 오늘날에도 해답 모색의 결과보다 과정이 중요한 문제의식의 힘으로 작용한다고 여겨진다.

1930년대 조선은 자본주의와 식민주의가 함께 존재하는 곳이다. 여기에서 채만식이 중점을 두고 보는 것은 자본주의다. 자본의 힘을 식민주의 정치의 힘보다 우위에 놓았다는 점을 추론할 수 있다. 해방직후 토지분배를 다룬 「논 이야기」를 보면 그의 문학에 흐르는 경제문제에 대한 관심의 방향이 더욱 자명해진다. 결국 균등분배에 대한 문제의식을 중시하고 있음이다. 경제문제와 관련하여 인간의 내면과 외면의 삶의 다양한 문제 양상을 균등재분배의 사회적 차원에서 바라볼 수 있는 힘은 그의 문학세계의 복합적 담론에 일관성 있게 흐르는 과정이기도 하다.

(다) 지식인의 존재를 억압하고 동시에 자각시키는 '돈'의 현실성

채만식 문학에서 다루는 현실적 '돈'은 지식인을 무력하게 하면서 동시에 현실을 자각하게 하는 원동력이다. 이 장에서 다루는 논의는 '돈'과 여성 인물과 지식인의 문제이다.

현대사회로 오면서 '돈'의 전능한 힘은 사회를 유지하고 편리하게 하는 차원을 넘어서 인간을 지배하고 통제한다. 지식인은 이 현상에 비판적이지만 적극적으로 문제해결에 뛰어들 수도 변화된 사회에 적응하기도 어렵다. 이에 비하여 여성인물은 '돈'의 문제에 현실성을 느끼고 성실하게 맞서면서도 더욱 궁핍하게 되고 피해자가 되므로 사회구조의 문제를 자연스레 유도하게 된다.

「명일」(朝光, 1936. 10)의 범수는 대학졸업 실업자로 가족을 굶겨야하는 처지다. 영주는 남편 범수가 해결하지 못하는 생활비 마련을 위해 삯바느질을 하면서도 '명일을 위해 어린 자식을 교육시켜야 한다'고 여기며 삶의 방도를 합리적이고 현실적으로 모색한다. 영주의 삯바느질로 생활을 개척하려는 노력은 빈익빈 부익부 수탈 구조의 자본주의 경제구조를 일상성에서 보여주는 노력이다. 재봉틀을 가진 자와 못 가진 자의 비애를 맛보기도 하는 영주를 통해 돈의 필요성과 그 성취를 모색하기도 한다.

무력한 지식인 범수는 금을 훔칠까 백화점을 돌며 허기진 몸을 벗어나는 방법을 모색하며 자신의 무능을 확인한다. 200원을 잃고도 태연한 친구에게 '런치'(점심)를 얻어먹으며 자신의 비참함을 확인한다. 빈손으로 집에 돌아오니 아내는 아들이 두부를 훔쳤다고 종아리를 때린다. 범수는 식민지 교육의 필요성을 거부하며 어린 자식을 자동차정비 공장에서 교육을 시키는 이중성을 지니고 있다.

「레디메이드 인생」에서 20전에 몸을 팔겠다는 제안에 지식인 실업자 나는 경악한다. 그가 있는 '돈'을 모두 주어버리고 나오는 것은 '돈'으로 팔고 사는 행위에 대한 거부로 읽어야 한다. 동정이나 연민에 앞서서 그는 수요와 공급의 원칙으로 이루어지는 시장가격 자체를 부정하는 것이다. '돈'으로 이루어지는 세상에 대한 부정과 환멸이다.

그러나 이 작품 결말에 자신의 아들을 인쇄소 직공으로 보내는 것은 관념적 문제해결일 뿐이다. 현실에 맞서 필연성이 인정되는 과정 없이 지식인보다 노동자의 힘이 우세하다고 여기는 도식적 이론만이 전달되기 때문이다.

(라) '고결' · '배고픔' · '호강'을 풍자하는 '돈'의 현실성

「이런 남매」에서 '고결한 정신', '배고픈 정신', '호강하는 정신'은 각각 소학교 교원 영섭과 인력거군과 혼인하여 배고픔과 가족의 병에 시달리는 혜옥과 카페 여급이 되어 물질적 풍요로움을 누리는 혜련의 삶의 소제목이다.

고결한 정신을 풍자하는 '돈'은 학생들이 내야하는 납입금에 대한 '돈'에서 절정을 이룬다. 영섭은 도시락도 못 가져온 학생 앞에서 혼자 밥을 먹고 고결한 정신을 말하고 납입금을 독촉한다. 오빠 영섭의 고결한 정신은 '돈' 앞에서 고결함이 불가능해지는 상황에 대한 역설이고 풍자이다. 그래서 고결한 정신을 강조할수록 영섭은 위선자가 되고 이중인격자가 된다. 자신의 출세와 학업을 위해 영섭은 가족을 버리고 만주를 떠돌다 돌아와서 40원의 월급으로 가족을 부양하며 더 나은 조건의 급여와 시간을 얻기 위해 제약회사의 자리를 마련한다. 그는 변호사가 되기 위해 공부하는 중이다. 결국 그의 고결한 정신의 본질이 사회적 지위와 더 많은 돈을 벌기 위한 정신임을 풍자하는 것이다.

언니 혜옥의 배고픈 정신은 자학과 체념이 그려지면서 동정과 마지막 남은 자존심으로 동생이 주는 돈을 어려워하는 모습에서 일말의 인간성을 느끼게 하려고 한다. 동생 혜련의 호강하는 정신은 돈이 중요하지 않다고 말하면서 돈 때문에 몸을 파는 혜련을 영섭과 대립시키며 그 정도의 차이와 타락과 위선의 현실적 돈의 가치에 대한 문제의식을 불러일으킨다.

결국 배고픈 정신에게 마지막 남은 아이에 대한 애정은 혜련이 주는 돈 20원으로 위기를 넘긴다. 고결한 정신은 현실적 필요한 '돈'을 외면하고 동기간의 정도 끊는다. 혜련과는 의를 끊고 지내고 혜옥도 마지막 1원을 주면서 앞으로 관계를 끊으려 하는 것이 암시된다. '돈'을 외면하는 고결한 정신은 몸을 팔아 '돈'을 해결하는 것만도 못한 비인간적이라는 간접 표현이 고결한 정신에 대한 풍자의 의미이다.

(마) '사물화'와 '식민화'에 대한 '돈'의 이중고발
'돈'은 수단이 목적으로 변한 극단'을 보여주기도 한다. 「빈 제1장 제2과」에 나오는 유모가 받는 20원의 의미를 생각해보자. 유모는 자신의 젖먹이 아이를 이 주일만에 떼놓고 남의 아이에게 젖을 먹이며 월급을 받고 깨끗한 옷차림과 숙식을 제공받으며 산다.

이 작품은 주인아씨를 닮으려고 치장에 집착하는 유모의 동일시가 내포하는 페이소스와 해학, 자기소외와 콤플렉스 문제의 복합성, 돈 때문에 가족관계가 위태로운 양상 등 문제성의 다양함으로 주목을 요한다.

자신의 존재를 타인이 바라보는 시선 속에서 규정하는 허위의식에 사로잡힌 유모가 주인아씨와 자신을 동일시하려는 몸짓이 '목간'과 '파라솔'과 '화장품'과 '화장' 그리고 '피부의 부드러운 살결'로 표상 된다. 이것은 젖도 일종의 육체이기 때문에 '돈' 20원 때문에 젖을 팔아야 하는 원하지 않는 육체의 침범에 대한 반작용으로 육체에 집착하는 공허감의 표상이기도 하다.

> 오늘은 월급날이요, 겸해서 한 달에 한 번 휴가를 타는 날인 것이다. 그는 오늘 아침에 받은 월급 십오 원에서 이 원은 전에 쓰다가 둔 이 원과 한데 합쳐서 손그릇에 두어두고 십삼 원과 잔돈을 지니고 나섰다.(중략)
> 어느 날 밤 꿈에는 그 파라솔을 펴 받고 어떻게 된 셈인지 놀음에 불려서 인력거를 타고 종로 한복판을 지나가 보기까지 했었다. 그렇게나 미망이 졌던 것인지라, 마침내 '돈'을 주고 사서 활짝 펴들고 상점 앞을 나서니 어떻게도 좋은지, 파라솔 그것처럼 몸이 가볍게 떠오르는 것 같았다. 그는 등뒤에서 젊은 점원이 싱긋 웃으면서 "아주 썩 잘 얼리십니다! 그럴 듯한데요!" 하고 실상은 조롱을 하는 것도 정말 칭찬으로 들리어 몸뚱이가 근질근질했다.[46]

유모의 물질적 욕망과 가족에 대한 '거리두기'와 '단절' 그리고 '끌림' 사이의 문제의식은 사물화된 인간관계의 허위성과 식민화된 자본주의

---

46 『貧 …第一章 第二課』전집 7권, 138-139쪽.

사회구조 이중의 고발을 위한 장치로 작용한다. 자식에게 가야할 모유를 돈 때문에 팔아야 하는 현실 대응양상이 몸을 통한 거부의 몸짓과 왜곡된 모습으로 표출된다. 결국 유모가 반찬투정을 하며 식욕 없음을 보이는 점과 삶의 의미를 상실 당한 자로서의 표상인 유모를 둘러싼 소외계층에 대한 폭넓은 연민과 공감이 되살아나는 여운은 이 작품이 제기하는 균등분배에 대한 문제점과 그 표현의 거리 두기 효과이다.

3.

채만식 소설의 '돈'은 여성인물이 자본주의에 스스로를 옭아매는 욕망의 장치로 작용한다. 이 욕망의 장치는 1930년대 자본주의 산업경제에 여성인물을 편입하기 위해 시행한 정책을 비판적으로 대하는 집요한 작가의 시선이 담겨있음을 확인할 수 있었다. 이 상상의 돈이 일확천금이나 복권당첨과 같은 비현실적인 '돈'이 아닌 노동으로 벌어서 만들 수 있다는 가능성에서 출발하기에 그 돈의 의미는 현실성취의 필연성을 띤다. 그러함에도 불구하고 상상을 통한 소박한 욕망의 '돈'이 현실의 '돈'으로 구체화되었을 때 하층민들의 삶을 더욱 궁핍하게 만드는 모순이 있었다.

여성인물이 그들의 상상과 현실에서 성취하고자하는 바는 '돈'과 상품의 교환 과정 속에서 사라져 버리고 여성인물은 자신의 성실함에도 불구하고 병들거나, 죽거나, 가족관계나 인간관계가 파탄되거나, 희생자로서 몸이 팔리거나, 훼손되는 모습만 남게 된다. 이는 경제적 균등분배의 가능성 자체가 존재할 수 없는 취약한 식민지 경제의 수탈 구조로서의 문제점에 대한 인식의 도달이다. 이러한 양상은 자본주의와 식민주의가 결합된 시대현실로 작용하는 1930년대 빈익빈 부익부의 사회구조 고발이 되어 작품에 시대의 모순과 아픔을 안고 살아가는 삶을 다양하고 현실감 있게 보여주게 된다.

채만식은 창작의 자유가 억압되었던 시대의 창작방법론 모색의 일환으로 1930년대 경제문제 실상의 고발과 해결의 구체적 필연성을 당시 경제활동에서 주변적이었던 여성인물을 통하여 제기한다. 이것은 식민화된 자본주의 사회 문제를 타자에 대한 관심과 사물화된 인간 소외문제의 구체성에 접근하는 성과를 낳는다. 이는 그가 동시대 작가 중 폭넓은 시야의 작품을 창작할 수 있었던 원동력이 현실문제 대응양상의 다양한 모색에 있음을 입증한다. 여성인물이 돈과 맺는 관계 속에서 식민지 경제문제를 조망한 점은 그가 누구보다도 현대소설이 돈의 위력 한가운데 있음을 간파한 통찰력을 지녔기 때문이다. 돈은 인간이 세계와 맺는 관계의 적절한 표현[47]이라는 채만식 소설의 여성인물을 통해 살펴보았다. 삶의 터전에서 쫓겨나는 1930년대 여성인물의 상황을 '돈'과 연관하여 포착한 점은 특별한 감각이라 보여진다.

채만식의 '돈'에 대한 관심이 의미를 지니는 것은 '돈' 자체의 필요성과 중요함을 인정하고 깊이 있게 이에 접근하였다는 점 때문만은 아니다. 그는 '돈'의 기능과 위험성과 힘을 바르게 알고 그러나 이것에 휘둘리지 않기 위한 모색과 고찰을 비판, 고발, 풍자로 접근하는 것에 더 큰 비중을 두기 때문이다.

---

47 게오르그 짐멜 지음, 김덕영 옮김, 『돈의 철학』, 도서출판 길, 2013년, 166쪽.

7.
채만식 소설과 여성적 글쓰기

1.

페미니즘은 여성의 공통된 관심사를 체계적으로 이해하려는 노력이나 남성 특유의 사회적 경험과 지각 방식을 보편적인 것으로 표준화하려는 태도를 근절시키려는 시도를 의미한다. 따라서 이것은 여성적인 것의 특수성이나 정당한 차이를 정립하고자 하고, 여성 억압에 대한 관심에서 출발하여 그 타파를 지향하며, 여성을 억압하는 객관적인 현실을 올바르게 파악하고 그 해결을 모색하는 것 등을 포함한다.[48] 페미니즘 문학이론은 페미니즘의 정신을 문학을 통하여 실천하는 데 의의를

---

48 메기 험, 심정순 – 염경숙 譯, 『페미니즘 이론사전』, 삼신각, 1995, 316–318쪽.

두고 전개되었다.

이 장에서는 남성 작가의 여성적 글쓰기 가능성을 이론적으로 점검하고 그것을 바탕으로 채만식의 문학에 담긴 여성적 글쓰기 양상을 논리화함으로써 그의 문학 작품을 분석하는 이론적 근거로 삼고자 한다.

페미니즘 문학 이론에서 작가의 성별 구분은 중요한 의미를 지닌다. 남성작가[49]의 경우 성차별과 억압에 대하여 얼마나 객관적으로 피해자의 입장을 대변할 수 있는가, 그 가능성과 한계는 어떠한가에 대한 관심이 집중된다.

남성작가의 작품을 페미니즘 관점에서 연구하는 작업은 페미니즘 문학 연구의 초기 단계에서 활발히 진행되었다. 남성 텍스트에 나타난 여성의 이미지 읽기는 1960년대 말 메리 엘만(Mary Elman)과 케이트 밀레트(Kate Millett)로부터 비롯된 페미니즘 비평의 고전적인 방법론이다.[50] 이는 주로 남성 작가의 여성 의식을 알아보는 데 유용하며, 이를 여성이미지 비평이라고 한다. 여성 이미지 비평은 여성 인물의 성격, 작품에서의 중요도, 주제 기여도 등을 중심으로 작품에 투영된 작가의 페미니즘 시각을 추출한다. 본 연구에서는 이미지 비평의 방법론으로 인물의 형상화를 통해 나타난 작가의 긍정적 성향과 부정적 성향을 밝히게 될 것이다. 이 방법론은 작가의 여성의식을 명료하게 밝혀줄 수 있다는 점에서 의의가 있다. 특히 주제에 기여하는 긍정적인 성향의 인물과 부정적인 성향의 인물을 함께 논의하면서 그 차이점을 중심으로 작품 속의 여성 인물을 논의하는 방법은 작가의 여성 의식 도출에 효과적이다.

---

49 단순한 작가의 성에 따른 구분이다. 궁극적인 페미니즘 문학의 정신에서 볼 때 남성작가 여성작가라는 구분 자체가 무의미한 논의이지만 페미니즘 문학의 정신에 도달하기 위한 과정상 이 구분은 철저히 이루어질 필요가 있다고 여겨지기에 이러한 용어를 사용할 수밖에 없음을 밝힌다.

50 송명희, 「이태준 소설의 여성 이미지 연구」, 『타자의 서사학』, 푸른사상, 2004, 115쪽.

문학 작품 속에서 여성상의 다시보기를 시도한 여성 이미지 비평은 남성 중심의 문학에서 여성이 어떻게 왜곡되었는지를 지적한다. 남성을 구원하거나 남성에 의해 구원받는 대상으로 존재하는 여성이 그려진 것, 천사와 악녀의 이분법으로 여성을 제시하는 것 등은 대표적인 남성 중심의 시각을 반영한 것이라 볼 수 있다.

팸 모리스(Pam Moris)는 여성 이미지 비평의 세 영역을 〈남성이 만들어낸 여성 이미지 읽기〉, 〈서사적 관점에 저항하기〉, 〈구조 : 여성의 운명을 다시 짜기〉라는 부분으로 정리한 바 있다.[51] 하지만 이 세 영역은 서로 분리할 수 없도록 얽혀 있기 때문에 따로 따로 논하기는 어렵다[52]는 점을 감안하여 통합적으로 논의할 필요가 있겠다.

남성 작가가 여성 문제(여성 인물)를 작품화한 경우는 대략 세 가지로 나누어 볼 수 있다. 우선, 철저히 가부장적인 관점에서 소재(素材)적 차원으로 여성 문제를 다루는 경우가 있다. 이광수, 김동인, 전영택, 이효석 등이 여기에 속한다 할 수 있다. 이광수의 작품에 등장하는 악녀형 여성과 현모양처형 여성의 이분화된 시각은 여성의 독자적 개성과 자의식이 배제된 남성편향 여성의식의 투영이라고 볼 수 있다. 작품 『무정』에 나타난 영채의 정절에 대한 남성 위주의 관심 역시 가부장적인 사고의 한계를 보여준다. 김동인의 작품 대부분에서 그려지는 여성 역시 가부장제 남성 중심의 시각을 보여준다. 「배따라기」에서 형과 아우의 오해와 질투에 희생되는 어린 아내에 가해지는 폭력은 물리적 폭력에 머무르는 것이 아니라 그 아내가 죽은 후 아내를 그리워하는 남편의 아름다운 사랑으로 승화하여 도리어 아내의 철없음과 경박함으로 비교되면서 여성에 대한 정신적인 폭력으로 이어진다. 이효석의 「메밀꽃 필

---

51 Pam Moris, 강희원 譯, 『문학과 페미니즘』, 문예출판사, 1999, 31~68쪽.

52 송명희, 위의 책, 116쪽.

무렵」의 물방앗간 성처녀도 마찬가지이다. 물방앗간의 사건으로 이루어진 아들 동이 때문에 집안에서 쫓겨 나는 등 고난과 시련의 삶 속에서도 하룻밤의 인연(폭행으로 이루어진 인연도 인연이라면)을 위해 정조를 지키는 것을 이상화시켜 제시한다.[53]

다음으로 가부장제 의식의 잔재는 남아있으나 부단한 독서와 자기 체험의 변화를 통해 세계를 이해하는 통찰의 시선으로 여성 의식의 변모와 발전을 보이는 경우가 있다. 채만식, 이기영, 김남천, 한설야 등이 여기에 속한다.

마지막의 경우는 진보적 세계관을 지닌 작가가 여성 문제와 상관없이 새로운 가치관을 작품화할 경우 작가의식의 구현에서 부차적인 인물로 설정되었을지라도 여성 인물의 생동감은 작품에서 진보적 세계관을 구현하는 의의를 지닌다. 홍명희, 현진건 등이 여기에 속한다. 채만식의 경우는 두 번째에 해당하는데, 그의 내면 의식에는 가부장제 사고가 존재하지만 바람직한 가치관을 내면화하기 위하여 부단히 노력을 기울이는 과정이 작품의 여성 인물 형상화로 나타난 것이다.

남성작가의 페미니즘 시학에 대한 본격적인 논의는 거의 이루어지지 않았다. 페미니즘 문학의 초기 단계 여성주의 비평은 고전, 명작으로 의심의 여지없이 추앙되었던 남성 작가의 작품에 나타난 반(反)페미니즘적 성향을 문제 삼아 비판하는 비평이다. 남성 작가의 페미니즘 시학은 이에 대한 문제제기에서 출발한다.

페미니즘 시학은 여성 의식[54]과 여성성[55]에 대한 규정으로 구성된다고

---

53 남성작가의 작품에서 이루어지는 폭행의 미화 문제는 가부장제 의식의 무의식적 잔재를 나타내며 이는 오늘날의 남성 작가의 작품에서도 드물지 않게 나타난다.

54 여성 의식은 여성에 대한 단순한 부정적 관점을 밝히는 것에 머무르는 것이 아니라 여성문제 해결에 대한 신념이나 의지의 정도를 구체적으로 작품에서 찾아낼 수 있을 때 참된 의미가 있다고 본다.

55 여성성은 남성이 바라보는 가부장제 사회의 유지를 위해 여성에게 일방적으로 요구

볼 수 있다. 여성 의식에 대한 것은 기존의 이론과 같은 맥락에서 볼 수 있으나 여성성에 대한 규정에서 남성 작가와 여성 작가는 대립 차별이 아닌 차이로서의 인식이 필요하다고 본다. 여성 작가들은 가부장적 가치들에 단순히 반발하는 데서 벗어나 자신의 내면을 향해 돌아섰으며, 고유하고 독립적인 여성 정체성을 확립하기 위해 노력했다. 쇼왈터는 세 단계를 각각 '여성적인 단계', '여성주의자 단계', '여성의 단계'라 불렀는데, 세 번째 여성의 단계는 여성의 글쓰기가 자기 인식을 특징으로 하는 새로운 단계로 진입하게 되었음을 암시한다.[56]

여성적 글쓰기란 프랑스의 구조주의 문학 비평가이자 페미니스트인 이리가라이, 식수스 등에 의해 논리화된 페미니즘 비평 이론이다. 고정화된 글쓰기의 틀을 탈피하여 행해지는 가부장제에서 억압된 여성의 언어가 권위적이고 중심적인 언어인 남성의 언어와 대립적이며 이 여성의 언어가 결국 가부장제를 전복하는 계기로써의 분출력을 지닌다고 주장한다.

먼저 여성 언어[57]의 성격에 대해 살펴보도록 하겠다. 여성적 언어가

되는 소극적이고 의지적인 여성, 수동적이고, 순응적인 여성이라는 일상적인 언어의 의미를 전복하는 용어이다. 흔히 여성답다, 여성스럽다고 하는 의미에 담긴 남성의 보조, 내조자로서의 여성의 존재를 거부하면서 여성과 남성이 대등하면서도 차이를 지닌다고 할 때 그 차이의 의미로서 여성해방의 지향점과 내재적 힘으로 작용할 수 있는 성질을 말한다. 사회주의 페미니즘에서는 여성성 자체를 부정하는 성향이 강하고 자유주의 페미니즘에서는 여성성을 모성성과 동일시하는 측면이 있으며 실존주의 페미니즘에서는 여성성, 모성성을 거부하는 경향이 강하다. 급진주의 페미니즘에서는 여성성이 남성성보다 우월하다는 입장을 기본으로 하면서 여성의 신체를 남성의 신체와 비교하여 차이와 대등의 입장을 지양하며 우월의 입장을 견지한다. 이는 여성적 글쓰기라는 남성중심의 문화를 전복하는 분출력으로서 그리고 억압과 차별을 지향하는 새로운 문화창출의 생성력으로서 페미니즘 문학에 있어서 의식의 흐름, 등 여성문체의 의미를 주목하게 하는 계기가 된다.

56 Pam Moris, 앞의 책, 125–126쪽.
57 여성의 언어에 대한 논의는 상징계의 언어와 상상계의 언어로 그 의미를 확장한 크리스테바의 논의가 있다. 라깡이 여성의 상상계를 남성의 상징계에 진입하지 못한 한계

철학적 주장이나 외부적이고 극적인 사건과 관계있다기보다는 근본적으로 심리적 사건에 대한 자각과 그에 가장 적합한 양식이 내적 독백이나 의식의 흐름에서 비롯한다는 점을 참조할 필요가 있다. 자기만족적이고 득의양양하고 모든 것을 다 알고 있는 듯한 전지적인 언어는 남성적인 언어에 가깝다. 반면 망설임의 유보적이고 부정적인 서술은 여성적 언어에 가깝다. 남성적인 언어는 고매하고 오만하며 확신감에 차 있고, 잘난 척하는 태도를 은연중에 드러낸다. 이와 달리 여성적인 언어는 가부장적인 권위에 대한 두려움, 여성이 만들어낸 것의 부적절성에 대한 불안감을 나타낸다.[58] 이를 정리하여서 채만식 문학의 특성과 비교해보면 도표와 같다.

로 설정하였다면 크리스테바에 있어서 상상계는 상징계의 한계를 넘어서는 더 높은 수준의 세계이다. 이러한 논의의 연장에서 여성적 언어, 여성적 글쓰기의 논의가 가능해진다. 김미현의 논의를 인용해보는 것도 의의가 있으리라 여겨진다.
침묵, 불확실한 망설임의 언어, 자기의 내면을 드러내 보이는 편지나 자서전의 언어, 자신의 언어로 이야기하려다가 타자의 언어에까지 침투하는 혼합과 교체의 언어, 상대방의 언어를 끌어내서 더 많은 언어를 유발시키는 대화와 논쟁의 언어, 풀어 헤치면서 모아주지는 않는 구술이나 광기의 언어 등은 대부분이 소극적 저항에 지나지 않을지 모르지만 감금에서 벗어나 탈출에 이르려는 반항의 언어들이라고 할 수 있다. 억압의 상태에서 벗어나기 위해서는 해방의 언어만을 배워서는 불가능하기에 실제로 지배 언어의 억압 속에 있는 이러한 언어들을 먼저 알아야 한다. 억압 상황에서 언어 같지 않게 사용되어 온 언어를 살려내지 않고서 억압을 줄여 가거나 없애갈 수 없기 때문이다. 김미현, 앞의 논문, 209쪽.

58 조세핀 도노반, 김열규외 공역, 『페미니스트 문체비평』, 1988, 190쪽.

	여성의 언어	남성의 언어
서술자의 관점	망설임, 유보적 부정적, 객관적	확신, 자기만족적, 전지적
서술자의 성향	가부장적 권위에 대한 두려움 여성이 만들어낸 것의 불안감	확신감, 오만감 자기만족적
문체	내적 독백, 의식의 흐름	철학적 주장, 사상의 개진
중심지향정도	탈중심 지향	중심 지향
서사	심리적 사건	극적 사건

〈표〉 여성/남성 언어의 특성

위의 표를 참고할 때, 채만식 문학의 언어적 특성은 남성 언어보다 여성 언어에 가깝다는 것을 확인할 수 있다. 그의 작품에 나타난 서술자의 관점은 확신이 느껴지지 않는 유보적이고 부정적인 면을 보인다. 이러한 관점은 어떤 권위에 대한 두려움과 불안감에서 비롯된 것이다. 단순한 두려움이 아닌 무의식적으로 내재된 두려움 불안감의 표출로 식민지 시대에 대한 압박을 담고 있다고 볼 수 있다. 작품의 서사는 심리적인 경향을 뚜렷이 보이지는 않는다. 그렇지만 채만식의 몇 몇 작품에 나타난 여성가족사(女性家族史)의 서사는 여성 문학으로서의 성격을 뚜렷이 드러낸다.

2. 글쓰기의 성 정체성

지금까지 〈남성 작가의 여성적 글쓰기 가능성〉에 대하여 고찰하였다. 그와 관련하여 채만식이 여성가족사를 통하여 시대의 모순이나 민족의 모순을 어떤 방법론으로 표출하였는가를 파악하였다. 이러한 여성 문제에 대한 관심이 단순한 소재적 차원에서 창작된 것이 아니라는 점이 그의 여성 소설이 담고 있는 복합적인 실체이다. 이것을 해명하기 위하여 여성 소설에 대한 정신적 면모의 일단을 논리적으로 접근할 필요가 있다.

이 장에서는 채만식의 여성적 글쓰기 양상을 이론적으로 고찰하여 작품 분석의 원리로 삼고자 하며 먼저 여성적 글쓰기가 이루어지게 된 동기를 주체와 비주체의 전도적 글쓰기의 정신에 입각하여 살펴보고자 한다. 그의 여성적 글쓰기가 식민지 상황의 시대 문제를 표현하고 더불어 여성 문제를 효과적으로 담아내기 위한 열정적인 노력의 산물임을 입증하려는 필요성에서이다.

식민지 시대 상황에 대한 대응으로써의 창작 과정이라는 점에서 볼 때, 채만식의 페미니즘 문학적 성격을 '주인과 노예의 전도된 글쓰기'의 정신[59]과 연관시킬 수 있다. '주인과 노예의 전도된 글쓰기'의 의미는 헤겔이 노동의 중요성을 논증하기 위해 비유한 주인과 노예의 변증법 논리를 치환한 것이다. 주인과 노예의 전도된 글쓰기의 정신이란 의미는 식민지 상황에 대한 비판과 고발 의지를 주체적 글쓰기로써는 거의 불가능했던 일제 강점기 시대의 아픔과 저항의 논리가 녹아 있는 작가 정신의 결정체가 페미니즘 문학 경향임을 말하고자 하는 것이다.

일제 강점기 하에서 검열을 통과하는 글을 써야 했던 상황은 작가에게 노예적 삶을 감내해야 했던 상황과 비유될 수 있다. 이러한 시기에 노예로서의 삶을 일정 부분 감당할 수밖에 없었던 자각은 글쓰기의 순간 순간이 창작 과정에 스며들어 있다고 볼 수 있다. 그러나 그 결과의 축적물로 당당하게 이룩한 작품의 성과는 노예와 주인이 뒤바뀌는 순

---

59 채만식의 여성 주체와 관련하여 헤겔의 주인의식과 노예에 대하여 언급한 내용은 본연구자 이전에도 있었음. 박심자, 앞의 논문, 35-36쪽.

간을 창조하는 의미를 지닌다. 부분적 한계를 지니지만 작품에 담긴 식민지 현실에 대한 도전과 고발의 메시지는 이러한 노예와 주인의 전도와 같이 창작에 임한 작가 채만식에게서 독자에게로 전이되는 순간 그 전도의 의미가 완성되는 것이다. 이때 노예의 상징적 의미는 글쓰기를 하는 채만식 자신이자 작품에 등장하는 여성 인물에 비유할 수 있다.

노예는 자신이 일을 선택할 수 있는 권한이 없다. 따라서 죽음이 아닌 생을 선택할 수밖에 없는 상황에서 노예적 삶을 거부한다는 것은 사실상 불가능하다. 노예적 삶을 살아가는 존재는 끊임없이 주인을 위해 노동을 제공해야 한다. 그 노동 속에서 노예는 삶의 진실과 비밀을 만나게 된다. 노동에 담긴 삶의 비밀은 노동의 신성함과 가치 창출의 법칙에서 비롯한다. 반면 주인은 노동을 상실하여 대자연의 진실과 섭리에서 벗어나며 독자적 자립성을 상실하며 노예의 노동에 의존하여 생을 유지할 수밖에 없는 지경에 이른다.[60] 그러나 주인과 노예의 전도된 상황은 끊임없이 이어지고 뒤바뀌는 생철학의 기반을 형성하는 원리이다. 노예의 생존을 위한 노동 정신이 소멸할 때 삶의 진실과 비밀은 베일에 싸이게 된다.

채만식의 글쓰기 정신을 주인과 노예의 전도적 글쓰기로 비유해볼 때, 노예적 상황을 강요당했던 억압적 상황에서 작가가 과연 글을 써야 하느냐 거부해야 하느냐의 문제에 대한 선택의 기로에 놓여진다. 그 상황에서 내려려 하는 해답은 작가는 언제 어떠한 상황에서도 글을 써야 하는 것이 숙명이라는 것이다. 글쓰기는 생을 이어나가기 위한 노동과 같은 것이기 때문이다. 이런 기준에서 볼 때 글쓰기의 이론은 주인의 논리에 가깝다. 글을 쓰지 않고 어떻게 써야 한다고 이론을 말하는 것은

---

60 G. W. F. 헤겔 , 황태연 編著, 『헤겔 정신 현상학 해설』, 이삭신서, 1983, 133–161쪽 참조.

노예인 작가에게 있어서 창작의 괴리감만 안겨줄 뿐이다. 이는 글쓰기의 이론이 시대와 상황과 작가의 입장에 따라서 역동적으로 대응하여야 하기 때문이다.

말하고자 하는 중심 생각을 전면에 내세우지 못하는 글쓰기가 비주체의 글쓰기, 즉 노예의 글쓰기이다. 이러한 노예의 글쓰기는 표면적으로 볼 때 기존에 존재하는 주인의 권위에 복종하는 듯하다. 그러나 풍자, 패러디 등의 글쓰기 정신은 어느 순간 주인과 노예의 전도됨을 보여주는 무기로써의 역할을 하게 되는 적절한 예시이다.

채만식의 창작 과정에서 '여성 인물 전면에 내세우기'가 대표적인 노예의 글쓰기 전략이다. 채만식은 외부의 간섭 없이 글을 쓰고 싶었고, 경제적 구속에서 벗어나서 글을 쓰고 싶었을 것이다. 쓰고 싶은 테마는 '역사를 밀고 나가는 어떤 큰 힘'이었을 것이다. 이는 달리 표현하면 사회 비판과 고발의 주제, 즉 항일 투쟁을 통한 조국의 독립과 모순된 사회갈등으로부터의 해결이다. 그러나 작품을 검열하여 삭제당하는 삼엄한 분위기에서 창작의 자유는 극도로 억압된다. 이러한 상황에서 작품의 주요 인물로 여성이 등장하게 되는 것이다. 여성은 공적 영역에서 제외된 사적 존재이다. 시대적 한계를 포함하여 여성의 존재는 자각과 탈출을 시도해야만 하는 상황에 처해 있다. 그러나 여성은 집 밖과 집 안, 과거와 현재, 모성성과 자아정체성 사이에서 방황하고 있다.

여성소설[61]은 이와 같은 억압으로부터의 탈출을 꿈꾸었으나 좌절될

---

61 여성 소설에 해당하는 작품을 아래와 같이 6가지 유형으로 분류해 볼 수 있다.
1. 여성이 주인공인 작품
장편 『탁류』(37년 10월-38년 5월 조선일보), 『人形의 집을 나와서』(33년 5월-11월 조선일보) 『여자의 일생』(조광 43년 3월호-10월호까지 7회 연재) 『여인전기』(매일신보 44년 10월부터 45년 5월) 4편,
단편 「얼어 죽은 모나리자」(사해공론 37년) 「생명」(白光, 37년) 「병이 낫거든」(조광, 41년 동화의 속편) 「동화」(여성 38년) 「모색」(39년, 문장1권 9호) 「빈 제일장 제이과」(신

동아36년) 등

「역사」(학풍 2호 49년) 「늙은 극동선수」(역사 제2화 신천지 49년) 「소망」(조광 38년), 희곡 「가죽버선」(27년 유고) 등

2. 여성 문제가 중심 주제인 작품

(여성 문제 – 혼인, 출산, 사랑, 여성 억압, 여성 매매, 고부 갈등, 자녀 양육 모성 등의 주제)

『人形의 집을 나와서』(33년)– 여성 문제의 총체적 접근

조혼 –「過渡期」, 「아름다운 새벽」 (매일신보, 42년 2월-7월)

과부의 문제 –「龍洞宅」(農業朝鮮 1938. 8월호: 蔡萬植短篇集, 1939)

『탁류』 – 여성 의식, 매매혼, 순응하는 여성과 저항하는 여성, 채봉과 계봉의 대립,

「정거장 근처」 「팔려간 몸」 – 여성 매매, 순응하는 여성의 몰락

「보리방아」(가난한 여성 노동자), 「소복 입은 영혼」(정조와 재혼)

「빈 제일장 제이과」(모성애까지 파괴되는 현실, 모성애와 여성의 갈등)

「어머니를 찾아서」(모성과 세태)

「두 순정」(전근대적 의리)

「쑥국새」(미럭쇠와 종수와 납순이의 삼각관계에서 종수를 좋아하나 30원 때문에 미럭쇠와 억지 혼인한 납순이가 종수와 대낮에 짐을 싸서 도망치려다 들켜서 목을 매어 죽었다. 납순이 무덤에 먹을 것을 바치며 미럭쇠가 납순이를 그리워함)

「이런 처지」(조혼)

「패배자의 무덤」, 「반점」 (모성의 생명력과 무능한 지식인)

「차중에서」 (가난한 여성 노동자의 몰락)

「해후」 (억지 혼인으로 고통 받는 처지에 있는 여성의 유혹과 지식인 나의 갈등과 의리 지키기)

「처자」 (처자를 위해 가정을 지켜야 하는 책임 의식과 소시민 의식)

3. 여성 의식이 직접 나타난 작품

「人形의 집을 나와서」(여성 억압의 현실과 문제 해결을 위한 실천적 실존적 대응)

「濁流」(매매혼과 관련하여 순응하는 여성과 저항하는 여성의 운명의 차이),

4. 여성 인물과 주제 의식과 관련된 작품

『염마』(34년 5월-34년 11월: 권선징악의 주제, 탐정소설에서 악의 괴수로서의 역할을 맡은 여주인공 서광옥의 일대기)

『태평천하』(조광38년 1월-9월 : 윤직원의 치부와 권세의 욕망에 대한 비판과 풍자에 결정적인 조미료 역할을 하는 것이 여성 인물이다. 아내, 며느리, 첩, 등) 『금의 정열』(39년 6월-11월 매일신보: 여성 인물 봉아는 황금만능주의와 병립할 수 없는 진정한 사랑의 이미지로 광채를 빛내다가 죽음으로 희생양을 삼음.)

수밖에 없는 상황 속에서 작가 스스로 창출해낸 창작의 소산물이다. 따라서 이는 분명하고 자신 있는 결론이나 무조건적인 낙관보다는 아직 결정되지 못하고 모호한 채로 남아있는 현실을 더 선호한다고 할 수 있다. 이는 여성으로서 겪는 삶의 고통이나 갈등의 끝이 보이지 않는[62] 상황에 대한 작가 의식의 반영이자 탈출구를 향한 갈망의 표현이다.

김윤식은, 식민지 상황 속에서 뿌리 뽑힌 남자들 대신에 삶을 지킬 수밖에 없었던 것이 어머니요 누이였다고 생각할 때 이 당시 문학의 여성 편향은 이들을 통해서 비애가 강화되고 내재화된 저항성을 표출하는 방법이었을 것이라고 평가하였다.[63] 채만식 문학 작품 속의 여성 인물 역시 이와 무관하지 않을 것이다.

이러한 여성 중심의 글쓰기를 통하여 채만식은 새로운 여성 중심 서사라는 소설 양식을 생산한다. 그의 여성 중심 서사는 여성 성장소설이

『人形의 집을 나와서』(33년 5월~11월 조선일보 : 여성의 해방을 위해 필요한 것이 무엇인가에 대한 탐색. 주제의식을 직접 체현하는 여성 인물 다수 등장) 『탁류』, 「냉동어」, 「명일」, 「소망」, 「이런 남매」, 「근일」, 「사호일단」, 「집」, 「낙조」, 「처자」, 『심봉사』, 「인텔리와 빈대떡」, 「흘러간 고향」, 「예수나 안 믿었더면」, 「무장삼동」, 「영계」, 「그의 가정풍경」 등

5. 아내와 남편이 거의 대등하게 등장하는 작품(분량상, 내용상)
「명일」(교육에 대한 의견차이, 생활력에 대한 차이)
「소망」(아내의 수다. 아내의 넋두리, 아내의 남편행위 합리화위한 언술)
「사호일단」, 「처자」, 「인텔리와 빈대떡」, 「예수나 안 믿었더면」, 「영계」, 「그의 가정풍경」

6. 이중적인 여성 의식이 드러나는 작품과 인물
「냉동어」의 주인공은 아내와 스미꼬 둘 모두에게 연민을 지니며 갈등
『염마』의 주인공 탐정 영호는 학희와 서광옥에 대한 모순된 감정
「아름다운 새벽」의 준은 아내와 나미와 영순 사이에서 갈등

62   김현, 『현대소설의 담화론적 연구』, 20, 30년대의 소설을 중심으로, 서강대 박사논문, 1992, 18~19쪽.
63   김윤식, 『근대한국문학연구』, 일지사, 1973, 460쪽.

라 할 수 있는 『人形의 집을 나와서』, 여성 가족사소설의 시도를 보여준 『濁流』, 「明日」 그리고 창작의 제약이 극도로 억압되었던 시대에 이를 비껴나가기 위해 전통을 차용하여 이전 시대를 배경으로 쓰여진 『여자의 일생』, 해방이후 「歷史」에 이르기까지 다양하게 나타난다. 여기에서 그가 차선의 행위로 이룩한 여성 중심 서사의 글쓰기는 국권 상실의 아픔과 광복의 염원이 절실한 시대에 젠더와 계급과 민족 모순에 대한 탈중심의 지향이 만난 성과물이다. 채만식의 작품에 담긴 여성 인물을 살펴보는 것은 이러한 의미에서 그의 창작 과정을 이해하는 주요 요소가 된다는 점에서 의미가 있다. 이와 같이 그의 여성적 글쓰기의 정신은 '비주체와 주체의 전도적 글쓰기'로 파악할 수 있으며 이러한 고찰은 채만식의 여성적 글쓰기 이론을 만들기 위한 준비 작업이라고 할 수 있다.

채만식의 여성적 글쓰기는 내용과 형식의 이중적 측면에서 고찰할 수 있다. 내용 측면에 있어서는 여성 문제에 대한 꾸준한 관심이 낳은 성과라고 볼 수 있으며 이는 여성의 혼인, 이혼, 자유 연애, 정체성 찾기, 사회 참여 등의 문제에 대한 작품 형상화에서 여성 의식을 발견할 수 있다. 이러한 여성문제에 대한 지속적인 관심은 여성가족사 소설, 여성 중심 서사의 글쓰기를 창출한다. 이 논문의 3장에서는 구체적인 채만식의 여성적 글쓰기 양상을 서사적 측면에서 확인할 수 있을 것이다.

채만식의 여성적 글쓰기는 내용성에서만 확인할 수 있는 것이 아니라 형식 측면에 대한 고찰이 이루어질 때 비로소 그 논리를 부여할 수 있을 것이다. 채만식 문학에 나타난 형식적 특성으로는 '수다'[64], '열린 결

---

64   이 용어는 대표적인 여성 폄하적 속성 가운데 하나로 인식되어져 왔다. 그러나 여성성에 대한 전복적 용어 사용으로 수다는 여성의 특징적 화법 가운데 하나이며 억압된 정서를 표출하는 기능을 수행하는 여성적 말하기의 의미를 담을 수 있는 페미니즘 용어가 될 수 있다.

말'[65], '틈새 언어'[66], '여성 중심 서사'[67]를 들 수 있다.

그의 문학에 나타난 탈중심(脫中心)의 글쓰기는 여성 문학의 지향점과 상당 부분 일치함을 발견할 수 있다. 따라서 그의 작품을 여성적 글쓰기의 양상으로 살필 때 의미 있는 해석의 풍부함과 탈중심(脫中心)의 접근을 선명하게 이해할 수 있을 것이다. '수다의 글쓰기'[68]를 치환한 여성화자의 '수다'를 통하여 식민지 지식인의 답답함과 두려움, 불안감을 표출하는 「少妾」은 그 적절한 예가 된다. 이 경우 언어를 통하여 억압

---

65 열린 결말을 보여주는 것은 그의 작품 대부분이다. 『濁流』의 결말 내용이 소제목 '서곡'에 적절한 새로운 출발 전야를 상징함으로써 다양한 상상을 가능하게 한다. 『太平天下』의 결말은 종학의 피검 사실을 통하여 새로운 반전을 예고한다. 『人形의 집을 나와서』의 결말은 남편 현과 노라가 사용자 대표와 노동자 대표로 만날 가능성을 제시한다. 기타 대부분의 채만식 작품의 결말이 앞의 내용을 정리하고 마무리 짓는 것이 아니라 새로운 출발과 예고를 통하여 마무리 자체를 유보하면서 다양한 가능성으로서의 담론을 제시한다. 이는 채만식의 여성적 글쓰기와 가장 밀접한 관련 양상을 보인다.

66 틈새언어는 사이의 글쓰기와 통한다. 기존의 가치관에 저항하는 글쓰기를 위해서는 언어 자체를 거부해야한다는 논리이다. 기존의 언어 자체가 기존의 가치관을 반영하는 매체이므로 새로운 가치관을 표현하기 위해서는 언어 자체를 거부해야 한다. 이러한 취지에서 언어와 언어의 틈새를 이용해서 새로운 의미를 창출하는 것이다. 기존의 가치관을 거부하고 전복하는 논리로서의 의미를 지닌다. 채만식 문학에 적용할 때 풍자와 패러디가 틈새 언어와 통한다. 본 연구에서 이와 연관하여 깊이 있게 다루지는 못하고 연구 가능성으로만 제시한다.

67 채만식 문학에 나타난 여성 중심 서사에 대한 관심은 박심자의 논문에서도 주목한 바 있다. 박심자, 앞의 논문 참조. 여성 인물은 작가의 여성의식을 평가하는 가장 중요한 잣대 역할을 한다는 점에서 중요하다.

68 「痴叔」의 글쓰기 역시 수다의 글쓰기이다. 여기에서의 화자는 속물 근성을 지닌 조카이다. 남성화자일 경우와 여성화자일 경우의 차이와 공통점에 대해 짚고 넘어가야할 필요가 있을 듯싶다. 「痴叔」에서 남성 화자의 수다는 여성적 글쓰기와 거리가 있다. 이는 자신의 속물적 근성과 저속한 가치관을 드러내는 일방적인 자기폭로의 기능을 한다. 그러면서 삼촌의 인격과 가치관의 우월성을 드러내준다. 또 이 수다의 글쓰기는, 현실감각이 없는 아저씨와 현실에 매몰된 조카를 이중적으로 풍자하는 기능을 한다. 그에 비하여 「少妾」에서는 여성화자인 아내의 현실감각이 남편을 이해하면서도 그의 소심함과 관념성을 대등한 입장에서 비판하는 담론의 기능을 발휘한다. 이런 의미에서 남성화자인 「痴叔」과 비교할 때 여성화자인 「少妾」이 여성적 글쓰기에 해당한다 하겠다.

된 욕망의 분출을 가능하게 하는 것이 '수다의 글쓰기'이다.

여성들의 억압된 자아는 언어의 분출을 통하여 해방의 활로를 찾으려고 한다. 언어의 통로가 제도적으로 제한되었기 때문에 억압되었던 현실의 응어리가 갑자기 터지면서 '상처에 바람 쏘이기'식의 카타르시스 역할을 하는 것이다. 수다는 딱딱하고 규격화된 남성적인 언어를 사용하지 않으면서 자신의 이야기를 하는 것이다. 여성들이 말할 때 중언부언하고 횡설수설하는 이유는 표현하고자 하는 언어가 과중되게 많이 쌓였을 때 일어나는 '말의 병목현상'[69]이라고 할 수 있다. 「少妾」은 화자의 남편인 식민지 지식인의 억압과 분노와 불안감이 여성 화자의 근심과 불안과 함께 횡설수설의 말투로 표출되어 있다.

열린 형태로 결말을 처리하는 것은 여성적 글쓰기의 중요한 특성인 모순적 양면성을 드러내는 기법의 활용이라고 할 수 있다. '열린 결말'로 나타나는 미해결적인 태도는 삶에 대해 권위 있는 해설이나 답변이 아닌 있는 그대로의 경험을 보여준다. 미래에 대한 진보적 시각이나 완결된 형태의 삶은 남성들의 중심화된 목소리로만 실현되고, 이와 반대되는 영원한 미해결의 불안정성이 여성성에 더 가깝다. 분열된 주체의 다양성 잠재성 불확실성을 그대로 보여줌으로써 단정적인 표현이나 고정된 판단에서 벗어나 여성으로서의 독특한 자아정체성을 형성한다.[70]

---

69 김미현, 앞의 논문, 130–131쪽. 참조.

70 마리나 야겔로, 『언어와 여성』, 강주헌 옮김, 여성사, 1994. 43쪽.

8.
한설야 장편소설
『황혼』다시 읽기

1. 그의 삶과 그의 작품들

한설야는 누구인가? 그의 생애와 문학세계를 언급하면서 근현대사의 정치현실에 대해 평정심을 유지하기란 불가능하다. 그는 카프의 맹원이었다. 아니 그 이전에 그는 척박한 시대를 만나 더욱 빛났던, 민중이 역사의 주체가 되는 꿈을 위해 분투했고, 끝내 현실정치에 굴복하지 않고 이상을 포기하지 않고 파멸을 선택했던, 우리시대 진보적 지식인의 자화상이다. 이러한 행적의 그가 꿈꿔왔던 사회주의 지향국가(?) 북한에서 숙청대상자가 되어 협동농장에서 생애를 마쳤다는 사실은 참으로 안타깝다.

'문학작품은 작가의 정치적 환상구조를 가지고 있다'는 말을 떠올린다. 여기서 '정치적 환상구조'라는 말은 현실변혁에 대한 의지라고 바꾸어도 무방할 것이다. 여기에서는 한설야의 삶과 문학과 정치는 삼위일체론적 지향성으로 구성된다. 동시에 이 용어를 한설야에게 적용한다면 정면돌파의 우직함이 만난 계급문학의 거장이자, 사실주의 문학의 외연을 확장한 신념의 에너지일 것이다. 이데올로기는 그것을 믿는 사람들에게 스스로 모든 것에 대한 답을 지니고 있다는 환상, "개개인들에게 '성장'한다는 환상을 심어주는 것을 통해 사람들로 하여금 스스로 생각하는 무거운 짐으로부터 벗어날 수 있게 해주는 것"[71]이다. 한설야 소설의 구성 양식에서 성장이 핵심적인 키워드로 등장하는 것은 이런 이유에서이다.

한설야는 시, 평론, 단편소설, 장편소설 등 모든 장르를 망라하여 줄기차게 발표했다. 카프활동으로 옥고를 치르면서도 작품을 구상했고, 카프 탈퇴와 사상 전향 이후에도 글쓰기를 멈추지 않았던 소수의 문인에 속한다. 원고료만으로 수십 명 가솔을 책임졌던 채만식에 뒤지지 않을 만큼 그 또한 많은 분량의 글을 써서 생계를 마련했고 사상을 펼치는 발판으로 삼았다. 작가로서의 명성과 독보적인 문학세계를 지켜낸 것은 그의 뛰어난 문재(文才)와 사상의 일관성이 큰 몫을 했겠지만 그보다는 글쓰기에 매달린 투철한 근성 때문이었다고 보여진다. 그의 글은 늘 쟁점의 중심에 있었으니, 이는 문학이 정치와 사상의 행위와 연합전선을 향했던 뚜렷한 목적의식 때문이었다. 그에게 문학은 시시각각 감시의 시선을 조여 오는 일제강점기의 억압에 대한 저항이자, 사회주의 건설을 위해 소용돌이치는 변혁의 흐름에 앞장선 전사로서의 실천행위 그 수단이자 목적이었던 것이다.

한설야는 본인 스스로 자신의 작품을 3기로 분류[72]한 바 있는데 『황

71   올리비에. 르볼, 홍재성역, 『언어와 이데올로기』, 역사비평사, 1995, 5쪽.
72   한설야, 「나의 생명의 연소 – 나의 문학 십 년」, 『문장』, 1940, 2, 12쪽.
제1기에 속하는 작품은 처녀작 「그날 밤」 외 「주림」, 「동경」, 「사랑은 있으나」, 「그릇된

혼』이후의 작품을 이전과 구분하고 있다. 이 작품은 지식인과 노동자의 존재에 대한 고민이 전지적 작가시점과 각 인물의 초점화자 시점이 잘 버무려져서 살아있는 대화를 생성해내는 힘이 있다. 이른바 주제소설, 목적소설, 성장소설로서 1930년대 사회 흐름을 담아서 강렬한 메시지를 전달하고자 한다. 힘없는 노동자가 주체적 의식을 체화하여 단결된 힘으로 생산수단을 소유한 자본가와 대등하게 맞선다는 설정이다. 강경애의 『인간문제』와 함께 일제강점기 최고의 노동운동 소설로 거론되면서도 그 문학사적 의의보다 흠결을 지적받아서 만신창이가 된 이력이 더욱 선명한 작품. 이는 문학사상 최초의 혁신적 해방단체였던 '카프'에게 주어진 주홍글씨와도 관련이 있다.

『황혼』을 통하여 작가의 삶과, 문학과 정치의 일원론적 지향성을 다시 읽는 작업이 필요한 이유는 이 땅의 통일문학사를 준비하기 위함이다. 이는 '시천주조화정영세불망만사지'를 염원했던 동학의 꿈처럼 무산자계급해방 문학의 씨를 뿌렸으나 정당하게 평가받지 못했던 과오를 성찰하는 의지도 포함되어 있다. 또한 글로벌한 시대를 맞아 고정관념과 편견에서 벗어나 새로운 문학을 세우려는 작업도 중요하다.

2. 한설야의 노동문학과 「과도기」

설야 한병도는 이광수의 추천으로 1925년 1월 『조선문단』 4호에 「그

동경」, 「평범」, 「홍수」 등.
제2기에 속하는 작품은 「과도기」, 「씨름」, 「그 이후」, 「뒷걸음질」, 「總工會」, 「공장지대」, 「전기」, 「절름발이」, 「새벽」, 「가두에서」, 「치수공사장」, 「교차선」 등.
제3기에 속하는 작품은 『황혼』, 「태양」, 「딸」, 「강아지」, 「임금」, 「홍수」, 「부역」, 「산촌」, 『청춘기』, 「귀향」, 「야담」, 「동경」 등.

날 밤」으로 문학활동을 시작한다. 그는 함흥 시골뜨기였다. 일본 유학을 떠났었고(사회학과에 적을 두었었다고 한다.)서울 생활도 했었지만 집안이 몰락한데다 서모와의 사이도 원만하지 못해서 그 기간은 짧았다. 그러나 「산문도시 함흥」이라는 표현을 사용한 글에서 엿볼 수 있듯이 그는 고향인 함흥의 공간을 역사적, 시대적으로 내면화하여 작품의 귀한 자산으로 전환하여 독특한 지방문학의 토대를 마련할 줄 아는 감각을 지닌 작가였다. 그 결과 그의 작품에서 함흥은 자본주의가 발아하고 부르조아가 탄생하는 환경을 세밀하게 갖출 수 있었던 것이다. 그 토착민의 생업 박탈 사연은 자본독식과정에서 공식적으로 발생하는 일이다. 이 과정을 사회주의자의 시선으로 포착하였으나, 카프 해산 이후 강화된 검열을 피하기 위해 작가의 내면은 더욱 촘촘한 그물망으로 스토리를 엮어야 했을 것이다. 연애 사건이나, 전향한 사회주의자의 내면심리나 생활의 모색, 그리고 일상의 디테일이 작품의 표면을 채우면서 그 이면에 작가의식을 녹여내야 했던 것이다.

그에게 사회주의 작가라는 명성을 뚜렷하게 부각시킨 작품은 「과도기」이다. 이 작품에는 창리 토박이가 비료공장 부지 조성사업으로 쫓겨나 노동자가 되는 사연이 생생하게 담겨있다. 살길 찾아 간도로 이주했던 창선이 그곳에서 더 이상 버티지 못하고 고향인 창리를 찾아왔는데 이미 고향은 고기 잡고 농사 짓던 예전의 고향이 아니라 공장지대로 변해버렸다. 이처럼 삶의 터전에서 쫓겨 나 공장 노동자가 될 수밖에 없는 배경에 보이지 않는 자본의 힘이 작용함을 고발하는 창선의 시선으로 보편성을 획득할 수 있었던 것이다.

공장지대를 확보하기 위해 토박이들을 강제 이주시키는 자본의 술책은 오늘날과 별반 다르지 않다. 어촌으로 적격지가 아닌 '구룡리'에 항구를 만들어주겠다고 회유하며 속인다거나, 단체 활동으로 맞서는 토박이들을 각개격파로 분열시키는 법이나, 공식적으로 맺은 단체협약을 파기하며 이익만을 챙기는 자본의 맨얼굴을 긴박감 넘치는 서사의 진행으로 부각시킨다. 검열을 피하기 위해 구체적인 인명이나 지명을 언급하지 않았음에도 당시 실제 사건을 다루었던 만큼 행간의 의미가 증폭적 효과를 더했을 것이다. 경향문학의 문제점으로 지적되었던 도식성이 문학적 장치 속에 녹아있고, 비분강개의 생경한 표현이 보이지 않아서 오늘날 읽어도 어색하지 않다.

최초의 노동자 작가인 이북명이 자신의 노동자 생활을 토대로 창작한 「질소비료공장」(1932)에 등장하는 구체적인 노동현장의 실상과 투쟁모습이 담겨 있지는 않으나 이 또한 노동문학으로서 손색이 없다. 노동자의 탄생과정에 대한 추적이 이루어진 '창리'와 '구룡리'는 일제강점기 조선의 상징적 공간이다.

이처럼 자본의 권력과 맞설 노동자의 출현이 담긴 「과도기」는 임화에 의해 새로운 사회적 세대의 문학으로 평가받는다. 경향문학이 지녔던 미숙성에서 벗어난 점을 주목한 것은 함흥 바닷가 출신인 작가의 체험을 생생하게 살려 사회주의 세계관을 잘 녹여낼 수 있었기에 가능했던 것이다. 자본주의의 문제점을 민중의 생활 현실로부터 포착하여 귀향자 창선의 설정을 통해 자연스러운 대화체와 구체적 실감으로 전달하고 있음을 높이 평가한 것이다. 「과도기」는 식민지 조선의 자본주의화가 조선민중의 실질적 삶을 어떻게 변화시키고 있는지를 보여준 작품이다. 설야 스스로 2기 작품의 출발을 「과도기」로 여긴 것은 이전의 자연주의적 감상적 경향과 다른 작품을 지향했음을 확인할 수 있다. 조선의 현실 속에서 현재 진행 중인 자본주의의 실체를 생생하게 보여준 것은 작가가 조선의 자본주의에 대해 매우 자각적인 인식을 했다는 사실을 의미하는 바, 이는 이전에는 없었던 문학사적 의미가 있다.

『황혼』은 「과도기」에서 한 발 나아간 작품이다. 「과도기」가 '노동자가 되는 원인'을 그렸다면, 황혼은 '노동자가 주도하게 될 변혁운동의 흐름'을 예고한다. 그의 작품 활동은 사상과 작품의 일원론적 지향성에서 전개되었는데, 범박하게 말하자면 그 정치적 성격과 사상은 '노동자가 주인이 되는 사회 건설'이다.

그는 「과도기」 등을 통하여 노동자의 출현 배경에 대한 작품을 쓰고 이어서 노동자의 생활상과 투쟁의식을 다룬 장편소설 『황혼』을 발표하여 노동자의 각성과 단결을 촉구하게 된다. 해방 이후에는 당시 가장 심각한 문제였던 미국에 대한 반감과 증오심을 다룬 「승냥이」 등을 발표했고, 이후 월북을 감행했다. 월북 이후 그는 북한에서 왕성한 작품 활동을 벌이며 자신이 지닌 정치문학 일원론적 세계관을 거침없이 펼친다. 『설봉산』 등이 월북 이후 대표작으로 알려져 있다. 그러나 1960년대 본격화된 김일성 우상화 작업에 앞장서지 않았던 탓인지 그의 작품 『설봉산』과 함께 그는 북한의 문학사에서 사라졌다가 90년대 이후에야 간신히 복권된다. 한때 북한에서 문화예술계의 거장으로 활동했던 그가 숙청을 당했으니 이는 정치와 문학의 일원론을 초지일관 견지했던 작가에게 주어진 가혹한 말로였으며 민족사적 비극과 맥을 같이 한다. 한설야를 철저하게 무장시키고 북한의 초기 문학사를 주도하도록 철두철미했던 그의 사회주의사상이 그를 종말로 이끌었다는 것에 연구자들은 대체로 동의한다. 김일성 우상화 작업에 최대의 걸림돌이 그의 사회주의사상이었다는 점을 어떻게 설명해야 할까. 인민을 위한 행복한 국가를 만들어야 한다는 사회주의 사상의 당위성과 위배되는 개인우상화가 가파르게 치닫던 북한 사회의 경직된 분위기 속에서 맞이한 안타까운 종말이었다.

한설야의 문학적 작업은 그가 가담했던 단체 그리고 그들이 추구했던 이념과 밀접한 상관성을 지닌다. 이것은 그가 소속된 단체활동의 이념적 추구가 결국은 한설야 문학의 방향성을 주도했을 것으로 보인다. 따라서 한설야 문학에 대한 검토는 계급주의 이론을 전개한 비평과 이론을 작품으로 구체화시킨 창작행위가 동시에 다루어져야 할 것이다.

나는 문예가 사회와 인생에게 주는 위대한 힘을 믿는 동시에 상술한 바와 갓흔 문학의 위해를 절실히 늣긴다 문예는 표현이냐 묘사냐 형식에 잇서서는 사회학이나 다른 과학과는 판연히 다른 것이지만 그 본연의 사명은 정의와 진리를 주창하여 사회와 인생을 지도 계발하는 것이라고 밋는다 (……) 자기해체의 일로를 남긴 극정에까지 발전한 브르계급과 자연히 대립하야 움지기는 프로계급의 사명과 성질과 방향에대하야 민감한 예술가는 이미 새 진리와 정의를 창도하야 마지 안는다. 예술가는 이미 프로계급해방의 진리를 신봉하는 사회군의 일원이 아니면 아니될 것이다.[73]

　한설야가 비평을 통해서도 끊임없이 자신의 문학관을 밝히며 창작활동에 임한 작가임은 주지의 사실이다. 작가가 비평을 쓴다는 것은 자신의 작품에 대한 점검의 기능과 새로운 방향모색을 위한 노력을 의미한다. 그러므로 한설야의 문학에 대한 조명은 그가 남긴 다양한 글을 면밀히 살펴서 사회과학 사상가의 면모와, 문학운동으로서의 실천적 의지를 포함하는 총체적 시각을 통해서만 가능하다. 그는 사회주의사상을 대중적 언어로 확장하기 위해 작품 활동을 하였다고 단언해도 지나치지 않다. 당시 흔히 볼 수 있었던 지주와 소작인의 문제보다 노동자의 발생 배경과 그들 삶의 현실에 관심을 가진 점은 그의 사회과학적 인식의 투철함에서 기인한다. 이기영이 당시 대다수를 차지했던 경제담당의 주체였던 농민에게 초점을 맞추어 계급 문제와 식민지 수탈의 문제를 다루었다면 한설야는 계급주의 사상의 역사적 발전 원동력이라는 이론에 입각하여 초지일관 노동자 문제에 천착했다.
　따라서 그의 가장 빛나는 문학적 성과는 노동문학의 가능성을 열어주었다는 점인데 이 점은 그동안 정당한 평가를 받지 못했다고 여겨진

73　한설야, 「계급문학에 관하야」, 『동아일보』, 1926. 10. 25.

다. 그러나 「인조폭포」는 노동자로서 떠도는 수돌의 삶을 통해 당대 실질적인 삶의 단면을 분명하게 형상화하였다. 「과도기」 역시 임화가 "현실에서 분열된 관념과 관념에서 떨어진 묘사의 세계를 단일한 메커니즘 가운데 형성하려고 한 최초의 작품"이라 평가한 문제작이다. 김윤식은 "문인으로서의 기억에 의존한 묘사가 아니라 시류적 이데올로기의 선택이 표층으로 나와 창작동기를 이루었기 때문에 형상성의 문학사 범주에 들뿐 예술성 획득에 미치지 못했다." 고 혹평했다.

이는 김윤식이 한설야 문학 전체를 향한 아쉬움과 연관하여 내린 부정적 평가로써 일방적으로 동의하기는 어렵다. 이밖에도 한설야에 대한 부정적 인식의 뿌리 깊은 근원을 찾기는 어렵지 않아 보인다. 당대 평론가 임화와의 대결의식, 김윤식의 부정적 평가, 카프에 대한 편협된 인식이 작용한 것인데 20-30년대 활동했던 프로문학에 대한 폄훼로 연결되면서 그 성과를 충분히 논의하지 않고 한계와 문제점만을 부풀려온 감이 없지 않기 때문이다. 한설야에 대한 평가 역시 통일문학사의 준비를 위한 작업이라는 측면에서 좀더 적극적으로 논의되어야 바람직할 것으로 보인다.[74]

3. 『황혼』에 담긴 노동자의식과 노동문학의 성과

한설야 문학은 이념이 문학에 개입하여 보여줄 수 있는 문학적 성과와 한계를 명징하게 보여주는데, 이 작품이 그 대표적 경우라 할 수 있다. 먼저 당파성과 핍진성의 문제를 충족시켜야 하는 과제 앞에서 핍진

---

74 해방 이후 한설야의 작품에 본격적으로 등장하는 노동자가 사회변혁의 주체가 되는 역사의식의 작품과 미제에 대한 증오심을 그린 작품 등이 거론되는데 이 부분에 대한 논의는 다음 기회로 미루고자 한다.

성의 문제를 먼저 거론했던 건 임화였다. 그는 "인간들이 죽어가야 할 환경 가운데서 설야는 인간들을 살려갈려고 애를 쓰는" 바람에 인물과 환경이 인과성의 리얼리티를 만들어내지 못했다는 점을 지적하는 것이다. 사회주의 리얼리즘의 측면에서 당파성에는 충실했던 표현으로 받아들일 수 있겠다. 하지만 한설야는 임화의 의견에 동의하지 않았다. 문학과 선전물의 형상화 문제가 중요한 것이 아니라 그에게는 당파성의 실천의지가 무엇보다 중요했기 때문이었다. "인간들이 죽어가야 할 환경에서도 우리는 인간들을 살려내야 한다."는 발언은 문학에 우선하는 신념, 당파성의 문제였던 것이다. 솔직하게 작품의 한계를 인정하기도 했지만 『황혼』에 대한 작가의 변명과 애정은 강도를 달리할 뿐 일관된 어조를 보였다.

『황혼』의 창작배경을 살펴보면.

이 작품은 1934년 8월부터 35년 12월까지 1년 5개월 동안 전주 감옥에 구속되어 있을 때 구상한 것이며, 실제로 발표하기 시작한 것은 감옥에서 석방된 후 두 달째부터였다. 이 작품의 시대적 배경인 1930년대 전반기 조선의 현실은 만주사변으로 시작한 대륙 침략이 본격화함에 따라 일제는 조선을 전쟁물자 지원을 위한 공급지로 삼아 조선의 자원과 노동력을 무자비하게 수탈하던 시점이다. 조선의 노동자들은 일본 독점자본의 이윤추구에 시달리면서 일본노동자의 절반 이하 임금과 민족차별을 당했으며 노동강화와 각종 전쟁 부담금의 강제징수를 통해 1930년대는 1920년대에 비하여 두 배 이상의 노동쟁의를 촉발시켰다.

『황혼』의 인물들은 지식인과 노동자, 자본가와 노동자의 대립구조가 두드러진다. 그러나 지식인 가운데 노동자 의식을 지닌 실천적 지식인은 노동자와 손을 잡으면서 존재의 한계를 넘어선다. 이러한 지식인의 이상적 모습이 선진노동자로 존재를 바꾼 형철과 준식을 통해 형상화된다. 관념적 지식인 경재가 이들과 분명하게 다른 위치에 있는 인물이다.

『황혼』에서는 다양한 인물을 통해 사회의 부조리한 모습을 제시하고, 그 해결을 위한 노력과 역사발전의 전망을 제시하고자 하였다. 부조리한 모습을 제시함에 민족모순보다 계급모순을 우선하는 단순함으로 자본가 계급을 일본제국주의와 연관시키는 중층적 설정이 아쉽다. 이는 리얼리즘의 성취에 있어서 중요 항목인 총체성을 살리기 위해 민족의 주권상실과 그 회복에 대한 열망의 문제가 고려되지 않았기 때문이다.

노동자 모습의 긍정적 형상화를 통해 역사적 전망을 제시하려는 의도가 성급하게 진행되었다는 점을 감안할지라도, 노동자와 자본가의 대립갈등 구조를 통해 노동자의식을 고취한 점을 놓치면 안 된다. 여순이라는 인물의 설정을 통해 당대 사회의 모습을 중층적으로 표현할 수 있었음에 대해 정당하게 평가받지 못했다는 문제의식을 새롭게 고찰할 필요가 있다.

3.1. 노동자의 긍정적 형상화를 통한 역사적 전망의 제시

1930년대 이 시기 리얼리즘 소설의 최대 과제는 노동자의 모습을 긍정적으로 형상화함으로써 역사적 전망을 제시해야 한다는 것이다. 도덕적으로 우월하고 생동감있는 가능성을 지닌 존재임을 형상화해야하는 당위성이 그 무엇보다 우선하는 것이다. 이를 위하여 자본가 계급의 부정적 본질을 폭로함과 동시에 노동자의 긍정성을 증명해야 하는데 그것이 『황혼』의 창작목적이기도 하다.

노동자의 인물 양상이 다양하게 형상화되고 있음을 살펴보자. 중요 인물로는 긍정형 선진노동자 준식, 동필, 정님이 있다. 그밖에 녹샥구 낙범, 길림당나귀 기태, 준식을 연모하는 분이, 비참한 정님의 처지를 위로하는 '시기도 없고 흐림도 없는 맑은 성격을 가진' 복술이의 캐릭터도 보인다, 내마도라는 별명을 가진 공장에서 제일 뚱뚱한 사나이, 유치원 급장이라는 애칭을 가진 키 작은 사나이 등 다양한 개성을 지닌 노동자들의 건강한 모습이 구체적인 생활 속에서 생동감있게 형상화되어 있다. 이처럼 다양한 노동자들의 형상화가 대립적 양상을 보이면서도 긴밀한 연관 속에서 서술됨과 동시에 당대의 현실을 총체적으로 인식할 수 있었던 것은 노동자가 발전하는 세력으로서 역사의 주체가 되리라는 세계관과 이를 문학으로 표현하여 앞으로 다가올 전망을 제시하고자 한 리얼리즘의 성과로 보아도 무방할 것이다. 황혼의 26장 '군상'에서는 노동자들의 여가 활동이 그려진다. 제일경은 여공들의 새끼뛰기, 제이경은 남공들의 캐치볼, 제삼경은 장군멍군 등 노동자들의 건강한 생명력이 유감없이 드러나고 있음이 인상적이다.

선진노동자 준식은 투쟁적이고 계급사상의 이론을 지님으로써 문제해결의 주도권을 가지고 노동자의 의식화와 노동쟁의를 선도적으로 이끌어 나간다. 고보에 다니다가 쟁의를 주도하다 퇴학당한 후 노동자가 된 준식은 지식인의 모습을 지니고 있으나 존재전이의 과정이 생략된 채 바람직한 선진노동자의 전형적 인물로 등장한다.

동필은 준식과 노선 대립을 지닌 선진노동자이다. 동료들에게 오해를 받고 회사측에서 이용하려고 한다는 점에서 경각심을 주는 인물로 등장하는 것이다. 노동운동에 있어서 개별적 활동을 지양하고 단합해야 한다는 교훈을 심어주기 위한 것이다. 하지만 자유주의, 개량주의 노동자의 문제점이 구체적으로 드러나지 않아 도식성의 한계가 아쉽게 느껴진다. 준식과 동필의 갈등은 노선의 차이, 노동운동 계파의 차이일 뿐 화해가 이루어지는 듯하지만 앞으로 노동현장에서 치열하게 전개될 노동자의 분열을 예고하는 장치로 여겨진다.

정님은 출세에 눈이 어두워 타락조차 감수하지만 자본가에게 이용만 당하는 것을 통해 부정적 인물에 대한 경계와 노동자계급 단결의 필요성을 역설하고 있는 셈이다. 노동자계급에 대한 따스한 시선과 애정어린 관심이 거리두기의 기법에서 다소 아쉬움이 느껴지기도 하지만 다른 계층의 인물에 비하여 생동감있는 형상화가 탁월하게 이루어진 점이 높이 평가된다. 그들은 여러 가지 인간적인 충동과 갈등하는 모습을 보이는 살아있는 존재로 재현되고 있다.[75]

노사갈등 구조를 통한 노동자의식 고취가 돋보이는데 이 작품에서 가장 핵심적인 갈등은 자본가와 노동자의 갈등이다. 노동자들은 치료비 보상이나 야업수당 지급 같은 실질적이고도 구체적인 경제적 요구부터 시작하여 당당하게 자본가와 맞선다. 그러나 안중서는 구체적 해결방안을 합리적으로 모색하지 않고 "누가 하는 회산데 이래라 마래라 해" 하는 식의 독선적 입장만 고집한다. 관념적 생경한 이념을 전면에 내세우지 않고 노동자들의 실질적이고도 구체적인 생존 조건을 표현함으로써 설득력을 준다. 역사발전의 주체로 성장하는 노동자계급의 당당함을 그려내면서, 노동자를 탄압하고 성장을 가로막는 존재로 자본가를 그려려는 작가의 의도는 계몽의 시선을 감추지 않고 드러낸다. 특히 정략결혼을 부추기는 현옥의 아버지 안중서와 경재의 아버지 김재당의 인간관계 자체가 철저하게 이해타산적임을 폭로함으로써 자본가를 부정적 인간형으로 그리는데 성공하고 있다. 선악구도로서 선명하게 편가르기를 하고 있는 것이다.

이와 대조적으로 노동자가 지닌 인간미를 바탕으로 화합의식과 건강함이 돋보이는 현장생활을 통하여 노동자의 위상을 높이고 있다. 노동자가 어느 편에 서야 할 것인가에 대한 해답을 제시하는 서술구조를 보여준다. 동필과 준식의 갈등관계 설정 역시 진화하는 노동운동의 진보파와 보수파의 대결을 의미한다. 이러한 대결은 한설야의 진영인 적극적 진보주의 운동가의 시각에 초점을 맞추고 있다. 그러나 관념성보다 구체성을 통해 노동자의 실상을 나타냄으로써 리얼리티를 획득하고 있다. 예를 들어서 학수를 돕자는 동지애라는 대원칙은 같으면서도 동기

75　이경재, 『한설야와 이데올로기의 서사학』, 2010년, 소명출판, 156쪽.

나 방법, 헤게모니에서 갈등관계를 형성하는 현장의 문제점을 반영하고 있는 것이다. 그러나 기본적으로 노동자의 갈등은 자본가와의 투쟁을 심도있게 그리기 위해 의도적으로 깔아놓은 복선이며 화합을 전제로 한 잠정적 갈등일 뿐이다.

3.2. 계급의식 형상화를 위한 애정 갈등

『황혼』을 읽기 전에 장편소설로서의 탄탄한 스토리 전개를 기대한다면 실망할 소지가 다분하다. 그 이유는 애정갈등의 다양한 얽힘이 독서의 몰입을 방해하기 때문이다. 그렇다면 작가는 어째자고 이처럼 복잡한 애정갈등을 만들었을까? 이 문제는 대중소설로서의 흥미를 위한 설정이라는 표면적 이유를 생각해 볼 여지가 다분하다. 작가의 의도를 억압하는 창작의 제약을 비껴가기 위함이라 감안해도 지나친 감이 있는데 이를 작품의 한계로 치부하기보다는 작가의 특별한 문학적 장치로 읽어야 하지 않을까 생각한다. 그렇게 관점을 돌려보면 결국 계급문제의 갈등과 그 해결과정의 의미망을 만들기 위한 설정임을 인정하게 된다.

가장 중요한 애정 갈등은 경재와 여순에 대한 설정인데, 결론부터 말하자면 경재가 자본가의 입장이라면 여순은 노동자의 입장으로 존재가 전이된다. 이 소설을 거칠게 정리하면 가난한 집안에 태어나서 고학으로 학교에 다니는 여순이 진정한 노동자로 다시 태어난다는 서사구조가 중요한 뼈대를 이룬다. 여순은 외모가 특출하고, 신여성으로서의 사회적 지위를 지닌 인물이다. 그러한 그녀가 사장의 여비서 직함을 버리고, 가정교사를 하는 주인집 아들 경재의 사랑조차 물리치고 노동자로 변신함으로써 주체적 존재로 성장한다는 내용이다. 여순의 성장과정은 애정갈등이라는 통과의례를 거치는데 그 속에서 사상의 이면에 존재하는 인간적인 약함과 섬세한 감정의 표출이 가능해진다. 여순을 향한 경재의 순수한 감정이나, 사장 안중서의 음흉한 욕정은 동지애라는 노동자 의식과 대비되는 감정일 뿐임을 인식하고 주체적 인간으로서의 고귀한 삶을 선택한다.

경재는 마음 속으로 여순을 좋아하면서도 현옥과의 결합을 강력하게 거부하지 못한다. 우유부단한 성격 탓도 있지만 사장 딸이라는 물질의 유혹과, 기울어진 집안을 책임지라는 아버지의 압력 속에서 회의할 뿐, 결단을 내리지 못한 채 주변상황에 휘둘리는 처지이기 때문이다. 여순은 경재의 의붓동생 입주 가정교사였다가 쫓겨나 오갈 데 없는 상황에 처했을 때 경재의 도움으로 사장비서가 되었다. 경재와 여순의 관계는 서로를 좋아하면서도 연인도 동지도 아닌 어정쩡한 입장을 취할 수밖에 없는데 칼자루를 든 경재가 결단을 못 하고 있기 때문이다. 결국이 둘의 관계는 여순에 의해 일방적으로 정리되는 지경에 이를 만큼 경재는 끝내 입장을 정하지 못한다. 이후 경재는 마음을 잡지 못하고 갈팡질팡하지만 여순은 경재로부터 독립하고 노동자와 동지관계를 돈독히 맺게 된다. 이러한 애정을 콜론타이의 이론으로 정리하면 '붉은 연애'라 하는데, 자유연애와 달리 사회주의사회를 건설하기 위해 연인과 동지가 일치되어야 하는 사상적 색채를 지향한다.

경재와 현옥의 결합은 진정한 애정을 바탕으로 하지 않고 있다. 경재는 일본 유학을 떠나 사회주의 공부를 하면서 만난 현옥의 어려운 처지를 도와서 학비를 챙겨주었고 집안에서 달가워하지 않았지만 애정을 키워 약혼까지 하였다. 하지만 현옥은 금광재벌이 된 아버지 덕분에 호화로운 생활을 즐기면서 천박한 물질주의 여성으로 변해 경재를 실망시켰다. 경재에게 순정을 바치는 현옥이건만 경재는 파혼까지 결심하면서도 끝내 실행하지 못한다. 경재는 결국 현옥과의 관계를 청산하지 못함으로써 행동하지 않는 관념적 지식인의 한계와 출신성분의 한계를 뛰어넘지 못하는 나약한 지식인의 현실순응적인 면을 부정적으로 나타낸다.

안중서는 현옥의 아버지이자 장차 경재의 장인이 될 인물이다. 그는 비서인 여순을 대하는 마음에 진정성이 전혀 없다. 가난한 여성의 처지를 약점 삼아 자신의 야욕을 채우려 할 뿐, 그녀의 인격을 존중할 줄 모르는 안하무인이다. 이러한 안중서의 부도덕함과 물질만능적 사고를 폭로함으로서 자본가의 추악한 실체를 보여준다. 또한 여순의 처지를 드라마틱하게 설정함으로써 타락하지 않으면서 생활고를 해결하기 위해 노동자가 될 수밖에 없는 필연적 계기를 부여한다.

여순이 노동자로 존재를 전이하는 과정은 생경한 이념의 노출이 자제되어 있어서 그런대로 설득력이 있다. 그러나 여순이 단순한 노동자가 아니라 선진노동자로 성장하는 과정의 구체성이 결여되어 있어서 아쉬움을 준다. 물론 단호한 결심과 책이라는 장치가 준비되어 있기 때문에 준식을 통한 학습 과정이 있음을 짐작할 수는 있다. 그 형상화 과정이 생략된 것에는 검열이라는 사회적 제약도 거들었을 것이다.

여순과 준식의 관계는 고학 시절을 함께 보낸 동향 친구이다. 마음속에 품은 애정을 발설하지 않으며 동지애로 발전시킨다는 설정은 붉은연애의 관점과 일치한다. 하지만 동지적 관계가 아니라 사제관계나 도제관계의 성격을 지닌다면 어떨까? 여순이 선진노동자 의식을 지니게 되는 성장과정의 배경에 준식의 비중이 크게 작용한다면 한 인간의 자각과 깨달음의 선택이라는 고귀함보다 조직의 부속품처럼 느껴지는 감이 없지 않다. 특히 여성인물이 남성인물의 지도를 받는다는 설정 자체가 매우 진부해질 수밖에 없다. 당시 여성의 사회적 제약이라는 점 등을 볼 때 현실성을 지닌다고 볼 수도 있지만 동시에 작가가 지니는 여성관의 한계이며 이는 작가의식의 미흡으로 볼 수밖에 없다.

여순의 인물설정이 지나치게 교과서적이라면 부정적인 노동자형으로 설정한 정님은 금서처럼 불온성을 지닌다. 정님의 형상화 방식은 자유분방하여 목적의식적 틀을 넘나들 만큼 일관성이 부족해 보이기까지 한다. 이 또한 작가의 의도에 충실한 설정이다. 정님은 여순이 적나라하게 까발리지 못한 안중서와 경재의 부정적 속성을 철저하게 보여주는 역할을 충실히 수행하고 있기 때문이다. 그뿐만이 아니다. 선진노동자 준식이 지닌 성차별적 성향을 폭로하기도 한다. 준식이 정님을 "상당히 말썽 많은 괴물"이라 표현하는 것에는 여성의 성적 정체성 찾기는 부차적이라는 의미가 내포된다. 부정적 인물이면서도 사장인 안중서를 이용하려다가 오히려 배신을 당하자 노동자에게 유리한 서류를 빼돌려서 복수를 감행하는 의지적인 성격으로 형상화되어 긴박감을 더해주는 역동적 인물이다.

다시 말하자면 정님은 가문이나, 조직에 대한 의무에 앞서 자신의 욕망에만 충실한 현대여성이다.

> 흐흥 아무렇게나 말하구 싶은대로 말해보구려. 하지만 내게는 학수씨같은 깨끗한 사람이라도 척척 쓰레기통에 내던지는 자유가 있다오. 농속에 든 자유 없는 새로 생각한다면 그야말로 인식부족이지요. 온세계가 통째로 조롱이라면 모르거니와 그렇지 않다면 나는 자유를 가지고 있으니까(……)아니 온세계가 비록 조롱이라 하더라도 그래도 맘대로 날를 자유가 있으니까 어떠한 사람에게 매달리는 그런 따위 인간과는 철저히 다르지요.[76]

정님의 존재는 자본의 유혹과 성의 타락을 이중적으로 제시하는 의미를 지닌다. 하지만 작품 전체의 짜임에 일관성을 손상시키느냐 풍요로움을 주느냐의 대립된 견해가 존재하는데 어떤 관점에서든 정님의 존재는 문제적이고 작품성에 기여하는 바가 적지 않아 보인다. 노동자는 노동자의식을 버릴 때 그 존재가 타락할 수 있음을 경고하는 의미로 계몽의 차원과 작품에 부여하는 흥미 둘 다 의미가 있다고 보기 때문이

---

76 - 한설야, 『황혼』, 신원문화사, 2006년, 411쪽.

다. 노동자 유형의 다양성을 그렇게 제시했다.

『황혼』의 애정갈등이 산만해 보이고, 일방적인 애정만이 두드러지는 건 수단과 목적의 차이 때문이다. 모든 등장인물의 갈등이 하나의 지점을 향하고 있을 뿐이다. 애정갈등을 수단으로 작가가 의도하는 핵심은 계급갈등인 것이다. 특히나 애정갈등은 단순한 남녀간의 사랑이 아니라 반드시 계급간의 대립과 연관된다. 애정갈등을 통해 존재의 계급성을 분명히 인식하게 되거나 자본가 계급의 부정적인 면을 파헤치며, 단결해야 하는 노동자 계급의 존재의 미미함과 약자로서의 위치를 선명하게 부각시키는 것이다. 계급대립을 중심으로 설정한 애정갈등은 대중소설로서의 흥미성을 부여함과 동시에 인간본성의 파헤침이 적나라하게 드러날 수 있다. 한설야 문학이 생경한 이념의 도식성에 머무른다는 선입견을 벗어날 수 있는 인간의 심층심리에 접근하는 또 다른 매력을 들여다볼 수 있는 가능성을 부여한다. 조남현은 『황혼』의 노동자들을 당대노동소설과 비교하여"피와 살이 있고 성욕과 소유욕이 펄펄 살아 움직이는 존재"[77]라고 보았다.

3.3. 여순의 인물형상화가 지니는 의미

『황혼』의 문제적 인물은 여순이다. 작가가 암시적으로 설정한 인물형철이 노동운동을 이끌어가는 전위적 지도자임에는 틀림없다. 그러나 여순을 주목하는 것은 작품에서 상황을 이끌어가고 상황을 지배하는 인물로서의 존재가 중요하기 때문이다. 물론 다른 관점도 있다. 여순이 작위적으로 설정된 인물이라서 성격변화에 필연성이 없다는 점과 '성격과 환경의 조화'를 이루지 못했다는 임화의 지적이 그것이다. 한설야 자신도 '지식인의 전형적인 인간으로부터 역사적 기본 임무를 담당할 기

---

77 「지식인 소설과 노동자소설의 이중음」, 『황혼』, 동아출판사, 1995년, 539쪽.

본계급의 인간 전형'을 창조해 내려고 하였으나 성공하지 못했다고 말한 바 있다.

『황혼』이 지닌 목적의식적 소설로서의 무게를 감당하기에 여순의 형상화가 만족스럽지 못하다는 점에 이의를 제기할 생각은 없다. 하지만 작품을 창작의도와 지나치게 결부시키거나 고정된 공식을 앞세워서 성공여부를 평가한다는 건 바람직하지 않다는 게 솔직한 심정이다.

80년대 민중문학에서 주장했던 모범작품의 기준이 모두 그랬다. 특정 작품의 평가도구로 삼았던 어리석음은 특정시기마다 반복되곤 하였다. 그 분위기에서 위축되었던 창작의 개성과 자유에 대해 생각해 보라. 『황혼』이 창작되었던 30년대 분위기는 80년대와 흡사한 목적의식의 강렬함이 있었다. 민족민중민주화나, 민족해방과 프롤레타리아 해방의 목적의식은 쌍둥이처럼 닮았던 것이다. 사회학적 상상력이라는 창작미학의 경계는 모래성처럼 허약했고 구분 또한 모호했던 것이다.

『황혼』에 나타난 인물의 유형이 단순한 대립구조를 벗어나서 중도적 주인공 여순을 택한 점과 노동자의 다양한 유형을 설정한 점 등이 그 이전의 소설보다 진일보한 점은 분명하다. 선진노동자의 존재, 형철과 같은 인물의 설정 등 그 당시 가능한 여러 유형의 인물의 갈등을 폭넓게 담아내고 있다. 그러나 여성인물의 형상화에 있어서는 진일보가 없다는 점이다. 당연히 여순을 주인공으로 내세운 점을 높이 평가할 수만은 없다. 여순을 주인공으로 내세운 효과는 중도적 인물로서의 객관성 확보와 거리두기의 시각, 그리고 애정 갈등 양상의 다양함을 나타낼 수 있는 가능성에서는 높이 살만하다. 하지만 우유부단하게 고민하던 여순이 결국 노동자의식을 지니게 된다는 자각이나 주체적 의식의 전환을 주목할 필요가 있다. 남성인물 준식, 형철 등에 의지하여 의식화가 이루어진다는 점에서 사제관계, 도제관계가 형성됨으로써 수동적 인물로 여겨지는 것이 아쉬움으로 여겨진다.

이전에 지가 회사 사무원이 되었다는 것은 말하자면 선생님 덕
분에 인간사회의 계단을 턱없이 두세 층이나 허궁 뛰어오른 것이
나 일반이에요. 그것을 요행이라고 보면 볼 수도 있겠지요만 근거
없는 자리니만치 항상 흔들리기가 쉽거던요. 그러니까 이번은 참
말 흔들리랴 흔들릴 수 없는 그런 자리 – 즉 꼭 제게 알맞은 자리에
서보고 싶습니다. 그것이 가령 인간사회의 맨 밑바닥이라 하더라
도 할 수 없는 일이지요.

– 『황혼』(482쪽)

여순은 경재의 도움으로 공장노동자가 되어 준식의 의견을 따르게
된다. 하지만 경재에서 준식으로 의지하는 대상이 바뀌었을 뿐 여전히
수동적인 면모를 벗어나지 못하는 것이다.

"그러니까 저는 한번 눈을 꽉 감고 지금 생각하는 대로 해볼 작정이에
요. 구태여 높은 자리를 구할 필요가 없으니까 공장도 좋고…… 무엇이
든지 가리지 않을 작정이에요."

여순은 이렇게 결론을 지었다. 물론 그는 아직도 파고 들어가 보면
확고히 어떤 결심이 섰다고는 할 수 없었다. 만일 그가 안에 굳은 결심
이 있다면 단 한마디로 끊어 말하고 말았을 것이다. 그러나 그렇지 못하
고 기다랗게 이론적으로 돌림길을 돌아 내려온 것은 사실인즉 아직도
그 결심을 육신으로서 느낀다면 한마디로 '나는 이렇게 하겠다.'하면 그
담은 천백이 무어라고 하든지 상관없을 것이나 그것은 그렇게 밥 먹듯
되는 일은 아니었다. 그래서 그 자신도 그새 좀더 강해지려고 여러 가지
로 반성하고 겸하여 준식의 권고도 간곡한 바 있어서 어쨌든 위선 준식
의 권고를 따르기로 하였던 것이다.

여순의 역할은 다양한 계층의 인물과 관계를 맺으면서 지식인, 자본

가의 부정적 속성을 드러냄과 동시에 여순의 인간적 한계를 자연스럽게 표출하게 된다. 여순은 지식인에서 존재를 바꾼 선진 노동자 준식과 역사발전에 동참하지 못하는 관념적 지식인 경재의 중간 입장에서 구체성과 현실감을 지닌다. 자본가 안중서와 맺은 일시적인 관계인 여비서라는 위치 또한 자본가와 노동자의 중간 입장에서 다양한 인물의 상황을 리얼하게 보여줄 수 있는 가능성을 지닌다.

이 작품에서 노동자의 문제가 제기된 것은 분명하다. 그러나 작품의 제목 '황혼'이라는 의미와 여순의 존재 전이 문제를 중심으로 본다면 지식인문학으로 볼 여지도 보여진다. 지식인이 자기 존재에 대해 고민하고 자기 존재의 변화를 위해 어떻게 처신하는가의 내용이 중심을 이루고 있기 때문이다. 지식인이 선진노동자로 변화할 수 있는 가능성에 대하여 다양한 통로를 열어놓고 있는데 특히 여순과 경재는 노동자와 자본가의 경계에 서 있는 인물이다. 여순이 그 경계를 넘어서 노동자로 존재를 바꾸기까지의 과정에서 결정적인 계기는 미미할 정도로 처리되어 있다. 사장비서라는 직함에서 여직공이 되는 과정이 부서 이동처럼 단순하게 취급되는 것은 노동자가 역사의 주체라는 사회주의 사상에서 비롯한 것이다.

성장하는 노동자계급을 이제까지의 단편적 취재가 아니라 여러 계급과의 관계 하에서 총체적으로 형상화할 수 있는 가능성은 여순의 인물 설정으로 가능했다고 보여진다. 또한 그 안에서 살아 움직이는 노동자의 다양한 삶과 전위의 결합을 풍부하게 묘사하고 있다. 그러한 단선적이 아닌 구성의 가능성은 여순을 통하여 여러 계층과 관계하도록 설정한 점이다. 루카치가 거론한 '중도적 인물'의 의미까지도 부여할 수 있는 설정인 것이다.

4. 『황혼』에 나타난 인물 형상화의 리얼리즘 성취와 한계

한설야의 작품에는 경향소설의 관념적 폐쇄성을 극복하면서 새로운 리얼리즘 수준의 형상화 방식이 도입되었다는데 의미가 있다. 이는 위에서 살펴본 노동자 인물에 대한 관심과 그 생동감 있는 형상화를 통해 확인할 수 있다. 따라서 그의 문학이 우리 근대문학사에서 차지하는 의의로 리얼리즘의 지평을 확대한 점을 따로 평가해야 한다는 점을 강조하고 싶다. 해방이전의 작품인 「과도기」와 『황혼』에는 노동자의 탄생 배경과 노동운동의 현장을 형상화하고 있음을 앞에서 언급하였다. 그후 사회주의사상을 실현하기 위한 그의 창작 활동에는 '문학을 위한 문학'을 넘어서는 역사적 삶과 사상의 진정성이 담겨 있음을 깊이 성찰할 필요가 있다.

한설야 작품에 담긴 리얼리즘의 성과를 『황혼』의 인물 형상화와 그의 전체작품에 대한 기존의 평가를 바탕으로 정리해보면.

첫째, 시대상황이 민감하게 변화할 때마다 문제작을 발표함으로써 소설문학의 논의를 활발하게 하였다. 그 한 예가 작품 「과도기」, 「씨름」, 『황혼』이다. 이는 작품을 통해 사회변혁의 무기로 삼고자 한 자신의 문학관의 실천이기도 하다. 임화와 김윤식의 평가를 참조하자.

> 소설 「과도기」는 이리하여 설야에게 제 사상이 살 수 있는 현실세계를 제공하였다. 반대로 이 현실은 설야의 작품 가운데서 그것들을 통하여 제가 투영될 수 있는 진정한 작가의 정신을 찾았다. 이렇게 만들어진 한 개의 기념할 예술이 안 될 수는 없는 법이다.[78]

---

78 임화, 『문학의 논리』, 학예사, 1940년, 557쪽.

「과도기」, 「씨름」은 각각 개인사적 측면, 문단사적 측면, 문학사적 측면을 동시에 포함하는 의의를 부여받았다.[79]

둘째, 소설장르에 노동자에 대한 문제를 본격적으로 제기하였다. 프로문학이 추구하는 변혁의 주도 세력이 노동자라는 당시 사회과학적 인식의 바탕 위에서 노동자의 등장과 그 세력의 가능성에 대한 전망의 문제가 리얼리즘의 승리를 이루기에 다소 미흡함이 있을지라도 노동자의 출현 배경에 대한 고찰과 노동자의 삶에 대한 생동감있는 표현의 성과는 높이 평가된다. 특히 『황혼』에 나타난 다양한 양상의 노동자의 모습을 진지하게 그리고 긍정적인 시각으로 그림으로써 역사발전의 원동력으로 형상화한 것은 본격적인 노동소설의 출발점이 되었다는 점에서 높이 평가할 수 있다.

셋째, 지식인의 방향 모색이나 고뇌하는 상황을 계급사상과 노동자의식의 관점에서 다루고 있다. 이는 실천하는 지식인만이 역사발전에 동참할 수 있다는 것을 『황혼』의 이미지를 통해 경재와 같은 관념적 지식인에 대한 경종을 울리고자 하는 역설적 의도가 읽혀진다. 노동자와 지식인에 대한 바람직한 관계를 존재전이의 문제로 다루고 있음도 주목된다. 형철과 같은 진보적 지식인이 보조해주는 수준에서 노동자 스스로가 노사문제를 주도해야 한다는 관점으로 연관지어야 있다.

끝으로 그의 리얼리즘 한계에 대하여 정리해보고자 한다. 한설야의 사회주의 사상의 이론적 무장의 투철함과 프로문학 단체의 적극적 활동은 그의 리얼리즘의 성과와 연관이 깊다. 이는 앞에서 언급한 김윤식의 지적처럼 형상화에는 성공했지만 예술성에는 도달하지 못했다는 평

---

79 김윤식, 『한국 현대 현실주의 소설 연구』, 문학과 지성사, 1990년, 「한설야론」, 67쪽.

가를 부분적이나마 받아들일 수 있게 한다. 리얼리즘이란 세계 변혁을 위한 실천의 성격이 작품 자체에 대한 미학적 관심의 요구보다 더 강하기 때문이다. 작가의 이념이 투철한 실천의 자리를 마련하지 못할 때 작품은 공허해지고 인물은 도식적인 틀에 갇혀서 존재의 표정을 발휘할 수 없게 되는 점이 있음을 부인할 수 없다.

그러나 해방 이전 한설야가 활동했던 당시의 사회적 상황이 열악했음도 감안해야 한다. 민족모순과 계급모순의 혼란과 중층성이 사회문제의 복합적 성격을 지니게 하였으며 카프활동의 제약 또한 심각했다. 결국 한설야를 비롯한 카프맹원들은 원하지 않는 상태에서 외부적 압력에 의해 사상의 전향을 강요받기에 이른다. 『황혼』은 이러한 시기에 창작된 작품이다. 그 가혹한 외적 현실 속에서 한설야는 형식적인 전향서를 제출한 것 이외 일체의 친일행위를 하지 않고 투철한 사상성으로 일관했음에 긍지를 지닌 작가였다.

한설야의 리얼리즘의 한계를 몇 가지로 나열하면

첫째, 대부분의 작품에서 여성인물의 형상화가 수동적이다. 당시 여성의 문제에 대한 활발한 논의 등을 고려해 볼 때 여성문제에 대한 작가의식의 한계는 작가의 세계관의 한계일 수도 있으며 인물의 생동감을 떨어뜨리는 요인이 된다. 황혼에 나타난 여순의 선진노동자로서의 변모과정 역시 주체성이 보이지 않는다. 생활고 때문이라는 점은 상황설정의 현실감을 위해서라고 볼 수도 있지만 준식과 형철의 영향이 지배적이고 여순 스스로의 내적 갈등을 통한 결단의 의지가 보이지 않는다.

둘째, 있어야 할 세계에 대한 전망의 제시가 필연성이 부족하다는 점이다. 이는 임화의 지적에 의한 '환경과 인간의 조화'를 이루지 못한 것에서 기인한다. 작가는 인물이 죽어야 할 환경을 펼쳐놓은 채 그 안에서 투쟁하는 인물, 전진하는 노동자의 모습을 제시하고 있으니, 이는 타협하지 않으려는 작가의 계급사상과 일원론적 세계관의 표출로서 진정성이 미미하다.

셋째, 노동자의 주체성이 빈약하다. 선진노동자의 지도를 받고 의식화되어 투쟁의 대열에 서는 수동적인 노동자의 모습을 그리고 있다. 동시대의 작품 강경애의 『인간문제』에 나오는 노동자와 대비할 때 이의 한계는 더욱 뚜렷하다.

넷째, 일제강점기의 최대 현안인 나라 찾기에 대한 열정이 미약하다. 물론 노동소설의 관점에서 기본모순이 계급문제라 할지라도, 민중의 입장에서 나라 찾기는 삶의 문제와 직결되는 과제였다. 노동자의 삶에 대한 깊은 이해와 천착의 한계점으로 지적하지 않을 수 없다.

5. 통일문학사를 위하여, 한설야 문학을 위하여

문학을 통해 사회를 변혁하려 했던 많은 작가 가운데 유독 한설야가 문제적인 것은 분단의 문제를 걸머지고 있기 때문이다. 사회주의리얼리즘, 노동문학을 거론할만한 작가는 한설야 이외 수도 없이 많다. 하지만 카프 결성부터 분단 이후 북한의 사회주의리얼리즘의 최전선에 섰던 인물로 한설야를 제치고 내세울 문인은 거의 없다. 오직 카프가 지향했던 프롤레타리아 문학인으로 일관된 생애를 살았던 인물이면서, 그 이유로 북한에서 숙청을 당했던 인물이기 때문이다.

통일문학사를 준비하기 위하여 한설야의 삶이나, 사회주의 사상, 그의 문학이 중요하다는 것은 기정사실화되어있다. 이미 한설야 전집이 발행되었고, 해방 이전의 문학뿐 아니라 해방 이후 북한에서 이루어진 작품까지 다양한 연구 활동이 최근에 이루어지고 있음은 다행스러운 일이다. 하지만 주마간산 식의 연구에 머무르고 있음 또한 안타까운 현실이이다. 남북분단의 현실적 제약도 어쩔 수 없는 상황이지만 연구자들의 나태함도 통렬하게 반성하면서 대책 마련이 시급하다. 무엇보다도 먼저 카프의 활동이나 배경에 대한 폄훼가 바로잡아져야 할 것이다.

『황혼』에 대한 다양한 읽기의 시도 역시 중요한 것은 위에서 밝혔 듯 이 작품이 한설야 문학의 전모를 밝혀낼 수 있는 원형의 성격을 지니 고 있기 때문이다. 스타일리스트로서의 작가 한설야, 작품구성의 측면 에서 본 한설야 문학에 대한 접근이 이미 시도되고 있음은 그나마 반가 운 일이다.

2부

만남과,
마주침의,
슬픔들

1.
흉터에서 피어나는
다문화 지도
- 손홍규의 『이슬람 정육점』-

1.

'새 술은 새 부대에' 담겨져야 그 빛깔과 향의 본질을 최대치로 살려 낼 수 있다. 21세기 이후 한국사회에 형성되는 다문화사회도 그 조류 중 하나이다. 다문화소설이 기존의 편견과 고정관념을 깨뜨리며 새로운 세계와의 만남을 지향한다면 형식 또한 새로움을 창출해야 할 것이다. 새로움의 내용들이 저절로 기존의 틀을 파괴하는 위력을 발휘한다는 의미이다.

다문화적 미학에 대하여 한마디로 정리할 수는 없지만 다양한 문화의 혼효가 야기하는 갈등과 폭력과 차별을 전복하는 인물, 문체, 시공간의 새로운 시도가 이를 뒷받침할 것이다. 그런 의미에서 손홍규의 이슬람 정육점은 가부장제 혈연관계만을 고집할 때 발생하는 폭력과 차별에 의문을 제기하고, 피의 무의미함을 대안가족의 출발로 선언한다는 점에서 다문화소설의 기본공식의 틀을 지니고 있지만 그 형식의 비유와 상징성이 문장 하나하나를 채우고 있어서 새롭다는 느낌을 강렬하게 받는다.

고아인 내가 안나 아주머니와 아랍인 하산을 만나 세계를 입양하는 성장과정을 인문학적 사유와 감성적 문체로 그려내면서 다문화소설의 새로움을 선보인다. 무엇보다 새로운 다문화적 여성인물의 제시가 시도되고 있다는 점이 이 소설의 특장(特長)이라 하겠다.

진정한 다문화사회는 그동안 우리가 염원했던 타자들이 소외되지 않는 공동체 사회의 본질과 크게 다르지 않으리라 여겨진다. 하지만 그 안에 혈연이 발목을 잡지 않는 새로운 형태의 가족과 연대의 대안에 대한 질문이 반드시 포함되어야 할 것이다. 『나마스떼』, 『완득이』 등의 작품에는 이러한 질문이 부재한다는 점에서 아쉬움이 있다.[80]

네팔 여인과 한국여인과의 사이에서 태어난 2세들의 연대(나마스떼)나 장애인 아버지와 베트남 엄마와 다문화 2세가 만드는 다문화가정(완득이)에서 혈연관계는 중요한 기반이 된다. 이 때문에 다문화의 갈등과 해결 구조에 있어서 외국인 이주여성의 사기결혼, 이혼, 다문화 2세 청소년의 문제의식이 등장하지만 여타 청소년소설과의 차별화가 미미하다. 표면적으로는 다문화문제를 담았지만 새로운 소설형식을 치열하게 고민하지 않은 이들 작품에서 문제의 해결은 구원자의 역할에 의존한다. 『나마스떼』의 신우나, 『완득이』의 똥주는 구원자로서 다문화공동체를 시도하나 그 안에 다문화의 존재감은 부재, 또는 지나치게 미미할 뿐이다.

---

80 몇몇 다문화소설에서 만나는 익숙함의 형식은 우리 사회가 안고 있는 다문화정책의 모순과 이중적 시선을 반영하고 있음과 무관하지 않다. 다문화정책이 다문화를 소외하고 있음의 불편한 진실 또한 외면할 수 없는 것이다.

이 시점에서 '혈연'의 문제에 다각적 질문을 던진 손홍규의 『이슬람 정육점』에 특별히 주목할 필요가 있다. "내 몸에는 의붓아버지의 피가 흐른다"라는 문장을 수미쌍관으로 배치하여 가부장제의 피를 거부하는 목소리를 강렬하게 제시하는 이 작품은 가부장 사회에서 배제된 자들의 대안가족에 대한 이야기를 전개한다. 피는 인종과 국적, 혈연의 절대성을 위한 상징장치로 보인다. "의붓아버지의 피가 흐른다"는 문장은 피의 절대성에 대한 파라독스인 것이다.

고아인 나와 자식을 버리고 집을 나온 안나 아주머니와 6·25 참전 용사이자 독실한 이슬람교도 하산의 만남으로 구성되는 새로운 가족이자 다문화공동체의 가능성에 대한 물음은 절박하다.

2.

이 소설은 몸의 흉터 때문에 부모로부터 버림받았다고 여기는 소년이 고아원에서 벗어나 이슬람 정육점을 운영하는 하산과 만나 서로의 상처를 치유하는 과정을 담은 이야기이다. 격리— 치유— 회복의 단계를 거쳐서 "의붓아버지의 피"를 입양한 '나'는 버림받은 고아의식에서 벗어나 세계를 끌어안는 주체가 된다.

인문학적 사유와 감성적 문체가 녹아 새로운 세계를 탐험하는 '나'는 이방인으로서의 고독과 여행자의 자유를 누리는 듯 보인다. 내가 몸담았던 고아원, 성당, 보호시설은 게토와 같은 고립 배제의 공간이었다. 이와 반면 정육점과 충남식당은 나에게 주어진 노마드적 공간이다. 학교에서 거부된 '나'는 이곳에서 타자 지향적 자세와 세계시민의식, 주변인들과의 연대의식을 지닌 경계인이라는 다문화사회가 요구하는 진정한 가치들을 배운다.

작품의 구석구석 녹아있는 인문학적 사유는 인간 본연의 비의(悲意)

와 존재 가치에 대한 성찰을 불러일으킨다. 삶의 아름다움에 대한 경탄, 인간에 대한 깊은 사랑, 우리 사회 주변인에 대한 폭넓은 관심과 그 안에 숨겨진 보석같은 가치의 발견이 문장 하나하나에 물샐틈없이 꽉 차 있다. 이러한 인문학적 사유가 감성적 문체와 만날 수 있다는 것은 '새 술은 새 부대에 담자'는 시도로 보여진다. 감성적 문체는 읽는 재미를 더해줄 뿐만 아니라 인문학적 사유에 생기를 불어넣는 효과를 발휘한다.

소설의 형식은 낯선 만남의 연속이다. 고아인 '나'와 늙은 아랍인 하산, 이슬람과 정육점의 만남, 안나 아주머니의 충남식당에 모여드는 떨거지들의 인생은 연령, 성별, 인종의 다양함으로 공통점을 찾기 힘들다. 이들 낯선 인생의 만남이 점점 그 거리를 좁혀가는 것이 이 소설의 내적 형식이라 하겠다. 내가 고아원에서부터 들고 나온 사진스크랩이 세계지도로 완성되어 안나 아주머니 충남식당에 부적처럼 부착되는 과정은 그 메타포이다.

> 내 지도에서 한국인은 중국인이 되기도 했으며 아랍인이 되기도 했다. 대륙을 넘어 아프리카인이 되기도 했고 유럽인이 되기도 했다. 그들은 스칸디나비아반도의 통나무집에 거주하기도 했으며 북극에서는 이글루를 지었고 파타고니아에서 목장을 운영하기도 했다. 반얀 나무 그늘 아래 해먹에서 잠들었고 짚이 깔린 정글의 오두막에서 잠들기도 했다. 남십자성과 북십자성을 동시에 볼 수 있었고 사막과 바다를 동시에 거닐었으며 낙타와 야크를 타고 돌아다녔다.[81]

---

81 손홍규, 『이슬람 정육점』, 문학과 지성사, 2010. 219쪽. 이후의 본문 인용은 쪽수만 표기함.

소설의 줄거리를 정리하면 다음과 같다.

㉠ 나는 몸에 특별한 흉터를 지녔기 때문에 버림받았다고 생각하며 고아원에서 자포자기로 살았다.

㉡ 이슬람 정육점을 운영하는 6·25참전용사 하산이 보호자가 되어 고아원을 나왔지만 나는 여전히 세상에 대해 증오를 품고 있다.

㉢ 나는 하산, 야모스 아저씨, 안나 아주머니, 유정, 대머리아저씨, 맹랑한 녀석, 쌀집 둘째 딸, 고수머리 청년들도 흉터를 지니고 살고 있음을 알게 된다. 안나 아주머니의 충남식당은 배가 고프거나 영혼이 허기진 사람들이 서로의 상처를 치유하는 공간이다. 타자인 나는 이들과 더불어 조금씩 포용의 세계를 넓혀간다. 세상 사람들의 얼굴을 모으는 사진첩이 그 메타포이다.

㉣ 나는 이슬람정육점에 와서 돼지콜레라가 의심된다며 고기를 먹어서 몸에 이상이 없음을 증명하라며 폭력을 행사하는 사람들(이슬람교도인 하산이 돼지고기를 먹으면 안 된다는 걸 무시한 행위이다.) 앞에서 돼지고기를 생으로 씹어 먹으며 대응한다. 독실한 이슬람교인인 하산을 보호하기 위함이다. 하산은 30년 넘게 정육점을 운영하며 자리를 잡았지만 사람들은 그를 범죄인처럼 취급한다. 건물주는 재개발 지구가 되면서 건물을 올려 보상금을 높여 받기 위해 "성실한 사람인 줄 알면서" 그를 쫓아낸다. 나는 고아에서 벗어나는 방법을 모른다. 버림받은 타자의 입장에서 세상을 등지고 살았던 나는 생고기를 씹어 먹으면서 '피의 쓸모없음'을 깨닫는다. 피를 중시하는 한국사회에 던지는 물음이라 하겠다.

㉤ 폭력을 일삼던 전남편의 죽음, 자식들을 만나라는 연락으로 마음이 복잡해진 안나 아주머니는 금일휴업을 붙여놓고 잠을 잔다. 안나 아주머니의 마음을 위로하기 위해 나와 야모스 아저씨와 하산 아저씨는 말썽장이 가족 역할을 하며 논다. 안나 아주머니는 자식들을 찾는 대신,

경비를 줄이기 위해 직접 돼지 잡는 소풍을 떠난다. 충남식당의 단골 패거리들(하산, 야모스 아저씨, 안나 아주머니, 유정, 대머리, 맹랑한 녀석, 쌀집 둘째 딸)이 동행한다.

ⓑ 무리한 단식으로 건강을 해쳐 쓰러진 하산은 철저한 이슬람이며 동시에 한국인이다. 나와 하산은 같은 모양의 흉터를 지녔는데 총알을 맞아 생긴 거였다. 하산은 6 · 25참전용사로 총을 맞았고 나는 총을 쏜 사람에게 부모를 잃고 고아가 된 것이다. 나는 진심으로 하산에게 사랑한다고 말하며 아버지라고 부른다. 그래서 "나에게는 의붓아버지의 피가 흐르"게 된 것이다.

나는 세상에 대한 증오를 품게 되었다. 하산이 나를 고아원에서 데려왔지만 입양의 형식을 거치지도 않았다. 이슬람 정육점을 운영하는 하산은 나이가 많아서 아버지라 부르기도 난처하다. 나와 하산을 연결해주는 사람이 안나 아주머니이다. 그녀는 충남식당을 운영하면서 다른 사람의 상처를 치유해주는 대지의 여신 같은 인물이다. 나는 점차 하산과 안나 아주머니와 조금씩 마음을 열게 된다. 결국 나는 하산을 받아들이면서 세계를 입양한다.

"제 말 들으셨어요? 사랑해요. …… 사랑한다구요!"
나는 내 몸속으로 의붓아버지의 피가 흘러들어온 걸 느꼈다. 뜨거웠다. 인간의 모든 기억들이 이처럼 단순하고 정직하게 이어진다는 걸. 나는 그때 처음 알았다. 나는 훗날 내 자식들에게 나의 피가 아닌 의붓아버지의 피를 물려주리라. 병실 구석에 섰던 이맘이 다가와 나를 껴안았다. 그날 나는 이 세계를 입양하기로 마음먹었다.

(236쪽)

3.

　다문화적 사유를 담아내기 위해서는 새로운 형식, 새로운 언어방식, 새로운 인물 창조가 무엇보다 중요하다 할 것이다. 『이슬람정육점』은 이 과제를 충족시킬 문제적 인물을 보여준다. 이들 인물은 평균이하 주변인의 삶을 살고 있다. 작가는 하위주체로 살아가는 이들 떨거지의 삶에 담긴 비의(悲意)를 그려내면서, 고통스러운 현실 속에 빛나는 존엄한 가치를 보여준다. 이들 떨거지들은 성별, 나이, 국적, 인종의 다양함 속에서 공감과 소통의 연대를 구성한다. 공동체라 해도 무방할 만치 이들은 함께 음식을 먹으면서 허기를 달래듯이, 마음의 상처를 치유한다. 충남식당은 떠도는 사람들이 머무는 곳이며 그 안주인 역할을 맡은 인물이 안나 아주머니이다.

　안나 아주머니는 "가장 큰 상처를 지닌" 인물이면서 "다른 사람의 상처를 치유해주지만 정작 자신의 상처를 다룰 줄 모르는" 사람이다. 그녀는 가부장제 시각에서 보면 자식을 버린 불량 마더[82]이다. "냄비 같은 사람"이며 폭행을 일삼는 남편의 죽음 소식을 듣고도 끝내 자식에게 돌아가지 않는다. 대신 이 여인은 배고픈 이웃에게 밥을 먹이고, 잠자리를 제공하고 마음의 상처를 어루만져 치유해준다.

　폭행으로 온몸에 상처투성이가 되도록 안나 아주머니는 가족을 위해 같은 일을 했을 것이다. 피붙이에게 식사를 제공하는 건 의무이며, 남에게 하면 선행이 된다. 하위주체 여성이 가부장제 집안에서 온갖 허드렛일을 하면서도 가장 낮은 대우를 받는 경우는 흔하다. 작가는 안나 아주머니의 충남식당을 통해 음식을 만들어 먹는 일의 가치에 대한 물음을

82　사회적 지위나, 독립적인 인격과 무관하게 자의와 타의로 인하여 자식을 돌보지 않는 여성을 지칭함.

던진다. 가사가 아니기 때문에 안나 아주머니가 하는 일은 돈을 받으면 직업이 되고, 돈을 받지 않으면 선행이 된다. 불량마더가 되어야 가치 있는 존재가 될 수 있는 안나 아주머니의 흉터는 무엇으로도 치유할 수 없다. 하지만 그 아픔으로 그녀는 "대지의 여신 가이아"처럼 허기진 영혼의 상처를 치유하고 생명력을 키워준다.

안나 아주머니는 자식을 버리고 집을 나온 불량 마더의 상처를 스스로 감내해야 한다. 그 사연은 "흉터의 여왕"이라는 표현으로 대체된다.

혈연을 끊고 살아야만 하는 사람들이 있다. 함께 사는 세월만큼 흉터가 늘어나는 관계가 분명 존재한다. 안나 아주머니는 그런 사람들의 결단을 보여주는 새로운 여성인물이다. 그 이유는 남편의 폭행만은 아닐 것이라 짐작할 수 있다. 나와 안나 아주머니는 피를 나누지 않은 대신 닮은 흉터를 지녔기에 "어미와 자식"이 될 수 있다.

> 나는 안나 아주머니가 원하면 기꺼이 아들이 되어 줄 수 있었다. 내 몸의 흉터야말로 내가 안나 아주머니의 아이라는 증거가 아닐까. 어미와 자식은 그렇게 닮은 흉터를 지녀야 하는 거다.

(162쪽)

나는 다양한 사람들의 얼굴을 수집하며 고아로부터 벗어나고 싶다. 하산은 다양한 표정이 새로운 얼굴에서 나오는 것이 아니라는 점을 말해 주는데 안나 아주머니의 얼굴에서 그 해답의 실마리를 찾는다.

> "낯익은 얼굴이 없다고 해도 실망하지는 말거라. 너의 기억을 일깨우는 얼굴이 없다 해도 네 기억은 오롯이 너의 것이니까 사진틀에 의지할 필요는 없단다."
> "그런 게 아니에요. 나는 아무것도 기대하지 않아요."
> "한 가지가 아쉽더구나. 너는 수없이 많은 사람들의 다양한 표정을

수집하고 있지. 하지만 단 한 사람이 수천 가지의 표정을 지을 수 있다
는 걸 잊어서는 안 된다."

(149쪽)

 남편이 죽었으니 다시 집에 돌아오라는 말을 전해 듣고 고통스러워
하는 안나 아주머니의 흉터는 자식을 버린 어미의 낙인이다. 그렇기 때
문에 "신비한 치유 능력을 지녔음에도 자신의 고통은 다스릴 줄 모르는
우둔한 여인"처럼 살고 있다. (무)의식적으로 가부장제의 제물이 되지
않기 위해 몸부림치는 삶을 흉터투성이의 몸으로 비유한 것이다. 피를
나누지 않은 떨거지들의 '가이아'가 되기 위해 "식당에 바쳐진 제물처럼
식탁위에서 잠든" 안나 아주머니의 얼굴에서 나는 한 사람이 지닌 수천
가지의 표정, 종족, 혼종의 피를 만난다.

 안나 아주머니의 잠든 얼굴은 기이했다. 영락없이 전형적인 한국여
 인으로 여겨지다가도 중국계나 일본계 혹은 베트남계나 인도네시아
 계라 해도 전혀 이상하지 않을 것 같았다. 아니, 히스패닉계라 해도 좋
 았고 뮬라토 혹은 삼보라 해도 좋았다. 종내는 안나 아주머니가 어떤
 사람인지, 누구의 피를 물려받았는지가 모호해졌고, 인간이란 이처럼
 애초에 혼혈로 태어나는 게 아닌가 하는 생각마저 들었다. 하산 아
 저씨와 야모스 아저씨도 그랬다. 그들은 오랜 세월을 한국에서 보
 낸 탓에 그들의 완고한 성품에서 불구하고 이곳에 길들여졌다. 누군
 가는 그들이 이방인임을 한눈에 알아보았지만 또 다른 누군가는 전혀
 눈치채지 못했다. 터키와 그리스에서 왔다고 일러주어도 원래 한국
 인인 게 분명하다고 주장하는 사람도 있었다. 자신이 아는 사람과 닮
 았으며 그 사람이 한국인인 게 분명하니 틀림없노라고 증거를 대기도
 했다.

(159 ~ 160쪽)

이 소설의 시공간의 형식은 다문화적 가치 지향성과 긴밀한 연관성을 지닌다. 바흐친은 소설의 시공간을 크로노토프라는 용어로 이론화하여 작품분석의 이론으로 정립한 바 있다. 소설의 내용이 시공간의 내적형식과 긴밀하다는 건 그만큼 시대와 사회의 모습을 유기적으로 담아내고 있음을 입증한다고 볼 수 있다. 고아원과 이슬람 정육점, 안나 아주머니의 충남식당은 작품내적으로 긴밀하다.

고아원은 이익을 위해 전쟁을 기대하고 고아를 돈벌이 수단으로 삼는 탐욕적인 원장을 통하여 내가 세상을 거부하는 이유가 폭력의 트라우마 때문임을 보여준다. 핏줄로 보호받지 못하는 어린 나의 존재에게 가해지는 폭력의 실체가 무엇인가 묻고 있다. 고아원은 게토의 다른 이름이라할 만치 철저하게 타자화하는 배제의 공간이다. 부모로부터 버림받은 곳이자 사회에서 유린당한 폐쇄공간이다. 고아원은 상처를 만드는 곳이고 깊게 하는 곳이다. 하산이 이 공간을 벗어나게 해준 것은 새로운 생명을 부여함만큼 중요하지만 나는 아직 삶에 대한 기대가 없다.

또한 이슬람 정육점은 나와 하산이 정신적 관계로 맺어지는 공간이다. 정육점에서 "나는 내 피가 얼마나 쓸모없는 것인지를 알"(79쪽)게 된다. "정육점 문턱은 단순한 문턱이 아니라 이쪽 세계와 저쪽 세계를 나누는 경계인 셈이다."(76쪽) 그 경계에서 나는 하산의 세계를 선택하면서 부자의 연을 맺는다.

> 정육점에서 나는 내 피가 얼마나 쓸모없는 것인지를 알았다. 돼지의 선지는 안나 아주머니에게 요긴했다. 순댓국을 만들 때 선지도 반드시 들어갔다. 하지만 내 피는 오로지 내게만 쓸모 있었다. 그런 것도 쓸모라고 할 수 있다면 말이다. 내가 빨아 먹지 않는다면 다른 오물들과 휩쓸려 시궁창으로 들어갈 수밖에 없으니.
>
> (79쪽)

안나 아주머니의 충남식당이 지닌 크로노토프적 의미는 치유와 재생을 위한 대화적 공간으로서의 가치이다. 타자들에 대한 따뜻한 응시는 다문화적 공간의 탄생을 가능하게 한다. "오로지 안나 아줌마만이 하산 아저씨 그리고 야모스 아저씨를 남들과 똑같이 대했다.(76)"고 생각하는 '나'의 시선은 타자에게 따뜻하다.

『이슬람 정육점』의 등장인물은 하나같이 부적응자, 정신질환, 몸과 영혼에 깊은 상처를 지닌 자들이다. 상처투성이 손과 짓이겨진 귀를 지닌 하산, 흉터의 여왕 안나 아주머니, 이맘, 기억상실 야모스 아저씨, 말더듬이지만 동물과 소통하는 수다쟁이 유정, 맹랑한 녀석, 주정뱅이 열쇠장이아저씨, 쌀집 둘째딸. 군가를 배호처럼 슬프게 대머리, 학교에서 거부당한 청소년 나……. 이들의 언어는 욕설, 말더듬, 침묵, 피진어, 반복어 등의 비표상적이고 미분화된 언어체계가 기존언어체계와 다른 표현을 구사한다. 이는 타자의 언어로서, 레비나스식으로 표현하면 언어의 본질은 타자성 즉 타자를 지향하는 방향으로 나타난다. 언어는 인간의 진정한 사유를 제한하고 획일화 한다. 이 때문에 인간은 사유와 언어 속에서 자유로울 수 없고 삶의 근원에 관한 성찰을 잃게 된다. 유정의 다음 발언에 주목해 보자.

> "나, 난 소, 소설가가 될 거니까. 소, 소설가는 특권을 지, 지닌 사람이야. 대, 대신 그는 하, 한 가지 일을 해. 해야 돼. 사, 사람들이 증언하길 꺼, 꺼리는 걸 세상의 법, 법정에서 대, 대신 증언해야 하, 하거든, 화, 환자의 종기에 입을 대고 피, 피고름을 빨아주는 의, 의원처럼, 다른 사람의 가래침이나 코, 코딱지를 먹을 수 있어?"나는 단호하게 고개를 저었다. "거봐, 소, 소설가는 그걸 머, 먹는 사람이야." "더러운 사람들이군."나는 그렇게 대꾸했다.
>
> (141쪽)

'수다스러운 말더듬이' 유정은 작가의 사명에 대해 말하고 있다. 작가란 어떤 사람인가 아픔을 치유하고 위기상황에서 증언 역할을 한다는 이 어눌함의 언어표현에는 삶의 근원에 대한 성찰 회복의 의지가 담겨 있다.

세상에 흉터 없는 사람은 없단다. 모든 상처는 아무리 치료를 잘 해도 흉터가 남게 마련이다. 이 세상은 사람들로 이뤄진 가시덤불이라서 지상에 단 일 초를 머물더라도 상처입지 않을 수가 없단다.

(111쪽)

4.

이슬람정육점에서 흉터는 삶의 훈장이자, 더 넓은 세상을 만나기 위한 밑거름이다. '강아지똥'이 거름으로 녹아 땅속으로 스며든 이후 민들레로 피어나서 별빛이 되는 것처럼 말이다. '강아지똥'의 동화적 상상력과 '이슬람정육점'의 다문화적 상상력에서 찾은 핵심적인 공통분모는 세계로부터 버림받아 소외된 존재로 살아가던 주인공이 자존감을 회복하며 소중한 존재를 자각한다는 것이다. '이슬람정육점'의 다문화적 상상력이 동화적 상상력과 만난 지점 그곳에서 갈등은 첨예하게 부각되지 않는다. 스스로의 깨달음과 우주적 질서에 순응할 뿐이다. 악인과의 대립이나 사회구조적 모순과의 투쟁 또한 중요하지 않다.

2.
국수를 빚는
시간들
– 김숨의 「국수」와 백석의 「국수」

'희수무레하고 부드럽고 수수하고 슴슴한 것은 무엇인가', '이 그지 없이 고담하고 소박한 것은 무엇인가', '아, 이 반가운 것은 무엇인가' 백석의 반복되는 물음은 부름이 된다. 물음과 부름 속에서 그 형체가 살아나고, 부드럽고 수수하고 슴슴한 맛의 정체가 드러나면서 꿩고기와 김치를 곁들여 상이 차려진다. '아비는 큰 사발에 아들은 작은 사발에 그득히' 담기는 순간의 그 맛은 독자의 몫이다. 부드럽고 수수하고 슴 슴한 맛에서 고담하고 소박한 맛으로 내장까지 깊숙이 스며드는 장면들. 1930년대 백석의 시 「국수」는 2015년 김숨의 소설 「국수」로 오마주된다.

얼핏 보면 두 작품은 제목만 같아 보이지만 깊이 들여다보면 상관관계가 여러 겹으로 포개진다. 김숨의 소설에서 '국수'를 가운데 놓고 벌이는 모녀세대 불임의 상처를 풀어내는 과정은 주술적이라 여겨질 만큼 신령한 기운을 품는다. 그만큼의 무게로서 담아내는 치유과정에 동참하는 독자의 행위를 담았다. 백석의 시에 등장하는 국수는 마을공동체의 조상들과 후손들의 작은 잔치와 흡사하다. 김숨의 국수에서 주인공이 의붓 모녀인데, 백석의 국수에서 여인들은 전면에 나서지 않는 그 차이점이 흥미롭다.

무엇보다 중요한 건 두 개 작품에 흐르는 '고담하고 소박한 맛'이다. 김숨의 소설에서 반복되는 새어머니의 정은 '고명 없는 밋밋한 국수'로 표상된다. '고담하고 소박한 맛'과 '고명없는 밋밋한 국수'는 매우 닮았다. 오마주는 패러디나 표절과 달리 의도적으로 작품과 작가에게 찬사와 존경의 의미로 같은 대사나 장면을 삽입하는 영화적 기법에서 유래한다.

백석의 시에서 국수는 마을공동체의 소박한 심성을 대변하는데 김숨의 소설 국수에서는 불임여성의 아픔과 연대가 백석의 시에서처럼 고담하고 소박하게 흘러서 치유의 힘으로 키워진다.

백석의 시에서 국수는 마을사람들이 나누어 먹으며 즐기는 공동체를 강화하는 의미를 지닌다는 점에서 단순한 음식이라고 할 수 없는 상징성이 있다. 김숨의 소설에서는 밀가루와 물을 배합해 공을 들이며 반죽하는 과정 속에서 녹여내는 고단하고 핍박당한 존재의 회복과 치유의 결과물이다. 만드는 사람의 손끝에서 비로소 모양이 살아나는 국수가닥에 작중인물과 소설의 화자는 비상한 집중력을 보인다. 이 국수를 먹는 장면은 그다지 중요하지 않아 보인다.

가족을 위해 음식을 만들면서 밥상에서 철저하게 타자였던 새어머니. 아이를 낳지 못한다는 이유만으로 천대받았던 새어머니의 생애. 늙고 병든 새어머니를 위해 의붓딸은 국수를 만든다. 새어머니가 겪은 불행의 이유였던 불임에 처해있는 의붓딸은 새어머니와 동병상련의 처지가 되었다. 조선시대 칠거지악을 정해놓고 이에 해당하면 남편에게 버림받고 집안에서 쫓겨나는 경우가 보통이었다. 아들을 낳지 못하는 게

칠거지악 여성차별의 역사는 오래된 악습이었지만 그 중에서 더욱 참혹하게 배척 당해왔던 불임여성에 대한 가부장제 폭력을 이 소설은 일깨워준다. 지금도 여성이 겪어야 할 고통이 대물림되어 반복되고 있음을 말하는 듯하다. 혼인이 집안의 대를 잇기 위해 행해졌던 시대에 불임여성에게 가해졌던 사회적 시선은 버러지만도 못한 존재였음을 잊어서는 안된다고.

새어머니가 4남매의 홀아비집에 온 건 불임여성으로서 갖은 수모와 굴욕을 겪고 난 이후였을 것이다. 오로지 출산의 도구로서만 혼인이 이루어졌기에 아무런 잘못도 없이 쫓겨나고 무시 받으며 살다가 얼굴도 모르는 홀아비 집에 와서 4남매 뒤치다꺼리로 생을 보낸 새어머니에게서 고담하고 소박한 정을 깨우친다.

음식 만들기를 글쓰기에 비유한 글들은 적당히 시장기를 자극하면서 창작의 고통과 신비를 미각적으로 풀어서 대중적 기호를 다양하게 충족시킨다. 각종 재료를 적당히 배합하여 전혀 다른 새로운 맛을 창출하는 보글보글 찌개 끓이기에 비유한 시인이 있는가 하면, 일본의 유명 소설가는 고독한 창작의 작업을 혼자서 해 먹는 굴튀김의 맛이라 했다. 요리할 때는 고독하지만 혼자서 먹을 때의 각별한 맛에 소설쓰기만의 매력이 있다는 것이다. 김숨의 소설 「국수」 역시 글쓰기의 비유로 읽을 여지가 많다.

김숨은 「국수」를 통하여 두 개의 이야기를 이어나간다. 표면적 서사는 불임의 아픔을 공유하는 새어머니와 딸 이야기이다. 혼례절차를 생략하고 가난한 4남매의 홀아비 집에 옷보퉁이만 들고 등장한 새어머니는 아기를 낳지 못해 쫓겨난 젊은 여인이다. 갈 데도 없고, 챙겨줄 가족이 없어서 4남매의 홀아비 집에서 아이 돌보고 밥해주는 사람으로 존재한다. 4남매가 장성하고 나이 차이가 많이 나는 홀아비가 먼저 죽고 새어머니는 혼자서 앓고 있다. 나는 불임 크리닉을 다니면서 비로소 새어머니의 기박한 일생을 내 것으로 되씹으며 이 나에게도 닥칠 수 있음을 깨닫는다.

소설의 이면에서는 소설쓰기의 음습한 내면을 고통스럽게 보여준다. 소설쓰기의 기원을 물과 밀가루와 끊임없이 치대는 고역의 과정에 깃들인 생존의 방식으로 풀어내는 것이다. 거칠게 말하자면 생존의 고통 그 안에 소설쓰기의 노역이 담겨있음을 에둘러 국수라는 음식에 빗대어 말한다. 국수는 혼자서 먹기 위해 빚기에는 어울리지 않는 음식이다. 밀가루를 풀어서 오래오래 치대면서 빚는 국수는 대가족의 흔적이 짙게 남아있는 음식인 것이다. 국수를 만들어서 먹이는 자와 그 음식을 먹는 자의 관계가 어떻게 가족으로 엮어지는가를 이 소설에서는 매우 특이하게 보여준다.

소설에서 등장하는 가족의 의미는 모계중심이다. 불임 여성의 아픔을 지닌 새어머니와 딸로 맺어진 기구한 모녀의 사연 속에서 전개된다. 불임을 지닌 새어머니와 딸이라는 설정은 여성의 존재가 출산의 수단인 기존의 가족에서 소외된 불임여성의 문제를 진지하게 제기한다. 혈연 가족의 고정화된 틀을 벗어난 다양한 가족의 존재방식을 선보인다. 이미 2006년에 김태용 감독의 영화 『가족의 탄생』에서 다루어졌던 문제의식이다. 정작 친동생과는 의절을 선언하고, 남남인 동생의 애인과 새로운 가족이 되는 마지막 장면은 당시에는 충격적일만큼 이슈가 되었다. 혈연일지라도 기본적 신뢰관계가 파기될 때, 희생만이 미덕이 아니라는 것을 이 영화는 말하고 있다. 가족애가 아름다운 건, 함께 나누는 사랑 때문이지 누군가의 일방적인 희생에 의하면 안 된다는 메시지가 강한 함축성으로 전달된다.

소설 『국수』는 새엄마에 대해 가졌던 '고명 없는 밋밋한 국수'에 대한 세 개의 이야기를 변주한다. ① 엄마와 첫 만남, ② 내가 처음 유산했을 때 엄마가 나의 부엌에서 만들어준 위로, ③ 외롭게 죽어가는 엄마를 위해 내가 처음으로 만드는,

나의 입장을 중심으로 정리하자면 ①은 고명없는 밋밋한 국수는 새엄마에 대한 불만이자 무성의한 음식을 먹는 불만이다. ②는 나에 대한 불만이다. ③은 새엄마와 내가 함께했던 세월에 대한 고마움이자 내가 새엄마의 의붓딸에서 모녀관계 그건 백석의 시 '부드럽고 수수하고 슴슴한 맛'이다.

국수는 혼례나 생일 등 경사에 먹던 귀한 음식이었다. 긴 국수 가락이 장수를 상징하며 복을 불러온다고 믿었다. 이 작품에서 밀가루를 치대어 국수를 만드는 장면은 길고 세밀하게 묘사된다. 이 장면에서 주문(呪文) 소리가 들리듯 절실함이 느껴지는 건 작가가 부여한 단순하게 반복되는 장면삽입 효과일 것이다. 아픔을 속으로 삭이는 과정의 심리를 작가는 밀가루와 물의 비율과 이 둘이 찰지게 하나가 될 때까지 반복하여 치대는 노역으로 표현한다.

이 소설에서 국수를 만드는 장면과 먹는 장면이 불화를 거듭하다가 화해하는 결말을 이루지만 맛있게 먹는 장면은 전혀 제시되지 않는다. 먹는 건 독자의 몫이기 때문일 것이다.

불임으로 소박맞은 여인은 6남매의 새엄마 노릇을 해야 하는 처지에 놓인다. 처음부터 모성애가 발동하지도 않았던 서툰 새엄마였다. 아무런 예식도 없이 다짜고짜 가난한 낯선 부엌에 팽개쳐진 이 여인은 고명없는 밋밋한 국수를 빚어 6남매에게 먹인다. 작중 화자 나는 국수가닥을 자르면서 그 밋밋한 국수가 싫어서 투정을 부린다. 내가 유산을 했을 때도 새엄마는 나의 부엌에 와서 국수를 만든다. 나는 공연히 새엄마를 원망하며 국수를 버린다. 새엄마를 부정하는 나의 행위는 결국 나의 존재에 대한 비하감의 발로이다.

이제 새엄마는 어떤 음식도 넘기지 못하는 병에 걸려 죽음을 기다린다. 아버지가 돌아가신지 오래되었지만 문패에는 아버지의 이름이 걸려있는 집에서. 새엄마를 위해 그 무엇도 해드릴 생각을 하지 못했던 화자는 한 번도 만들어보지 않았던 국수를 빚는다. 화자에게 국수는 새엄마에게 해드릴 수 있는 오직 하나의 음식인 때문이다. 화자의 세월을 되돌린다면 새엄마와 도란도란 살아갈 수 있을까? 헛된 질문이지만 긍정적인 대답을 유도하기는 어렵다. 인간은 같은 아픔을 공유한 이후에야 타인을 이해할 수 있는 매우 둔하고 유한한 존재자임을 인정해야 하기 때문이다.

상황으로 짐작해보자면, 새엄마는 그 어정쩡한 가족의 위치에서, 고명 없는 국수처럼 살갑지 않았지만, 밀가루를 반죽하는 정성으로 가족을 보살폈음에 틀림없다. 두 번의 유산을 겪으며 불임의 아픔을 어렴풋이 짐작하는 의붓딸은 비로소 새엄마에 대한 연민에 눈을 뜬다.

물과 밀가루처럼 서먹했던 모녀가 찰진 반죽처럼 서로를 이해하게 되는 과정이 작품에 녹아있지만 맛있게 국수를 먹는 장면은 단 한 번도 없다. 유산과 불임의 아픔으로 모녀는 서로를 안았지만 그들 앞에 놓인 삶의 무게는 여전하기 때문이다.

3.
『작가의 객석』에는
객석이 없다

1

인간극장의 가설무대조차 없다. 등장 자체만으로 완성되는 이름들로 무대가 가득 채워질 뿐이다. 시장통 찻집과 술집 언저리 골목길까지 미장센이 숨 쉬는 무대가 일시 정지되는 순간. 공주의 '다예원'과 '시끌벅적' 호프집, 태안 바닷가 모래사장까지 종횡무진 동행한 사십여 년 세월의 나레이션이 펼쳐진다. 그리고 강병철이 등장한다.

열다섯 명의 배우는 변사로 등장하다가 취객으로 고꾸라지는가 하면 어느 새 정장차림의 투사로 변신한다. 당연히 무대와 객석의 구분은 없다. 등짐 지고 구경하다 재빠르게 발을 빼지 못한다면 당신도 술잔을 쥔 채 무대의 주인공이 될 판이다.

2

　강병철은 문장을 사랑한다. 그는 문학의 힘이 문장 자체에 내재한다
고 믿는다. 그가 유독 문장에 몰입하는 이유이다. 그는 문체와 문장을
구분하지 않는다. 횟감을 벼리듯 '어휘'를 선별하거나, 요리하듯이 섞어
서 비벼내는 그에게는 예술가라기보다 노동자의 체취가 묻어난다. 문
장을 생산해내는 숙련된 기술자의 분위기는 열광적 박수갈채를 부르지
는 않을지언정 땀방울의 정직함에 옷깃을 여미게 한다. 작물을 키워내
는 농부처럼 빈 벌판을 채우는 노동의 결과물을 그에게 기대할 수는 없
다. 술자리 같은 비공식적 삶터에서 떠도는 언어들을 조합하여 새로운
문장을 만들어내는 것이 그에게는 일상일 뿐, 창작의 시간과 별개가 아
니다. 그렇다할지라도 그가 다듬은 문장은 공자가 『시경』에서 언급한
'思無邪'에 비견할만하다. 인물들의 사생활을 저잣거리 필부필부의 삶
으로 치환하고 보듬는다. 최근 그가 펴낸 산문집 『작가의 객석』에 등장
하는 인물들 또한 그 인연의 씨실과 날실을 술의 힘으로 풀어낸 문장들
의 옷이다. 그리고 작가적 고뇌를 장삼이사의 애환으로 전유한다.
　이들은 대개 작가요, 장삼이사 이웃들이다. 스스로를 소진하면서 진
정한 삶의 기쁨이 무엇인가를 온몸으로 증명하면서 문학과 역사와 교
육현장의 거리를 좁혀가는 인연에서 누구도 빼놓을 수 없다. 작가가 인
물들과 나누는 교감의 순간들은 의식과 무의식을 넘나든다. 반백년 세
월의 만남에서 축적된 기억력에서 뽑아낸 엑기스는 숨겨진 마음을 보
름달 환한 조명으로 드러낸 고백체로 흐른다. 하지만 알맹이는 직설이
아니다. 강병철의 소설이 그러하듯 산문 역시 일상의 민낯을 드러내며
폭소를 유발하지만, 경험들을 날것으로 건져내는 문장들이 삶의 비의
(秘意)를 폭로할 뿐. 달빛 젖은 우리들 삶의 자태는 보이는 것이 전부는
아니다. 작가들의 사생활 그 안에 드리운 그늘 또한 서늘하게 내면을 향
할 뿐이다.

강병철은 진흙이다. 한번 빠지면 헤어 나올 수 없는 중독성이 강한 끈적끈적한 진흙은 집요함과 통한다. 허나 그의 집요함은 일상에서 전혀 드러나지 않는다. 오히려 나사가 풀려있는 듯 비틀거리는 걸음걸이와, 털털하게 밥그릇 비우자마자 술잔을 드는 그의 모습은 연민을 자아낼 만큼 헐렁뱅이 인상을 준다. 그의 집요함이 찰떡 진흙으로 달라붙을 때는 딱 두 장면뿐이다. 문장을 만들 때와 술자리에서 나이로 서열 정리할 때 그에게 양보는 없다.

같은 물을 마시고도 독사는 독을 만들고 젖소는 젖을 만든다. 강병철은 술을 문장으로 바꾸고 이웃들을 아우르는 인간학까지 그려낼 판이다. 그러니까 이 책의 중추를 이루는 것은 술자리의 고현학이다. 떠벌리는 이야기의 절반은 허풍이며 술맛을 키우기 위한 엄살과 너스레이다. 하지만 그 안에 숨어있는 섬세하게 가려 쓴 어휘들, 적확한 표현들을 눈여겨보아야 할 것이다. 이미 알려진 명망성 관련 언급을 최소화한 채, 조심스럽고 집요하게 인물들의 내면을 향해 직구를 던지고 있다는 것을.

그는 민중교육지에 소설 「비늘눈」을 발표하면서 해직교사가 되었고 시국의 칼날 앞에서 낭만적 문학청년의 포즈를 정리하고 리얼리즘 계열 프로 작가의 대열에 합류한다. 트라우마를 지닌 채 문학의 위력 앞에 정면대결을 벌이면서 그는 공생의 개구멍을 찾아낸다. 옆길로 새는 해학적 정면 돌파이다. 그 틈새 숨구멍을 키워내면서 시집 소설집 산문집을 발간할 수 있었던 것이다. 하여 그의 글에서 속 시원한 한방은 찾아보기 힘들다. 33년 세월 16권의 작품집을 냈으니 2년에 한 권 분량의 저력은 '목숨을 걸고' 글쓰기에 매달린 부지런함 덕택이다.

그는 집회의 선두를 거부한다. 겁도 많고 말발도 약하니 학습과 토론을 반복하는 운동권 모임을 눈치껏 피하는 이유도 비슷하다. 하지만 술자리만큼은 온몸으로 사수한다. 그가 합세하는 술자리에서 나이는 1차 서열이다. 이 서열정리를 통하여 안학수의 자리를 바로잡아 형으로 대우했고 이정록을 동기들의 동생으로 만들었으니. 그가 온몸으로 사수하는 것들은 이렇듯 별 거 아닌 일상이며 문장 또한 그러하다.

3

등장인물은 15명(윤중호, 김성동, 이문구, 한창훈, 이정록, 안학수, 조재훈, 최교진, 나태주, 정낙추, 황재학, 김지철, 김충권, 이순이, 이문복)이며 앞으로 숫자가 불어날 것이다.

"중호야 인나 녹두꽃이 폈어야"는 망자의 사연이다. 남보다 더 마셨고, 신명(神命) 굵게 노래했기에 조금 일찍 세상을 떠났나 보다. 그래서 구성진 노랫가락이 남은 자들의 술판을 맴돌아야 마음이 놓이는 이름. 그에 대한 그리움은 『작가의 객석』을 감도는 진한 밑그림이다.

강병철의 문장을 긴장감으로 다져주는 작가는 누구인가. "만다라 그 전설의 외로움"의 김성동이 대표가 된다. 그리고 "이 세상 모든 언어를 속속들이 발라먹겠노라" 문학청년의 결기를 세우면서 이문구의 "느리고 여유자적하면서 진한 문장"을 만난다. 한창훈을 대하는 작가의 성실한 동업자 윤리를 보라! "서이가 아름다운 진짜 이유는? 낱낱에게 지칭된 이름자들 서이, 너이할 때의 서이 그의 글은 슬프지만 개펄처럼 끈적끈적한 해학을 보여준다. 개미구멍을 놓치지 않는 송골매의 눈매."

이정록에 대한 애정도 특별하다. "유용주가 강호동이면 이정록은 유재석이다." "윤중호 시인이 각설이판 품바였다면, 이정록은 유랑극단 변사다. 품바는 세사의 증오심을 비늘처럼 털어내면서 저잣거리 구경꾼에 국밥 한 그릇 선사하고 변사는 나비 넥타이로 슬픔을 졸라매고 손수건 펼칠 때마다 비둘기 날려 보내는 신파적 헌신성으로 견뎌낸다."

이번 책에서 특히 돋보이는 것은 안학수에 대한 각별한 마음씀씀이가 아닐까 싶다. "유년의 부채가 먼 훗날 흠집 난 영혼들을 닦아주는

문장을 생산하는 것이다." "남들은 첫 기억으로 무엇을 간직하고 있을
까."(하늘까지 75센티미터) "첫 문장을 만나면서, 나는 인간이 표현할
수 있는 '감성언어의 한계'를 가장 절박하게 느껴야 했다. 지금 소년은
어머니의 품에 안겨 강물 속으로 하염없이 쓸려 들어가는 중이다." 글
이 삶의 무게를 감당하지 못해 휘청대는 순간, 작가의 시선은 깊어진다.
  남자들끼리의 수다떨기가 펼쳐지는 『작가의 객석』에 여성담론의 틈
은 구색 맞추기 식이지만 그나마 밥상의 주체로서 뒷심을 발휘한다. 페
미니스트를 자처하는 그녀들의 이야기를 살갑게 보듬으려는 노력이 가
상하다할까? 여성성을 지향하는 작가의 자세가 술자리가 아닌 밥상을
대하는 색다른 톤을 선보여 풍요롭게 느껴졌다. 그럼에도 그동안 자유
자재로 움직이는 해학의 필력이 차렷 자세로 얼어붙어 아쉬웠다. 무엇
때문일까? 작가가 닿지 못한 여성성의 사유 때문인가 아니면 여성적 글
쓰기에 대한 공감의 폭을 확장하지 못한 감성의 한계가 문제인가. 남성
작가의 여성적 글쓰기의 한계가 더 큰 문제라고 보여진다.

  4

  이 산문집은 그저 술자리의 시시껄렁한 에피소드를 맛깔나게 비벼냈
다는 점을 확인하는 것만으로도 충분하다. 80년대 역사적 격변기의 흔
적에 작가의 유머러스하고, 따뜻한 술자리 한마당 춤판을 옮긴 것이다.
현재의 원인이 과거이고, 그 결과가 미래임을 증명하는 삶의 무대는 여
기, 이곳 충청도 보통사람들의 이야기가 될 수 있다. 그 웅숭깊은 맛은
메마르고 우중충하며 어둡고도 고요하고 시원하다. 허기진 뱃속에 들
어가기 직전의 딱딱한 누룽지를 오래오래 씹을 때처럼 말이다. 그 맛은
주체적인 사유를 키우고 삶을 늠름하게 꾸려왔던 익숙한 체취를 동반
한다. 나는 요즘 사유의 동반자로 선물받은 『작가의 객석』을 반복해서

읽는다.

　백석의 시 「멧새소리」에 멧새는 등장하지 않지만 제목만으로 우리는 시세계를 압도하는 새소리의 이미지를 충분히 즐길 수 있다. "길다랗고 파리한 물고기" "처마 끝에 명태" "가슴에 길다란 고드름" "나는 한 마리 명태다" 시의 마디마디에서 멧새소리가 함께 하는 이미지는 보이지 않고 들리지 않기에 더 풍성하게 자아와 세계의 교섭을 시도한다. 『작가의 객석』에는 객석이 없다. 부재하는 자리, 그 객석은 경계인으로서의 사유와 고독의 이미지이다.

4.
역사의 진실과
대화적 상상력의 글쓰기
- 조중연의 『탐라의 사생활』-

1. 역사의 진실과 삶의 진실

조중연의 『탐라의 사생활』에는 정조19(1795)년을 전후하여 현재까지 이어지는, 고립된 섬의 생존사가 담겨 있다. 이 작품은 역사소설과 추리소설의 형식을 혼용하여 빠른 흐름으로 다양한 텍스트와 사건들이 과거와 현재를 넘나들면서 스릴 넘치게 진행된다.

문득 오래 전에 만난 외국 영화가 생각난다. 물고기가 떼로 죽고 그 강에서 수영을 할 수도 없는 상황에 분노한 초등생들이 문제해결에 뛰어드는 내용이다. 증거물까지 제시하지만 책임회피에 급급한 단체장들의 오리발 내밀기에 분통을 터뜨리지만 끝까지 포기하지 않는다. 우여곡절 끝에 환경부 최고 책임자를 만나는데 성공하여 설레임 속에 해결을 기대하게 되었다. 하지만 마지막 장면은 의미심장하다. 최고 책임자가 사무적인 무표정으로 바뀌면서 이들의 고발장을 휴지통에 넣는 반전 때문이다. 결국 믿었던 최고책임자는 모든 배후세력의 핵심이었던 것이다.

『탐라의 사생활』의 작가는 추격자의 시선을 다양하게 배치한다. 추격자는 진실을 밝히기 위하여 과거와 현재를 넘나들며 대화적 상상력의 세계를 펼친다. 아버지의 억울한 죽음을 규명하려는 고문석은 상찬계와 관련된 200년 전 왜곡된 역사가 현재 진행중인 현실을 증언한다. 이 과정에서 상호텍스트성은 작품에 풍부한 대화적 상상력을 제공한다.

바흐친은 소설을 혼종적 다성적으로 이해한다. 자본주의 사회에서 개인적 욕망들이 이루어내는 삶의 양상들은 복합적, 다층적인데 다양한 종류의 인간들이 서로의 목소리를 드러낼 수 있는 대화적 분위기가 창출될 때 소설의 장르는 충실하게 소임을 할 수 있는 것이다.[83] 왜냐하면, 대화주의에 바탕을 둔 다성적 관점이 활발해야 지배적 담론의 틀에서 자유로워질 가능성이 극대화되기 때문이다. 조중연의 소설을 이 관점으로 만나야 하는 이유이다.

2. 상호텍스트성에 의한 다양한 시선들

텍스트의 온전한 이해는 개인적인 주관성의 영역 속에서 가능하지 않다. 창작자와 수용주체의 주관성 사이의 상호작용 결과, 작가 독자 텍

---

83 물론 바흐친이 이야기하는 대화란 단순한 대화와 상호작용을 의미하는 것을 넘어서서 역사의 무대에 명멸하는 다양한 사회계층들의 역학관계를 반영하는 갈등과 투쟁의 체계를 의미하는 것이다. 『장편소설과 민중언어』,미하일 바흐친 지음 전승희·서경희·박유미 옮김, 창작과 비평사, 1997년 8-9쪽 참조.

스트문화 사이의 활발한 소통을 중시할 때 비로소 가능해진다. 이 작품에 반영된 상호텍스트성은 과거와 현재의 대화를 왕성하게 하며, 역사적 인물과 허구인물의 소통가능성을 제공함으로써 다양한 시선을 가능하게 한다.

소설의 서두에서 역사학자 고정념이 죽음까지 감수하는 것은 '저들의 음모' 때문이다.

> 그 문장 몇 줄 때문이다. 지운(地運)이라니……땅의 기운이라니……. 제주도에 100년 넘게 흘러 다니던 전설을 채록해서 이번 역사서에 올린 것이 화근이었다. 전생의 편린처럼 아령칙하지만 낯익은 문장. 그래서 더욱 해석을 가할 수 없는 기이한 문장, 행간이 드넓어 그 어떤 설핏한 그물로도 낚아 올릴 수 없는 투명한 물고기 같은 문장.
> 저들이 이 문장을 집요하게 물고 늘어지는 데는 다 이유가 있다. 단언컨대 이 모든 음모는 저들과 연결되어 있다. 열두 명의 학자 중에서 무려 열 명이 반대했다. 머릿수로만 따지면 참패다. 역사는 얼마나 반복적으로 다수의 합의라는 미명하에 소수의 의견을 무작스럽게 짓밟아왔던가.
>
> (8 ~ 9쪽)

음모에 대한 저항은 고문석과, 사무관과 이형직, 핑크에게로 이어지면서 이 작품에서의 가장 강렬한 시선이 된다. 사리사욕을 버린 진실의 시선이기 때문이다. 이는 「탐라직방설」과 「탐라중보지」, 「만덕전」[84]의

---

84 『탐라의 사생활』에서 만덕전은 정약용, 박제가, 채제공의 실존하는 만덕전과, 허구의 『조생전』에 담긴 만덕전이 있다. 역사적 기록의 만덕전은 「만덕전」으로 허구의 만덕전은 「만덕전」으로 구별하도록 하겠다.

상호텍스트성을 통해 거듭나고 풍부해지는 '다양함과 열려있음'의 시선으로 생성된다.

저항의 시선은 200년 전 제주로 거슬러 올라가서 만덕과 조생의 기록을 발견함으로써 탄탄한 텍스트 내적 근거를 마련한다. 고문석이 부친의 억울한 죽음을 추적하며 전 생애를 걸고 찾아낸 것은 『조생전』이다. 「만덕전」 6부와 「조생전」 3부에 얽혀있는 서사적 진행은 과거와 현재를 넘나들며 만덕의 생애를 만덕과 조생, 조생 제자의 시선이 넘나들며 재구성한다.

채제공, 정약용, 박제가의 『만덕전』에 담겨있는 시선으로 볼 때, 만덕은 굶주리는 제주백성을 위해 전 재산을 기부한 의로운, 제주도 최고의 거상이다. 하지만 「조생전」과 「만덕전」의 틈새에서 '만덕은 대체 누구인가?' 되묻지 않을 수 없다. 200년 전 기녀의 신분으로 거상이 되어 제주사회를 장악할 수 있었던 배경이 궁금해지기 때문이다. 현기영의 만덕전[85] 역시 이러한 의문점을 추적하고 있다.

『탐라의 사생활』에서 만덕은 스스로의 힘으로 거상이 된 독립심이 강한 여성이며 돈의 힘으로 관을 조종하는 능력자로 형상화된다. 작가는 서로 다른 가치관과 계층의 사람들이 표출하는 다양한 목소리를 통해 피지배자의 담론을 통하여 만덕을 문제적 인물로 새롭게 창출한다.

『조생전』에서 만덕은 악독하게[86] 재물을 모아 권력을 행사한다. 홍랑의 억울한 죽음을 겪은 원한으로, 상찬계를 조직하여 관에 대항한다. 이러한 과정 속에서 만덕은 돈에 의지할 수밖에 없었던 자신을 합리화하

---

85 현기영, 『섬의 여인 김만덕 꿈은 누가 꾸는가』이 작품에서 만덕은 덕과 지혜로 관의 도움 속에서 상찬계와 대립하는 의로운 인물이다. 지배세력을 대변하는 인물이라는 점에서 기존의 만덕전과 동일성이 강하다.

86 치부하는 과정은 누구에게나 악착한 점이 있을 것이며 만덕에게만 특별한 것은 아니다. 다만 만덕이 자신의 미모를 치부의 수단으로 삼은 점과 기방을 운영한 점이 남성들의 치부와 다른 점이다. (112-114참조.)

지만, 조생과의 갈등과 자기성찰을 통하여 새롭게 변모한다.

이러한 변모는 고문석이 평생을 걸고 찾았던 「증보탐라지」79쪽 원본에서 사라진 여섯 줄은 양제해의 억울한 죽음과 연결된다.[87] 양제해로 하여금 상찬계와 대결하도록 저항의 씨앗을 뿌린 인물이 만덕인 것이다.

> "꼭 깨지 못해도 괜찮아. 타협을 하지 말아야 해. 그놈들의 계략은 성기고 비열하고 간특하기 이를 데 없으니까. 하지만 누군가는 그런 시도를 자꾸 해야만 할 걸세. 그런 모습을 자꾸 백성들에게 보여줘야 하네. 어리석은 백성들이 자각할 수 있도록 말일세. 오직 자네만이 할 수 있을 걸세."
>
> (258쪽)

만덕이 양제해에게 한 말이 현재진행형으로 울리지 않는가? 다수의 횡포, 이익을 추구하는 폭력적 권력이 난무하는 한반도 상황은 200년 전 탐라의 상찬계와 맥을 잇고 있기 때문이다.

홍랑은 만덕을 비판하며 "제주도 최고의 수단을 지닌 상인이며 능력가이지만 사랑을 모른다"며 정철과의 사랑을 위해 목숨을 바친 자신의 삶을 정당화한다. 하지만 만덕은 희생이 아니라 주체적으로 성취하는 사랑을 실천[88]하는 당당한 면모를 보인다.

---

87 79페이지 원본에서 사라진 여섯 줄은 다음과 같다.
閏月의 木/ 濟州邑聞, 我羅里에 在하다. 옛날 新通한 者月가 지나다가 나무를 보고 이렇게 말했다고 전해진다./ 바다에 나무가 쓰러지면 地運이 열린다./ 流配 간 아들이 돌아오는 날, 子孫이 다시 誕生하는구나/
解釋이 不可하여 後代의 몫으로 남기려 記錄해 둔다 (232-233쪽.)
88 만덕은 조생을 만나기 위해 금강산 유람을 청하였음을 시사한다. (359-360쪽 참조.)

조생과 만덕의 시선이 엇나가면서도 서로에 대한 연모와 갈등 속에서 끈기있게 지켜내는 시선이 있다. 그것은 서로에 대한 존재가치를 깨달으며 끊임없이 생성해내는 논리가 함축하고 있는 정치적 지향성과 통한다. 결국 이들의 시선은 상찬계의 핵심 문제점에 집중한다. 만덕과 홍랑과 조생이 주고받는 시선 속에서 상찬계는 스스로 존재의 부당함을 드러낸다. 이는 『조생전』의 기술방식과 그것을 역주하며 풀어가는 과정에서 발생하는 대화적 상상력의 성과와 통한다.

상찬계와 관련하여 돌래지 가면의 시선이 있다. 가면을 쓴다는 것은 여러 시선을 하나로 조작하는 것이다. 상찬계는 돌래지 가면을 내세워 자신들의 이권을 위해 결집하는 집단이다. "예로부터 돌래지를 만나면 사망의 어두운 골짜기로부터 헤어날 방법이 없다"(11쪽) 돌래지 가면은 상찬계를 상징하며 자신들에 대항하는 자를 응징한다.

김교수는 가면을 쓴 자와 벗은 자의 차이를 실제로 보여주는 인물이다. 김교수는 조직을 위해 충성을 맹세했지만 결국 버림받는다. 그는 자신의 처지를 깨닫고 목숨을 걸고 내부고발의 행위를 단행한다. 결국 김교수는 자살로 생을 마감하지만 그것이 타살인지 자살인지에 대해 돌래지 가면과 관련한 의문점은 남는다.

문제는 김교수가 죽기 전 한겨레신문에 '상찬계, 제주도를 200년 동안 지배한 어둠의 세력'이란 글을 기고했다는 점이었다. 과거로부터 현재까지 실명을 거론하며 상찬계 조직에 대해 폭로했다. (……) 김교수는 또 상찬계 반대편 사람들을 제거하는 방법에 대해서도 언급했다. 특히 과거 돌연사나 의문사로 치부되었던 사건에 상찬계의 용병 돌래지가 관련되었다는 폭로가 가장 적나라했다. 김교수는 1954년 중보탐라지의 저자 고정녕의 의문사를 그 실례로 들었다.

(365쪽)

결국 제주도지의 발간을 통하여 추격자의 시선은 언론의 큰 힘으로 모아지며 공론화되지만 조직의 존립근거를 깨뜨리지는 못한다. 200년 이상의 뿌리를 지닌 조직의 견고함은 이토록 단단한 것이다.

사실과 허구를 넘나드는 다양한 역사적 배경과 인물들은 때로는 패러디로, 때로는 범인과 추격자로, 진실 거짓 게임처럼 종횡무진 다양한 시선이 진실을 향해 집중된다. 특히, 풍부한 상호텍스트성으로 생성되는 다양한 대화적 상상력의 글쓰기는 과거와 현재의 소통에 활력을 불어넣는다.

3. 지운(地運)을 만드는 사람들

앞에서 언급했던 영화의 마지막 장면이 왜 '지운(地運)'과 연관지어 떠오르는 것일까? 소년들이 1년 가까이 준비한 비리의 증거를 쓰레기통에 버리는 최고책임자의 무표정한 얼굴이 상찬계의 돌래지 가면의 모습과 닮았기 때문이다.

신(神)[89]을 위해 가면을 썼던 상찬계는 현재진행형으로 세력 확장이 가속화된다. 지구촌이 자본의 자기증식 논리로 움직인다는 점이다. 세상물정 모르는 사람들만이 영화의 소년들처럼 집요하게 증거물을 찾아내며 자축(自祝)하는 지도 모른다. 이형직과 핑크에게서 느껴지는 발랄하고 당당한 젊은이의 모습이 싱그럽지만 불안한 것은 그 때문이다. 하지만 이들이 지운(地運)을 열어갈 것임을 희망하는 작가의 시선은 건강하다. 특히 20세 전후의 촛불집회에서 놀이판을 벌이는 자유로운 영혼들이 이루어낸 진실의 힘을 확인한 바 있기에 든든하다.

---

89 상찬계는 돈을 신이라 불렀다.

5.
『토우의 집』은
어디인가?

권여선은 등단 20여년의 연륜있는 작가이지만 『토우의 집』 출간 이전까지는 대중에게 많이 낯설었다. 이상문학상 수상작가답게 그는 뚜렷한 작품세계를 지니고 있으며 대중성보다는 작품성에 무게중심을 두고 있다. 그는 사소한 이야기조차 역사에 길이 남을 명장면으로 만드는 탁월한 재주를 지녔음에 분명하다. 일상의 이야기를 감칠맛 나게 다루는데 특히 음식이야기가 풍부하여 색다른 미장센의 효과를 발휘한다. 즉 등장인물의 관계설정과 성격묘사를 먹는 장면과 결부하여 독자의 입장에서 그 냄새와 맛에 취해 자연스럽게 작품에 참여하도록 유도한다. 눈앞에서 펼쳐지는 듯한 평범하고 소소한 일상을 사회학적 상상력을 발휘하여 삶과 죽음 사이를 넘나드는 사유의 문장력으로 한 땀 한 땀 꿰매어 기필코 우리를 새로운 세계의 한복판에 서게 하는 재주가 있다. 권여선의 작품을 읽다보면, 일상을 새롭게 만난다는 의미가 무엇인지

새삼 깨닫게 된다. 마법처럼 작품 세계에 빨려 들어가면서 새로운 '나'를 만나는 가능성이 현실화되는 기쁨을 체험한다는 의미이다.

그의 작품에 등장하는 소재는 전혀 새롭지 않다. 오히려 진부하다 여겨지는 80년대 대학생활을 조명하거나(「푸르른 틈새」, 「처녀치마」), '사랑'의 문제에 천착할 뿐이다. 이상 문학상 수상작 「사랑을 믿다」는 일상에서 마주치는 가족, 연인의 사연을 과거와 현재와 미래를 섞어서 생의 비의(秘意)로 이끌어낸다. 오히려 특별하지 않은 이야기를 특별하게 만드는 것이 그의 스토리텔러로서의 재능임을 입증해낸 작품인 듯하다. 이 작품에는 술안주가 맛깔스럽게 분위기를 이끌어 준다.

권여선의 중편소설 「이모」는 다큐멘터리를 보는 듯했다. 나레이터의 진술처럼 울려 나오는 육성은 그 누구도 대신할 수 없는 단독자로서의 삶을 살았던, 이름 없는 여인의 실존에 옷깃을 여미게 한다. 그 목소리에는 권여선 특유의 인간의 존엄함에 대한 믿음과, 유한한 존재자의 '사소한 실수'에 대한 안타까움이 묻어난다. 가족을 위한 희생을 친어머니로부터 강요당하던 여인이, 세상과 단절한 채 암으로 세상을 마치는 상황을 보고서처럼 써내려간 작품이다. 반평생을 빚 때문에 노예처럼 살다가 나머지 반생을 가족을 버린 채 살아온 이모는 조카인 나(소설가)에게 젊은 날 타인에게 상처를 준 '사소한 실수'를 떠올리며 자신이 행복할 수 없었던 이유가 단순하게 가족 때문이 아니었음을 고백한다. 가족의 문제로 비롯한 갈등관계를 삶 그 자체의 모순으로 사유하는 물음이 강렬하게 담겨 있다. 이 작품에서도 '해물죽' 같이 까다롭고도 평범하게 입맛을 사로잡는 음식이야기가 미각을 자극한다.

「이모」를 읽으면서 나는 「착한 사람 문성현」을 떠올렸다. 뇌성마비 장애인의 일생을 담은 윤영수의 중편소설을 나는 사랑한다. 인간의 삶과 죽음의 문제를 균형감있게 배치하여 디테일하게 일상을 다루면서, 최악의 밑바닥까지 파헤치는 작가정신은 장애인의 한계가 아닌 생의 비루함속에 살아가는 인간 문성현을 경건함으로 승화시킨다. 내가 첫 사랑처럼 곱게 아끼는 작품이다. 윤영수가 '문성현'이라는 뇌성마비 장애인을 설정하여 인간에 대한 예의를 한 단계 깊이 파고드는데 성공했다면, 권여선의 「이모」는 비록 실패한(세속적 관점에서) 생애일망정, 비루함에 끝내 짓눌리지 않는, 여성인물의 품격을 한 단계 높이는데 성공한 것처럼 보인다.

권여선의 소설에는 80년대 초반 운동권의 일상이 '지금' '이곳'의 삶으로 자리 잡는다. 의식화, 지하서클, 혁명을 꿈꾸던 시절의 진정성에 대한 허와 실을 과거가 아닌 현재의 관점에서 다시 묻는다, 존엄한 인간이 될 수 있는 가능성에 대한 집요한 물음은 절망의 끝에 닿아있다. 절망 속에서 찾아낸 물음은 그리하여 늘 새롭다. 그 이상도 이하도 아닌 존엄한 인간의 몸짓을 찾아내고자 던진 치열한 물음은, 타자를 사유하면서 주체를 향하는 명상에 녹아있다. 결국 함께 풀어나갈 영원한 숙제를 그의 물음에서 각자 찾아내야 한다. 단, 그의 소설은 80년대 초반의 언저리에서 영원히 벗어나지 못할 것임은 자명하다고 여겨진다. 그의 에너지는 그곳에서 폭발적으로 생성중이기 때문이다.

『토우의 집』은 권여선의 사회학적 상상력의 에너지가 인혁당 사건과 만나 창작된 작품이다. 사법살인이라 불리는 인혁당사건의 당사자가 등장하는 작품이지만, 주인집과 마을 사람들의 이야기를 섞어서 발랄한 문체와 치맛바람, 왕따, 입시교육의 문제점, 장애에 대한 편견 등 70년대 분위기를 오늘의 문제로 되살린다.

주인공은 불행하게 희생된 인혁당 사건의 부모에게서 태어난 영,원,희 세 자매들이다. 영이와 원이 자매가 실제 인물이고 희는 동생처럼 여기는 인형이다. 제목의 '토우'는 인형 '희'와 무관하지 않다. 가난했지만 학구적이고 단란했던 가정이 하루아침에 무너진 건 아버지가 사형 선고 후 18시간 만에 목숨을 잃게 되었기 때문이다. 유신시대 독서모임을 하면서 시국을 걱정했던 것이 전부인 이들은 빨갱이로 몰려 극형에 처해진 것이다. 교사였던 엄마는 이 충격으로 폐인이 되어 정신병원으로 실려 가고, 학교에서까지 빨갱이 자식이라 놀림을 받으면서 '원'은 언어를 상실한 채 인형 '희'와만 소통하는 자폐의 세계에 갇혀버린다.

인혁당 사건은 소설가 김원일이 『푸른 혼』(2005)을 창작하여 피해자의 관점에서 증언을 시도한 바 있다. 10년이 지난 후 권여선은 『토우의 집』을 통하여 어린아이를 조명함으로써 1974년에 자행된 사법살인의 역사를 돌아보게 한다. 당신의 가정은 국가권력에서 자유로울 수 있는가? 『토우의 집』에서 인형처럼 속수무책 쓰러진 인물들의 불행을 우리는 어떻게 끌어안아야 하는가. 철저하게 역사적 사실을 호명하면서도 낯설게 다가오는 물음들이 이 소설의 장점이다. 사회학적 상상력의 문제제기는 오늘 지금의 현실을 일깨우는 것으로 족하다. 이 작품에서 인혁당 사건에 대한 주석을 과감히 생략한 이유는 그 때문이다. 국가권력의 횡포로 자행되는 행복과 불행의 한끝 차이 앞에서 스러져간 '토우(土偶)'에게 생명을 불어넣을 수 있는 가능성에 대해 절망의 끝자락에 기대어 물음을 던질 뿐.

토우의 집은 어디인가?

3부

슬픔의,

힘

1.
채광석의 시를
다시 읽다

1. 다시, 민족 민중문학을 묻다

채광석 시를 논하는 작업은 1970 ~ 80년대 민족민중문학의 감수성과 지평을 묻는 작업이어야 할 것이다. 그 감수성은 특히 광주항쟁 직후 진보의 강렬한 진폭을 지니되 미시적인 결에 대한 문제제기이다. 폭정의 시국 그리고 변혁에 대한 도도한 시국의 흐름 속에 내밀한 울림의 장르인 서정시의 존재에 대한 문제의식이 되겠다. 본고에서는 80년대 활발하게 평론과 창작활동을 겸비했던 그를 통해서, 아니 범위를 좁혀서 이러한 화두를 통해 그의 시를 다시 읽는 과정이 되겠다. 그가 발굴했던 노동자 시인 박노해를 빼놓을 수 없는 것처럼 1980년대 민족민중문학을 말하면서 채광석을 거론하지 않는 것은 불가능하다. 그러나 그의 시는 과연 그의 평론만큼 당당하게 민족 민중문학의 역사를 감당할 자격이 있는가?

그는 사회평론집 『물길처럼 불길처럼』(1985년 청년사), 시집 『밧줄을 타며』(1985년 풀빛)를 발간한다.[90] 그러니까 채광석의 공개적 문단 활동은 1983년부터 87년까지 5년 즈음의 기간이다. 채광석은 1983년 평론 「부끄러움과 힘의 부재」를 『한국문학의 현단계Ⅱ』에 발표하며 등단했고, 같은 해 「빈대가 전한 기쁜 소식」을 발표하면서 '시를 쓰는 평론가가 된다. 현장성을 작품에 생생하게 반영해야 한다는 자각의 강렬함, 이것이 노동자가 주체가 되는 문학운동을 주도하고자 하는 그의 창작 변론이다. 변혁의 시대에 동참하는 실천적 삶에서 감당해야 하는 뜨거움은 스스로 문예전사를 자처했던 것이다. 따라서 유신시대 강제입영과 제적, 그리고 공주교도소에서의 투옥생활을 겪으며 그가 쓴 시들은 개인 행적의 기록인 동시에 독재정치의 증언이다.

그가 이론가로 활동했던 건 민주화운동의 실천적 삶의 맥락임에 틀림없다. 하지만 그의 시 창작을 이해하는 맥락은 이보다 내밀한 삶의 굴곡을 참고해야 함을 밝히면서 서두를 열어야겠다. 또한 채광석이 이론가로 만족하지 못한 창작심리를 이 글에서 세부적으로 추적하기는 어려우나 그의 기질이 시인에 가깝다는 건 지인들의 증언과 그의 시작품이 뒷받침하는 바이다. 그의 시를 다시 읽는 것은, 이론으로 정리하지 못한 감성의 섬세한 결을 살피는 작업이 필수적인 것이다.

그 폭정의 시국은 어쩌면 이 땅의 지식인 모두가 민중적 감수성을 체화하여 시 창작을 해야 한다고 강요받았던 시대였을 지도 모른다. 채광석 역시 당연히 시대의 부름에 의무적으로 응하는 것을 넘어 밧줄을 타

---

90 『15인 신작 시집 – 이 어둠의 끝은』(풀빛, 1987년) 에 남긴 시가 그의 마지막 작품이다. 『채광석 전집1 –산 자여 답하라』에 미발표 원고 포함 총 230편이 수록 발간되었는데 연구자에게는 중요한 기초자료이다. 본문에서 인용한 시는 모두 이 책에서 참고함을 밝힌다.

는 심정으로 그 선두에서 지휘한다. 대학시절부터 2년 6개월의 교도소 생활 내내, 그리고 갑작스럽게 떠나기 직전까지 멈추지 않았던 그의 시 창작은 자신의 운명을 치열하게 사랑하는 자의 몸짓이었다. 혹자는 그의 작품 활동이 실천적 민주화 운동과 부합하는 건 사실이지만 시세계를 삶에 기대어 규정하는 건 바람직하지 않다는 주장을 조심스럽게 제기한다. 그러면서 시는 시 자체의 내용과 형식으로 존중받아야 하며 시인의 삶은 해석의 자료에 불과하다는 주장을 덧붙이기도 한다.

그의 시에는 당연히 통일과 해방을 실천하는 의지가 드높게 휘날리고 있으나, 지식인의 냉소와 그리고 섬약한 내면갈등과 낭만적 감성도 숨어 있다. 특히 그의 초기 시들은 자유분방한 열정이 순교자적 진지함과 냉소적 비판의식 속에 숨 쉬고 있다. 하지만 안타깝게도 점점 그의 시는 주제의식에 집착하면서 관념적 언어만으로 부르짖는 민중해방의 도식성에 빠지기도 한다. 무엇 때문일까? 소통의 문학을 강변했었지만 자신이 앞장섰던 집단주의의 폐쇄성에 스스로 갇혀버린 것일까?

2. 채광석의 시에 등장하는 민중에 대하여

논의를 위해 그의 시를 구분해 보자면 이렇다. 위수령 반대 데모로 강제 입영하여 군대에서 쓴 '사회비판의 시', 공주교도소에서 쓴 '민중지향성의 시', 평론활동을 겸비하면서 썼던 '선전선동의 시'이다. 시기상으로 명확히 구분할 수 있는 건 아니지만 채광석 시의 흐름을 이해하기 위한 편의적 분류이다.[91]

---

91 범박하게 시기별로 구분했지만, 사회비판시와 민중지향성의 시가 혼재되며, 민중 지향성의 시와 선전선동의 시가 섞여 있다. 그래서 그의 후기시는 선전선동의 시가 주를 이루지만 그 속에는 사회비판의 시, 민중지향성의 시도 함께 있다. 「그래서 우리는 무엇

채광석의 초기 시에는 소위 '읽는 재미'가 돋보이는데 특히 '허풍'이라는 시어가 흥미롭다.

> 사리손에 사리손을 마주잡고
> 자유의 노래를 부르며 허풍을 치며
> 삼엄한 칼의 숲 총알의 들을 헤치며
> 셋이 함께 아해의 아비 자유를 찾아
> 밤이슬을 맞고서 배앓이에 걸렸다
> 보다못한 하늘이 꿍알거리는 세 녀석의
> 배앓이 위에 벼락을 내렸다
> 벼락맞은 애비는 자유가 되고
> 두 아들은 사랑이 되었다나[92]

― 「옛 이야기」부분

부자지간에 허풍을 치며 다니다 하늘이 내린 벼락에 맞아 자유와 사랑으로 다시 태어났다는 내용이다. 아버지가 자유가 되고 두 아들이 사랑이 되었다는 줄거리는 특별하지 않다. 시적 비유와 상징으로 읽는다 해도 자유와 사랑의 이야기를 "벼락맞은 애비는 자유가 되고" "두 아들은 사랑이 되었다나"에 담긴 서사가 단조롭다. 채광석 시에서 반복되는 사랑과 자유의 이미지가 신화로 재생될 때 현실적 울림이 제한됨을 놓치지 말아야 한다.

그런데 이 시에서 유난히 강조가 되는 것은 '허풍'이라는 생뚱맞은 이미지이다. 자유와 사랑의 탄생은 '옛 이야기'라 제목 붙였지만 실상 현

─────────

을 할 것인가」는 교도소 복역 중 창작된 선전선동의 시로 보여진다.
92 채광석전집1 시, 『산자여 답하라』, 풀빛, 1988년, 71쪽.

재진행형이다. "벼락맞은 애비는 자유가 되고 두 아들은 사랑이 되었다"는 문장보다 더 아비규환의 현재를 긍정할 수 있을까? 그에게 고통은 피해야 할 것이 아닌 지금 이곳의 삶을 긍정하는 지표이다. 그래서 작가는 파괴와 창조의 유희적 성격과 비형이상학적 지점을 '허풍' 속에서 찾아낸 것이 아닐까? 사랑과 자유를 만들어내는 일등공신이 '허풍'이라니 이게 무슨 조화인가? 의아스럽지만 흥미롭다. '허풍'의 이미지는 몇몇 시에서 반복된다.

다음 「ASP 1」시를 보자.

> 한 시대의 거짓된 부분을 끌어내어/ 되지도 않은 종이칼로 목을 끊고/ 발음되지 않는 목소리를 환호하자던 허풍은/ 시베리아의 연습장을 거쳐온/ 또다른 허풍의 칼날에 스러지고/ 골목골목마다 자유를 밟는 사내들의 거친 숨결/ 산마다 들마다 허풍진 낱세포들이 옹골차게/ 떨구는 노여움의 땀방울/ 그러나 폭풍한설에도 허풍은 되살아나/ 아들을 낳고/ 그러나 극대압박 속에서도 자유는 되살아나/ 아비를 찾고/ 절반의 허풍과 절반의 자유가 모여앉아/(중략) 그리하여 고열과 가래와 두통을 앓는/ 기침 없는 감기를 추적하는/ 우리는 아스피린/[93]
> 　　　　　　　　　　　　　　　　　　　　　　　　　－「ASP 1」 부분

'ASP'는 의약품 아스피린이면서 시인을 불온하게 대접하는 은밀한 표식, 중의성을 지닌다. 이 중의성은 새로운 의미를 낳는다. '반정부학생세력'과 '탄약보급소'라는 호명에 응답하는 것이다. 'ASP'는 "우리는 아스피린"으로 부활하여 "한 시대의 거짓된 부분을" 향해 화살을 날린

93　채광석전집1 시, 『산자여 답하라』, 풀빛, 1988년, 64쪽.

다. 그 화살은 직접적이지 않지만 독재의 시대 "고열과 가래와 두통을 앓는" 모두에게 스며들어 처방을 고민하게 한다. 그 고민의 중심에 허 풍이라는 시어를 동반한다. "허풍이 낳은 아들들/ 자유를 낳는 아비들" 이 대목에 오면 '허풍'의 의미가 무엇인지 실체가 닿아질듯하다. '허풍' 은 시대에 저항하는 구호와 투사의 몸짓인 것이 분명함을 시인은 알고 있다. 독재정권에 저항하는 민주세력들이나 정권연장을 위해 민주주의 를 억압하는 정권 하수인들이나 그들의 행위가 자칫 '허풍'으로 비쳐질 수 있다. 그 속에서 분만법에 의해 자유와 사랑은 거듭 탄생하고 있다는 것. 그것이 현실의 반영이다. 거칠게 말하자면 역사의 발전에 대한 신 념이다.

"절반의 허풍과 절반의 자유가 모여앉아" 1971년 10월 15일 10개 대 학교에 무장군인이 주둔하게 되는 위수령의 역사적 상황을 "고열과 가 래와 두통을 앓는" 시대로 진단한다. '반정부학생세력'과 탄약보급소' 그 리고 "우리는 아스피린"이라는 연대의식은 대학생 강제입대와 관련된 다음과 같은 예화를 참고해야 한다.

정밀신체검사 때였다. '병무기록카드'를 나눠주기에 우리들의 그것 과 다른 입영자들의 것을 대조해 보았다. 우리들의 것 우측 상단에는 하나같이 주홍색 싸인펜으로 알파벳의 'A'가 큼직하게 쓰여 있었다. 입대시부터 우리들을 '아스피린'이라고 부르고 있었기 때문에 아스피 린의 약자 'A'이거니 생각했고, 다른 사람들과 '구별'하기 위한 단순한 표시일 거라고만 여겼다. 그러나 내막을 알고 보니 '아스피린'은 'ASP' 를 부르기 쉽게 말하는 것이었으며 'ASP'란 '반정부학생세력(Anti government Student Power)' 또는 '탄약보급소(Ammunition Supply

Point)'로 풀이되는 터였다.[94]

"타오르는 머리마다 솟아나는 함성/ 칼을 휘둘러라/ 미친 망나니의/ 칼부림"

시 「허풍」에는 거리두기에 의한 시인의 자의식이 위 문장처럼 살아 있다. 민주화투쟁이라는 당위성으로 규정되는 시위 현장을 바라보는 시인의 자의식은 지나치게 관조적이다. 시위현장에 매몰되지 않는 시인의 자의식은 냉철하지만 구경꾼에 머무르고 있다는 맹점이 있다. 시대의식에 대한 문제의식보다 자아에 함몰되어 있다. 시가 다가오는 지점이 여기에서 멀지 않다. 여기에서 '허풍'은 시대에 대한 비판이자 그 화살촉의 방향을 자신에게 향하는 자의식의 자각을 의미한다. 하지만 그는 이 자의식을 버려야만 문학운동에 매진할 수 있었을 것이다. 시인의 자각인 '허풍'을 버려야 했던 그는 평론가[95]로 행복했으나 시인으로서는 불행했다. 시대적 부채 탓이었을까. 시인의 자의식을 자칫 흑백논리로 흐를 수 있는 민주화운동의 도정에 바쳐야 했기 때문이다.

시인의 자각이었던 허풍'이 사라진 후 남은 명령형 청유의 '-하자'는 샛된 목소리로 공허함만이 남는다. "고뇌돗수가 100°"를 기준으로 삼고 미달되면 "아예 사랑이란 낱말을 못 쓰게 하자" 거나 또는 "기준치를 넘기면" '자유'라는 팻말을 붙여 주자" 고 설파할 때 시인에게 장악된 "자유"와 "사랑"의 의미가 위태롭게 다가온다.

> 내일 당장 가로 5cm 세로 4cm의 판독판을 /가슴에 달고/고뇌돗수가 100° 미만인 자식들은/ 아예 '사랑'이란 낱말을 못 쓰게 하자/ 그리고 100° 넘는 자식들의 이마빡에는/ '자유'라는 팻말을 붙여 주자/ 그 놈

---

94 채광식전집2 산문, 『유형일기』, 풀빛, 152-3쪽.
95 평론가로서 그는 빈틈없는 논리를 전개한다. 그 논리는 작가에게 지침이 된다.

들은 날개를 단 놈들이니까[96]

―「자유 죽음 사랑」 부분

'자유'와 '사랑'은 시인에게 죽음을 담보로 할 만큼 혹독한 대가를 요구한다. 육중하게 닫혀진 죽음 그를 넘어서는 생성의 원리는 감히 인간의 영역에서 불가침이다. 그것에 대한 도전을 감행하는 자 '자유'와 '사랑'을 얻으리라 외치며 부활을 노래하지만 이것은 종교적 부활과 다르다.

그러니까 이러한 조급함은 항상 위험이 내포되어 있다. '하자'라는 청유형이 명징한 집단의식과 겹쳐지면서 나머지 섬세한 구석을 놓칠 수가 있다. '-니까'라는 강조의 표현과 만나서 더욱 치밀한 논리를 구성하는 분위기 역시 심상치 않다. '고뇌돗수'가 '사랑'과 '자유'의 지표가 되어 직설적인 표현으로 치닫는다.

"한 사흘/ 사랑으로 묻히러 가자"(「사랑 1」)고 시인은 노래한다. 그렇다면 시인에게 사랑이란 무엇인가? "네가 죽고 내가 묻혀 이제사 찾아온/ 사랑뿐"이라니? 그런 의미에서 그 사랑은 이승에서 이루어지는 것이 아니라 생사를 초월하는 관념적 사랑이다. 이후 채광석 시에서 사랑과 자유는 구체성과 실천성을 지향하여 민족민중문학으로 방향을 잡는다.

흔히 작가의 한계인가, 시대의 한계인가를 명확하게 구분하기 어려운 지점이 있다. 그의 시 역시 이 지점에서 자유롭지 않다. 민족민중문학론을 지지했던 그의 평론[97]과 달리, 그의 시에는 생명체로서의 민중이

---

96 채광석전집1 시, 『산자여 답하라』, 풀빛, 1988년, 62-3쪽.
97 채광석의 평론은 '야전사령관' '민중적민족문학의 督戰官'이라 불릴만큼, 직설적이고 원칙에 충실한 것으로 평가된다.

존재하지 않는다. 문장 속에서 흔하게 존재하는 일반명사로서의 민중이 시에서도 추상화를 벗어나지 못한 채 고유명사로의 개체화조차 부여받지 못하기 때문이다. 민중적 삶에 잠재되어 있는 노동의 고단함이나 생명력을 시적 긴장으로 문장화되지 못하는 것이다. 단지 민중지향성의 논리만 제자리걸음으로 맴도는 우를 범할 수도 있다.

무릇 민중지향성이란 체계적 논의 속에서 문학운동의 공론을 조성함으로써 사회변혁에 기여할 수 있다. 그의 평론활동이 인정받은 것은 민중문학의 이론을 주도했으며 실천적 행동도 겸비했기 때문이다. 하지만 민중시의 전범을 보이고자 했던 그의 시도는 절반의 실패에 머물렀을 뿐이다.

시창작은 평론활동과 달리 감성적인 서정의 지평을 확보해야 하는데 안타깝게도 지식인과 노동자의 존재를 모두 체험하기에는 채광석의 삶은 지나치게 짧았고 80년대의 정치적 변동과 문단흐름은 급박하기만 했던 것이다. 서정성이 확보되는 지점은 이념적 당위로서의 철학이나 가치관에 내재하는 동일성의 미학을 넘어서는 구체성, 개별성을 통해 가능해진다. 민중시에 이야기 요소를 선호하는 것도 이러한 맥락 때문이다. 민중의 실체를 생동감있게 제시하기 위해서 구체적 현장과 노동행위로서 그려야 하는 건 기본이다. 이론만으로 해결되지 않는 시 창작에서 민중의 실체를 그리기란 지식인에게 불가능에 가까울 만큼 지난하다. 문제는 그가 어떻게 써야 하는지 고민하기보다 단정적인 지침을 중시하는 것처럼 보이는 장면이다. "구체적 현장성"을 시적으로 형상화하는 것이 특히 지식인들에게 만만치 않은 것을 그는 더 고민해야 하지 않았을까?

여기서 우리는 이른바 문학적 상상력이나 감수성이 어디에서 출발해야 하며 참다운 민중정서는 어떻게 획득되는가를 선명히 깨닫게 된다. 그것은 관념적 통박놀음이 아니라 자기 삶의 터전에서 전개되는 대립 갈등에 주체적 실천적으로 참여하는 과정의 한복판 바로 거기서 출발해야 하며, 또 그렇게 할 때 비로소 진정한 상상력, 감수성, 민중정서가 획득되는 것임을 (중략) 시의 이야기성이나 형식문제도 그렇다. 작가 자신의 삶의 터전에서 일어나는 대립 갈등의 과정에 주체적 실천적으로 참여할 때 전개되는 절망 슬픔 원한 분노의 변증법은 그 자체로서 '살아가는 이야기'이다.[98]

"관념적 통박놀음"에 머무르면 안 된다고 분명히 인식하면서도 그의 시는 때로 이 관념성의 벽을 넘어서지 못할 수 있다. 무슨 연유인가? 그의 시에 "삶의 터전에서 전개되는 대립 갈등에 주체적 실천적으로 참여하는 과정의 한복판"이 있는가를 검색해야 한다. 그의 시에 등장하는 삶은 사색이나 결심 또는 주장의 순간들이다. 강제 징집된 군대 또는 두 번의 교도소 투옥의 체험을 현장으로 "그 자체로서 살아가는 이야기"를 시에 담는 작업은 만만치 않다. 그곳에서 그는 민중적 서정성의 과제를 해결하기 위해 노력한다.

그의 '私談민중사'나 '盜盜의 노래' '빈대가 전한 기쁜 소식'은 연작 형식의 시이다. 여기 연작형 이야기의 시는 대부분 공주교도소 복역 (1976~7) 중 창작되었다. 이들 시에서 "구체적 현장성과 실천적 운동성의 통합"까지 기대할 수는 없다. 다만 채광석은 이들 시를 창작하면서 민중정서를 체득하는 발판을 새롭게 마련한다.

성삼이의 나이 스물 하나/ 갈길은 멀고 짐은 무거워 발끝이 죄 갈라 졌오/ 남은 건 치고박고 속이는 기술 뿐이요./ 그러나 모두 잘디잘은 뿌리외다./ 척박한 땅/ 갈라진 땅만 남아있는 까닭에/ 뿌리가 깊어질

---

98 채광석문학평론집 『민족문학의 흐름』, 한마당, 1987년, 236쪽.

턱이 있겠오?"/ 기름진 땅을 나눠 주이소/ 사람의 뿌리를 되돌려 주이소/ 목사여 목사여[99]

- 「盜盜의 노래 3 - 목사여 목사여」 일부

'盜盜의 노래'는 공주교도소에서 만난 잡범의 사연을 담고 있다. 잡범도 탄압받는 민중이라면 민중이 될 수 있고, 민주화관련 시위전력자처럼 역사발전의 밑거름인 민중이 될 수 있다. 이들이 함께 공주교도소에서 만나서 공감과 연대를 이루는 사연만큼은 아름답다. 하지만 그 창작의 배경이 민중성을 지향한다고 해서 민중시로서 성공적인 것은 아니다.

「盜盜의 노래」에서 성삼이가 "구체적 현장성과 실천적 운동성의 통합"을 보여줄 수 없는 이유는 삶의 현장이 부재하기 때문이다. 물론 교도소가 삶의 현장이 될 수도 있다, 하지만 교도소의 삶이 아닌, 교도소에서 만난 사람의 삶을 대변하는데 결국 화자는 성삼이의 몸을 통해서 채광석의 시적 서정을 보여주는 것이다. 물론 시인은 보편의 언어를 발화할 수 있다. 삼라만상의 영혼과 육체에 자유자재로 깃들 수 있는 영혼이 있다면 이는 축복받을 일이다. 문제는 목사와 성삼의 반목과 대립의 근거가 부재하다는 점이다. 왜 성삼이가 목사에게 피해의식을 지니고 있으며 "기름진 땅을 나눠 주이소" "사람의 뿌리를 되돌려 주이소"라는 식의 요구를 하는가? 탐욕으로 이기심을 충족시키고 정권에 아부하는 교회의 타락을 문제 삼는 건 당연하다. 하지만 도둑의 비윤리성을 목사의 기득권과 수평적으로 배치하는 시의 구조는 공허하다. 시의 내적 긴장이 숨 쉬지 않음으로써 성삼이가 목사에게 균등분배를 요구하는

---

99 채광석전집1 시, 『산자여 답하라』, 풀빛, 1988년, 277쪽.

진정성도 공감과 연대를 확보하기는 어렵다. 성삼이의 목소리도 미미할뿐더러 목사의 목소리는 아예 존재하지 않는다. 결국 생경한 시인의 목소리만 남은 이 시의 울림은 멀리 나아가지 못한다. 성삼이보다 목사가 더 큰 도둑이라는 결론만이 살아있다. 목사와 성삼이 둘 다 살과 피가 살아있는 존재가 아니기 때문이다. 시의 바깥에서 만들어놓은 논리를 무기로 삼고 있는 성삼이는 민중의 주체가 아니라 시인의 대변자일 뿐이다.

이처럼 관념적 민중지향성의 성향은 주체적으로 삶의 현장을 이끌어가는 민중의 실체와 점점 멀어진다. 당연히 채광석의 시어로 등장하는 민중은 노동현장이 생략된 관념적 존재에서 발전하지 못한다. 그의 존재기반은 엘리트 지식인이었고, 민중정서는 그가 지식인의 한계를 벗고 도달해야 할 이상세계처럼 멀고 먼 간극이 존재했다. 하지만 민중정서에 도달하기 위한 그의 시 창작 노력은 구도 행위처럼 엄혹하게 지속된다. 교도소에서 만난 도적과 목사에 이어 잡범을 통하여 민중정서를 서서히 체득한 것이다. 교도소에서 만난 잡범들에게서 긍정적으로 찾아낸 민중성은 이후 자신의 존재를 민중으로 규정하고 일상에서 만나는 삶을 '私談민중사'로 형상화하는 밑거름이 된다.

그 폭압적 시대 배경이 전제가 되어도 때로 시인의 숨고르기가 필요한 것이다. 군홧발에 짓밟힌 '私談민중사' 연작은 민중성을 지향하는 순결함의 서정성이 돋보이기는 하지만 도정에의 목표의식이 생경하게 드러나면서 시적성취가 제한적이다. 동시에 점차 민중정서를 체득하는 과정을 보여준다는 점에서 그의 시세계를 이해하는 발판이 된다. 몇몇 대목을 발췌해본다.

(가)
착하고 올바르게 살아간 사람들 이야기나/ 입지전적 인물들의 얘기로/ 그들의 잠든 소망을 일깨우려다가/ 문득 마주친 경화의 반짝이는 두눈에/ 나는 스스로 무너지는 나 자신을 보았다/ 삶은 소금절이듯 찌들어만 가는데/ 나는 달이나 별을 바라보듯/ 그들을 바라볼 수는 없어/ 하던 얘기 집어치우고 밤하늘의 은하수만큼이나/ 너저분한 우리네 삶의 컴컴함을 말할 때/ 경화는 도무지 이해를 못 하고 있었다/ 영어독본 리딩을 시키면/ 그저 무안한 듯 고개를 꼬고 묵묵부답인 그애를/ 나는 서서히 묵인해주기 시작했고/

― 私談민중사16-임경화 부분

(나)

온몸에 찍힌 문신/ 엉겅퀴, 엉겅퀴는/ 생피 너저분한 이 시대의 지혈이거나/ 썩어문드러진 이 시대의 고약이거나/ 자꾸 부르고 싶은 이름이다/ 엉겅퀴

― 私談민중사18-엉겅퀴 부분

(다)

햇벼 한 절구통 절구질하며/ 절굿대에 힘을 준다/ 옆에서 맷돌을 갈고 있는 안해는
    녹두가루 곱게 바수며/ 싱겁게 웃는 나를 바라보았다/ 손목에 절그렁거리는 수갑을 채운 채
    서울 구치소 좁다란 운동자에서 열심히 뛰고 있는/ 파란, 또는 붉은 삼각형의 프라스틱 가슴표를 단/ 사지행(死地行) 손님들 (중략)/ 절구 찧은 햇벼는 희멀건한 쌀알만 남기고/ 껍데기와 쌀눈은 손잡고 떠나가/ 소담스러운 햇쌀밥을 허허롭게 한다는데

― 私談민중사19-절구통 부분

(라)

비명의 웅성거림 그득한 이 나라에서/ 평화스러운 일상만을 볼 수

있는/ 내 문맹의 감각은/ 시인으로서는 부끄럽도록 아픈 고백이라서/ 나는 이나라의 시민들을/ 건짐받아야 할 자/ 혹은 죄의 덩어리로 표현하는 어리석음만은 벗고 싶다/ 도둑들의 나라에도 해가 뜬다
— 私談민중사21-문맹자의 노래 부분

　인용한 구절들에서 '햇벼', '절구통', '맷돌', '야학', '엉겅퀴' 는 80년대 시의 민중정서를 상징하는 보편화된 소재들이다. 상징적 시어는 은유만큼의 질긴 의미확대가 불가능하다. 상징성은 담론을 이끌어갈 수는 있지만 은유의 생명력이 끝나버린 소재들의 시적 환기는 울림의 폭이 제한적이다. 하지만 시인이 체화되지 못한 민중정서를 "문맹의 감각"이라는 자각으로 "부끄럽도록 아픈 고백"을 통해 자책할 때 날것으로서의 채광석의 내면이 드러난다. 솔직한 고백이 선전선동보다 훨씬 설득적이다. 시인 자신이 "온 몸에 찍힌 문신"으로 지니지 못한 민중의식을 안타까워하면서 부르는 이름 "엉겅퀴"는 "내 제자 경화"이고 "햇벼 한 절구통 절구질하며" 살고 싶지만 그러지 못하고 있는 "수갑을 채운" "손님들"이다. 이들 기층민중에 대한 "문맹의 감각"을 "죄의 덩어리로 표현하는 어리석음만은 벗고 싶다"고 시인은 "고백"한다.
　안타깝게도 그는 살아 숨 쉬는 민중의 형상화에 실패했다고 단언할수밖에 없다. 숨 쉬고 피가 뜨거운 존재로 형상화한 민중을 그의 시에서 만날 수 없기 때문이다. 그렇지만 민중의 형상화를 위한 천착과 구도적 노력의 결과가 작품의 예술성을 떨어뜨렸다는 주장에 동의할 수는 없다. 그가 공들여 쌓은 민중지향성은 지식인 민중시라는 장르 속에서 빛을 볼 수 있었을 텐데. 아뿔싸, 그는 너무 일찍 펜을 놓았으니, 그 가능성은 아쉽게도 묻혀버리고 말았다.
　민중미학은 "지배 메카니즘에 포위된 민중의 허위의식을 감명 효과와 충격 효과에 의해 깨뜨리고 민중과 민중간의 정서적 의식적 연대를

가능하게 하는 힘"[100]이 있다. 그 핵심은 지배 세력에 연대하여 저항하는
것이다. 감명효과와 충격효과가 있어야 민중의 허위의식을 깨뜨릴 수
있는 것이다. 김지하의 담시가 불러온 "풍자정신과 비극적 서정성"에
관심이 집중된 것과 그 의도는 일맥상통함이다.

대부분의 성공적인 민중시에는 사회 역사적 맥락을 보여주는 서사
적 상황이 담겨있는 경우가 많다. 민중적 감수성을 불러일으키는 이야
기가 공감을 얻으면서 연대를 형성할 때 시적 형상화가 완성되는 것이
민중시의 흐름이기도 하다. 채광석의 사후에 발표된 『13인 연작시집』
「라면 소녀에게」는 부제가 '라면 청년이'라고 되어 있어서 라면 소녀와
라면 청년의 관계를 연결지어 대화를 시작하는 듯 설정되었다. 이러한
이야기 형식의 설정은 얼핏 흥미롭기도 하다.

> 춘애야
> 네가 밥보다 라면을 먹을 때는 본 척도 않던
> 신문 방송이 뭐라고 뻥을 쳐도
> 너희들이 받는 돈은 우리 몫이다
> 그 중에서 800만 분의 1은
> 삼성전자 식당에서 일하는 네 어머니의 몫이다.[101]
>
> — 「라면 소녀에게 – 라면 청년이」 부분

10연 51행 시 전체는 인용한 여섯 줄의 반복에 불과하다. '춘애'는
1986년 서울에서 개최된 아시안게임에서 3관왕이 된 육상스타 임춘애
라는 실존인물이다. 라면만 먹고 달렸다는 언론플레이는 조작된 것이

---

100 채광석문학평론집 『민족문학의 흐름』, 한마당, 1987년, 16쪽.
101 채광석전집1 시, 『산자여 답하라』, 풀빛, 1988년, 366쪽. 이 시는 그의 마지막 발표
작으로 『15인 신작 시집– 이 어둠의 끝은』(풀빛, 1987년)에 실림.

며 이후 임춘애는 대회에서 탈락하는데 헝그리 정신이 사라졌기 때문이라는 언론의 비난을 받아야 했다. 이러한 사연을 감안한다면 이 시의 화자인 라면 청년이 왜 죄 없는 라면 소녀를 윽박지르는지 읽어내기가 불편하다. 그것도 라면소녀의 어머니까지 들먹이면서 "800만 분의 1은/ 삼성전자 식당에서 일하는 네 어머니의 몫"이라고 당당하게 호통을 치는 소리는 자극적이지만 공허하다. 더욱이 "너"와 "우리"를 지극히 단순한 숫자의 논리로 구분하는 목소리는 자칫 위험하다. 녹여 내지 못한 메시지가 생경한 목소리로 툭툭 튀어나옴을 느낄 때, 과연 시와 구호의 경계지점이 무엇인지 혼동된다. 언론이 조작한 '라면소녀'처럼 채광석 시의 '라면 청년' 또한 연대의 진정성을 느낄 수 없기 때문이다. 시에서 등장하는 인물들은 라면소녀와 라면청년 그리고 어머니를 등장시켜 뻥을 치는 신문방송이다. 오히려 희생물일 뿐인 춘애에게 라면 청년의 몫 어머니의 몫을 빼앗았다고 말할 자격이 누구에게 있는가?

개개의 인간이 똑같은 위치에 섰을 때 얼마만한 혼란이 얼마만큼 이유없이 벌어지는가를 체험한 사람들은 스스로의 추접스러움은 제쳐놓고 흔히 '저것들'이라는 말로 그들과 자기를 구분해 버린다. 그러나 한 치의 앞도 못 보고 결과적으로 하등의 이로움도 없는 일에 비열성을 드러내 보이는 그들의 밑바닥에 깔린 짙은 순박성과 사람됨을 조금만 더 이해할 때 우리는 왜 그들이 '저것들'이 되어서는 안 되는지를 실감할 수 있다. 이는 민주주의의 어려움과 민중의 의미를 음미하는 하나의 좋은 예일 것이다.[102]

폭압의 시대 역사의 한복판에서 "목숨을 걸고 한 발 두 발" 내딛는 상

---

102 채광석전집2 산문 『유형일기』, 풀빛, 151–2쪽.

황에서 스스로가 경계했던 이분법적 사고도 짚어볼 필요가 있다. 그의 시집 제목이기도 한, 다음 시는 선전선동의 분위기가 "꼭대기에 두 발을 딛고 새 하늘 새 땅을 보기 위하여" "밧줄"에 올라선 자의 당당함이 살아 있지만 시의 내적 긴장감보다는 현실상황의 절박함이 뒷받침되어야 그 해석이 가능하다. "압제의 손길 내리꽂히는 수탈의 손길" 의 상징성이 구체성을 지니고 있지 않기 때문에 영상속의 일제강점기 독립운동의 분위기와 흡사하다. 그것이 생생한 현장성과의 간극이다.

> "목숨을 걸고 한 발 두 발 비지땀을 흘리며 /식은땀을 훔치며 목숨을 걸고 한 발 두 발
> 아우성치는 압제의 손길 내리꽂히는 수탈의 손길을 뚫고 /저 꿈에도 못 잊을 원한과 열망의 봉우리/ 꼭대기에 두 발을 딛고 새 하늘 새 땅을 보기 위하여 /외치며 노래하며 /민족의 아들 딸 / 밧줄을 탄다 목숨을 탄다.[103]"
>
> – 「밧줄을 타며」 부분

시와 함께 순교자가 되어야 할 만큼 시국의 상황이 절박했음을 부인하는 것은 아니다. 그러나 문예전사를 자처했던 시대의 자화상은 거룩하되 그 종말이 안쓰러운 것이다. 이 시를 높이 평가했던 80년대의 집단주의 문학이 90년대 이후 철저히 외면 받는 이유에 대한 설명은 사족에 불과하다.

---

103 채광석전집1 시, 『산자여 답하라』, 풀빛, 1988년, 404쪽.

3. 사회학적 상상력의 실천적 삶과 그의 시

민중미학은 예술이 왜 누구를 위해 봉사해야 하는가의 반성과 물음으로 출발한다. 개인은 자기 자신의 위치를 그가 몸담고 있는 시대 속에서 찾음으로써 자신의 경험을 이해할 수 있고 자신의 운명을 측정할 수 있다는 생각[104]은 사회학적 상상력과 통한다. 이를 바탕으로 문학운동은 역사 사회적으로 소외되었던 기층민중을 예술의 주체로 세우기 위해 사회변혁의 지평을 넓혀나갔다. 작가는 "기능주의의 노예"가 되어서는 안 된다는 단호함으로 문학운동에의 동참을 호소하며 민중의식을 중시했다.[105] "전체 민중이 역사의 주체로 일어섬을 보게 되는" 민중의식의 체화에 대한 다음의 발언은 그의 깊은 고민을 담고 있다.

이 운동의 출발점은 자각에 있으나 자각-지향성-공격성은 선후의 맥락이라기보다는 상호 작용하는 동시적 통합적 거듭으로 이어지면서 실체를 확충, 나와 민중의 통합(이분화가 아니라)을 이루고, 민중과 민중의 통합을 이뤄가는 것이며 그 극점에서 우리는 전체 민중이 역사의 주체로서 일어섬을 보게 되는 것이다. 이것을 도식적으로 표현하면 민중의식이란 자각-지향성-공격성을 세 꼭지점으로 하는 삼각형이 그 정점이 민중의 주체로서의 일어섬을 향하여 삼각뿔을 이뤄 나가는 운동의 의식이라고 말할 수 있다.[106]

---

104 C. 라이트 밀즈 강희경 이해찬 역, 『사회학적 상상력』, 홍익사, 1978. 12쪽.

105 "양계장의 닭들이 닭장에 갇혀 밤이 와도 전등만 켜놓으면 낮인줄 알고 정신없이 사료를 주워 먹고 정신없이 알을 낳듯 문학의 미망에 갇혀 밤낮을 구별하지 못하고 정신없이 작품을 낳는 기능주의의 노예가 되는 것." 박선욱, 『채광석, 사랑은 어느 구비에서』, 민주화운동기념사업회, 2005, 149쪽.

106 채광석, 『민족문학의 흐름』, 한마당, 1987년, 16-17쪽.

그는 얼굴 없는 노동자 시인 박노해를 발굴한다. 박노해의 시는 독재시대의 상징이 되었고 이후 민중문학의 주체논쟁이 활발해졌음은 익히 아는 바이니 민중과 공동체와 집단의식이 개인의식을 압도했던 시대였다. 그 절대성의 외부에 개별적 내재성을 저당 잡혔으니 흑백논리의 모순 속으로 스스로 뛰어들었던 것이다. 시는 정치가 될 수 없지만, 민중문화운동을 이끌면서 정치적 영향력으로 실천하고자 1980년대 민중문학에서 그는 "야전사령관"처럼 분투하였다. 느닷없이 새벽 불의의 교통사고로 1987년 타계하기까지 그는 민중시를 쓰는 평론가로 고속 질주하였던 것이다.

그의 시는 민족민중문학 운동의 지향이 강하지만 민중시나 노동시의 성취로서는 논란의 여지가 있다. 민중지향성의 논리가 그만의 삶의 터전에서 숙성되어 시로서 형상화함에 간극이 나타났기 때문이다. 이런 의미에서 그는 민중시인보다는 열혈청년의 모습[107]이 더 진하게 다가온다.

물론 그의 초기시에는 유신독재에 항거하는 자유주의적 기질과 청교도적 절제가 '자유', '죽음', '부활', '사랑'이라는 관념성에 노정된 아쉬움이 있지만 서정적인 형상화가 독특한 시세계로 구축되어 있다. '죽음'과 '부활'에 순교자적 성향의 분위기가 이후 지속되는 건 민중성과 배치되지만 독특한 채광석 시의 주요 흐름으로 보여진다.

하지만 안타깝게도 그의 시는 자신의 성향과 기질을 충분히 토해내면서 승화된 세계를 구축하지 못한다. 전위의 위치에서 민족민중문학론을 전개하면서 그의 시에는 점차 서정성이 사라진다. 시의 참된 문학

---

107 "그의 순교자적인 삶에 내포된 로맨티시즘이랄까, '시의 정의'랄까 그의 괄괄하고 거침없는 개성 속에 숨어 있는 의외의 쓸쓸한 순정으로 말미암아 그는 시 한 줄을 쓰지 않았다 하더라도 시인이었다." 황지우, 「민중민족문학의 督戰官」, 『민족문학의 흐름』, 한마당, 1987, 306쪽.

성 서정성을 그는 "당대 사회를 떠받치고 전진시켜 가는 사람들의 삶을 올바르게 반영할 때 획득되는 것"이라고 본 것이다. 결국 개인이 처한 환경에서 감당해야 할 민중정서로서의 서정성과는 차이가 있는 것이다. 그래서일까? 그의 시는 체화되지 못한 민중의 서사에 머무르거나, 절박한 구호에 섬세한 감성을 숨길 수밖에 없었던 것이다.

> 제적학생 복교조치다 뭐다 시끄러울 때
> 다섯 살박이 애녀석이 불쑥 물었다
> 아빠, 복학이 뭐야?
>
> 음, 그건 말이지, 으음
> 학교에서　겨난 학생이 다시 학교에 들어가는 거란다
>
> 서른 일곱의 쉬어빠진 애빌 올려다보며
> 녀석은 오금을 박는다
> 그럼 아빠도　겼었어?
> (중략)
> 근데 아빠 뭘 나눠 가지구 놀자구 그러다가 쫓겨났었어?
> 아내의 눈꼬리가 갑자기 올라가더니만
> 애를 몰고 밖으로 나가 버렸다
> 어느덧 등줄기엔 식은땀이 흘렀는지
> 축축한 오한이 몰려오고
> 어지러운 머리 속으로 몇 개의 말이 아스라이 떠올랐다

자유 밥 사랑⋯⋯[108]

　　　　　　　　　　　　　　　　　－「아버지와 아들」부분

　　그의 시 '아버지와 아들'이 그가 지향했던 민중시의 맥락과 가장 가깝
게 닿아 있다.[109] 시인 자신의 개인사적 진술이지만 그 속에는 탄압 속에
서 단련된 지식인의 삶이 체화되어 형상화된 맛있는 질감이 씹혀진다.
채광석이 스스로 자각하지 못한(적어도 이 시를 쓰는 동안만큼은) 사이
그는 민중이 되어 있었다. 지식인과 민중의 일체화가 이루어지던 시대
의 면모를 담고 있는 것이다. 민중이 민중의 사연을 담아내어 민중의식
을 고취하는 것이 민중시라면 바로 이 시가 그 전범이 될 수 있다고 여
겨진다. 이 시에는 명확한 이야기 구조가 담겨있고 서사를 통해 지식인
이 어떻게 민중이 될 수 있는가를 담담히 풀어서 보여준다.
　　그러니까 아들과 아빠의 대화체는 아들의 눈높이에 맞추는 소통의
진정성이 흐른다. 화자가 "등줄기엔 식은땀이" 흐르고 "축축한 오한이
몰려오"는 순간 독자 역시 아빠의 심정으로 "자유, 밥, 사랑"을 나누어야
한다는 당위성에 공감하게 된다. 아버지와 아들 그리고 아내는 수평관
계에서 대화를 나누고 이 분위기가 공감을 확보하면서 시 바깥의 독자
역시 시의 안으로 자연스럽게 스며들게 된다. 이 시에서 채광석은 행동
하는 지식인으로서 저항한 결과 제적과 투옥의 과거를 지녔다는 것을
아내와 아들을 등장시켜서 대화, 고백의 형식으로 재현한다. 그런 의미
에서 눈높이는 가족에서 기층 민중으로까지 확산시킬 수 있는 가능성

108　채광석전집1 시,『산자여 답하라』, 풀빛, 1988년, 400～401쪽.
109　채광석 대표작으로 거론되는「밧줄을 타며」,「산자여 답하라」보다는「과꽃」,「그
러면 우리는 무엇을 할 것인가」의 시적성취를 높게 생각한다. 또한「가정교사」에는 주
인집의 우아한 교양스러움을 무서움으로 자각하는 알바생의 사연이 흥미롭게 담겨있
다. 자본의 얼굴을 민낯으로 체험한 충격적 효과가 공감으로 이어지는 것은 이중성의 간
파를 독자의 몫으로 남겼기 때문이다.

이 부여된다.

시에 담긴 이야기는 채광석 본인의 삶이 잘 녹아 있지만 가족의 테두리에 갇혀있는 것처럼 보인다. 하지만 '아들'과 '아버지'로 표상되는 열려있는 구조가 대화적 상황에서 시적긴장을 성취하면서 서서히 테두리를 넓힐 수 있는 것이다. 그리고 이 시의 마지막 행을 주목해야 한다. 아버지가 "나눠 가지구 놀자구 그러다가 쫓겨났"던 건 "자유 밥 사랑……"이다. 이는 채광석의 시적 지향성과 창작의 불일치 지점이 뚜렷하게 무엇인가를 보여준다. 그의 시적지향성은 민중문학, 노동자문학이지만 그는 "자유 사랑"의 시인인 것이다.[110]

그가 남긴 230편의 시를 읽어보면 절반 이상이 순교자적 부활과 자유와 사랑을 노래하고 있다. 평론활동을 시 창작보다 활발히 했었던 시인에게 이러한 불일치 지점이 반드시 결함으로 작용하는 것은 아니다. 채광석을 민족민중문학 평론가라 부를 수 있지만 그의 시를 굳이 민중시라고 부르지 않아도 무방한 것이다. 그가 민족민중문학 평론활동을 전위적으로 행하지 않았다면 그의 시 창작은 보다 자유롭게 개진되었을 지도 모르겠다.[111]

그가 민족민중 문학운동의 제단에 바쳤던 시들은 한 편에 담긴 완결성보다는 문예전사로서의 실천적 의미가 보다 중요했을 것이다. 운주사 천불천탑에 담긴 미륵왕생의 신앙처럼 시를 쓰면서 일그러진 천불천탑을 밤새워 만들어야 한다는 심정이었을 것이다. 지금은 누워있지

---

110 그의 시에서 '밥'이 직접적으로 표현된 경우는 거의 없다. '밥'의 의미는 민중문학, 노동자문학을 의미하는 것으로 보인다.

111 민주화, 민권회복의 명분을 지닌 조직 활동과 집단주의가 흑백논리의 폭력으로 작용했던 부작용으로 오늘날까지 80년대는 문학의 크레바스이자 고립된 섬으로 단절되어 있다는 문제의식에 대한 안타까움이다.

만 언젠가는 일어설 수 있는 와불에 대한 신앙처럼 민중해방을 염원하는 사람에게 "산자여 답하라"는 시 제목은 스스로에 향한 정언명령이었으리라.

논란에도 불구하고 소수자가 공동체와 연대하고자 했던 집단주의 문예운동은 지금 이 순간, 외국인노동자와 비정규직을 위해 문학이 무엇을 해야 하는지를 일깨워준다. 하지만 그가 독려했던 문예전사로서의 삶이 아직도 유효한 것일까 묻는 일은 두렵기만 하다. 민중의 자각 및 그 연대의 문제는 채광석 생존보다 더 절실한 시국이지만 이제 작가 개인에게 강요할 수 있는 집단주의 권위는 화폐의 힘에 철저히 굴복 당했는지도 모르겠다. 이제 문학운동은 싸움의 대상이 눈에 보이지 않는 괴물처럼 비대해진 자본과 그 추종세력에 내장과 살덩이를 잡아먹힌 채 뼈다귀와 껍데기로 대항하는 실정이다.

2.
시 텍스트 소통지평,
그 본질에 대한 탐색
– 임영조 시인론

1. 그대에게 가는 길

좋은 시에 대한 절대적 정의는 이미 불가능하다. 특히 시대의 화두조차 해체철학과 다양성의 가치 추구로 급변하면서 '진짜 좋은 시'에 대한 믿음은 무신론자가 유일신을 받아들이는 일만큼 난해한 문제가 되었다. 마찬가지로 21세기 시의 가치는 화폐의 잣대에 좌지우지되거나, 이를 거부하거나 피장파장 위태롭다. 그러니까 시인의 판단이 중요하다. 독자의 외면을 감수하며 시의 영혼을 고수하거나, 달변과 참신성으로 무장하여 독자 취향에 영합하는 시를 지향하거나 양자택일의 길목에서 결단해야 한다.

시혼이 탈색된 상품으로 최다 독자를 확보해야 하는가? 독자의 외면을 감수한 채 끝내 독특한 자기만의 시세계를 고집해야 하는가? 독자를 포함, 변화하는 세계상에 대한 무한한 애정과 관심으로 텍스트의 소통 지평을 넓히고자 진정성어린 방법론을 찾아내야 하는가? 과연 시는 이미 독자와 화해할 수 없는 지점까지 벌어졌는가?

먼저 이러한 물음에 답하는 과정에서 임영조의 시를 조명해야 한다. 그는 자기구원과 존재의 본질에 대한 탐색을 게을리하지 않은 시인임에 틀림없다. 또한 다양한 존재에 대한 관심을 바탕으로 리모콘, 성냥 등 사소한 물건에서부터 곤충, 꽃, 산 등의 자연에 생명력을 불어넣은 단어들은 그가 품고 있었던 애정과 에너지를 어떻게 시쓰기로 점화했는지를 보여준다.

임영조의 시를 일상어의 성찰, 웃음, 외부세계와의 만남의 관점에서 정리해보고자 한다. 이러한 소통지평 확대가 시인이 추구했던 시 세계를 통찰할 수 있는 나침판이 될 수 있을 것이다. 일상어를 통한 소통의 극대화, 한 편 한 편의 시마다 웃을 수 있는 시적 장치, 온갖 사물이나 자연과 시인이 교합하는 이미지가 임영조 시세계를 구성하는 주요 동인이 되기 때문이다. 이들이 서로를 넘나들며 직조해낸 시적 환경은 온갖 생명들이 역동적으로 꿈틀대며 자신의 언어로 대화한다. 시인이 이상적으로 소망했던 진짜 시의 세계는 독자와 작가와 시가 따로 놀지 않는 것, 즉 합체가 되는 것이다. 이상의 논지로 평범하고 일상적인 삶의 모티프로 독자와 소통을 극대화하려 고민했던 임영조 시세계를 더듬듯이 고찰해보고자 한다. 이 작업을 통하여 일관성 있게 좋은 시를 쓰기 위해 최선을 다한 시인의 내면풍경을 어렴풋이나마 스케치할 수 있기를 기대한다.

그렇다면 시인은 왜 평범하고 일상적인 삶의 모티프에서 시상을 구상하게 되었을까? 초기 작품에서는 다른 경향을 보였던 그가 왜 시창작 중반 이후부터 새로운 변모를 보이는가? 이는 그의 등단작 「출항」, 「목수의 노래」에서 이상세계의 동경과 현실극복 의지의 세계와 맥락이 크게 다르지 않다. 이 시에서 '우리'와 '나'는 긴장감 속에서 구속되어 있다.

특히 「출항」에서 그 과제는 "해후를 기다리는 시민"을 향한다. 「목수의
노래」에서 '나'는 "정확"하게 "허약한 시대의 급소를 찌르며" 당당히 살
아오는 자가 되어야 한다. 의도적으로 완성도가 높은 시에 대한 부담감
이 당위성의 세계를 형상화하면서 부담스러울 만치 강도가 높음을 볼
수 있다.

> 욕망으로 얼룩진 해도의 아침
> 내 불면의 시력이 일으키는 바람은
> 아직도 색신 젊은 기를 흔들고
> 두고 온 세상 밖에서
> 해후를 기다리는 시민에겐
> 가장 아름다운 목례를 보내며
> 우리는 드디어 닻을 올렸다
>
>   – 「출항」 부분

> 다시 톱질을 한다.
> 언젠가 잘려나간 손마디
> 그 아픈 순간의 기억(記憶)을 잊고
> 나는 다시 톱질을 한다.
> 일상의 고단한 동작(動作)에서도
> 이빨을 번뜩이며, 나의 톱은 정확해.
> 허약한 시대의 급소(急所)를 찌르며
> 당당히 전진하고 살아오는 자(者).
> 햇살은 아직 구름깃에 갇혀 있고
> 차고 흰 소문(所聞)처럼 눈이 오는 날
>
>   – 「목수의 노래」 부분

「출항」은 제목에서부터 전체적인 분위기까지 새로운 세계를 향한 도전의식으로 채워져 있다. "우리는 드디어 닻을 올렸다" "물 맑은 함성으로 일어나" "끈끈한 시련을 걷어 올린다." "가장 아름다운 목례를 보내며"처럼 문제의식의 공유보다는 해답을 제시하려는 성급함이 관념적인 이미지로 그려진다. 그러나 조금만 살펴보면 관념 속에서 시인의 뚝심을 발견할 수 있다.

특히 「목수의 노래」는 '목수'라는 이미지를 통해 창작의 고통스런 과정을 묵묵히 견디는 인내와 의지를 다짐한다. "차디찬 예감" "새로 얻은 몸살로 새벽잠을 설치고" 문득 고쳐 잡는 톱날처럼 그 고통 속에서 꿈을 꾸고 다시 그것을 현실로 만드는 삶을 살겠다는 것이다. 그게 꿈을 이루기 위해 노력하는 묵묵한 자세다. 목수의 톱질로 비유했던 관념적 시의 언어가 이후 다양하고 생동감있는 스냅사진처럼 제시되는 것은, 관념의 테두리에 촘촘한 무늬를 수놓듯 구체성의 일상 언어로 채울 수 있었기 때문이다. 생활인이자 시인인 임영조의 삶이 배어나는 시를 고민하면서 이후 그의 언어는 생활에서 직조해내는 날실과 씨실의 일상어로 새롭게 변신한다.

그의 시집은 『바람이 남긴 은어』(1985년), 『그림자를 지우며』(1988년), 『갈대는 배후가 없다』(1992년), 『귀로 웃는 집』(1997년), 『지도에 없는 섬 하나를 안다』(2000년), 『시인의 모자』(2003년) 총 여섯 권이다. 이승원은 그의 시세계를 '은어'의 단계에서 '일상어'의 단계로 변화하는 과정이라고 말한다. 독특한 이미지를 창조하는 세계에서 평범하고 일상적인 삶의 진실을 표현하는 쪽으로 그의 시세계가 변화[112]했다는 것이다.

소통하는 시를 쓰기 위한 일상어의 성찰을 통하여 임영조 시인은 더

---

112 『그대에게 가는 길1』 임영조 시전집, 엮은이 이숭하, 천년의 시작, 2008년, 330쪽.

깊게 존재의 본질을 탐색하게 된다. 시인의 발언에 기대면 일상어를 사용하여 "쉽고도 어려운 시 쓰기"를 추구한다는 의미이다. 표현은 쉽지만 의미가 깊은 시를 써야겠다는 결의가 창작의 밑그림이 된다.

그는 40년 가까운 시작활동을 통하여, 이웃과 대화를 트면서 "일상적인 언어이면서 일상적이 아닌 세계를 창조"할 수 있었다. 그런 의미에서 시인 임영조에게 언어의 일상성은 시의 자료이자 텍스트가 된다.

「그대에게 가는 길」연작은 진정한 시 텍스트의 지평을 본질적으로 탐색하는 시인의 고백이자, 시에게 바치는 그의 연가이다.

> 뭉그러진 시행(詩行)처럼 마음을 절며/그대에게 가는 길은 너무 멀었네
>
> — 「그대에게 가는 길 2」 부분

> 저물녘 내가 당도한 곳은/그대 자궁 속같이 아늑하고 감감한/오, 아름다운 환멸이었네
>
> — 「그대에게 가는 길 1」 부분

> 그대에게 가는 길은 미로 같아서/가끔씩 몸은 두고 마음만 가네
>
> — 「그대에게 가는 길 3」 부분

> 그대 뜨거운 언어의 중심으로 들어가/ 나 화려하게 자폭하리라
>
> — 「그대에게 가는 길 5」 부분

> 아무도 밟지 않는 첫 눈길 같은/그 깨끗한 여백 위에 시 쓰듯/ 밤낮 온몸으로 긴 자국/
>
> — 「그대에게 가는 길 6」 부분

'그대'의 해석은 점차 깊어지고 복잡 다양하다 "그대 자궁 속같이 아늑하고 감감한/ 오, 아름다운 환멸이었네."에서 그대는 답답한 자신의 심경을 대변하는 호칭이 된다. 그러다가 "이 다음 그대와 묵다 슬몃 눈 감고 싶은" 연인으로 변신한다. 그뿐이 아니다. 사소한 그리움이나 디테일한 일상이 담겨 있기도 하다. "나 아직 이승에 잔정이 많아/더 큰 외로움을 사러 가는 길"에 묻는다. "잔정도 키우면 짐이 될까?/아니면 힘이 될까?" "나 혼자 슬몃 당겨보는 길/너무 멀다, 그대여!"처럼 막막한 심정이 담겨있기도 하다. "네가 곧 주인이다 땡그랑!/내려와도 연신 뒤통수친다"에서처럼 그대를 향하면서 그대와 내가 한몸이 될 수 있음을 암시한다. "그대를 죽어라 사랑하고 싶은데/가장 절실한 말을 몰라 허둥대던 날"처럼 열정의 대상이기도 하다. 이처럼 다양한 의미를 재구성하면, 「그대에게 가는 길」 연작은 시인의 자기구원과 시 쓰기가 하나의 길로 완성되기를 염원하는 간절함으로 해석하는 것이 무난할 것이다.

2. 일상어, 강력한 소통의 무기

디지털 시대에 즈음하여 '진짜 좋은 시' 혹은 독자의 가슴을 울릴 수 있는 시어가 새롭게 요긴한 시대이기도 하다. 그래서 동시대를 살아가는 보통의 사람들과 소통할 수 있는 시를 창작하는 것은 시인이 감당해야 하는 임무일지도 모른다. 임영조는 과연 이 임무를 위해 최선을 다한 시인일까.

> 저마다의 안색이
> 보다 투명해진 이 가을
> 나도 한 알의 과일로 익고 싶다
>
> ─「가을엔 나도」 부분

"벗겨도 부끄러울 것 없는/가장 진한 언어로 익어" "온몸을 맡기고,
남은 피도 바치고/이 가을 적시는 향기로 남고 싶다"고 가을을 노래
하는 시인의 목소리는 무엇을 의미하는가? 공감의 향기가 여운으로 남
는다.

> 세상 다 살다 가며 남긴 건
> 이거요! 하고 번쩍 들어 보이는
> 마지막 등불 같은 시 같은
> 토종감 한 알!
>
> ― 「토종감 한 알」 부분

　그는 충청도 보령 출신인데 고등학교부터 서울에서 학교를 다녔다.
출판사, 잡지사를 거쳐 태평양 화장품 화보지 『향장』 편집자로 20년 직
장생활을 했다. 문학과 인연을 맺은 것은 운 좋게 주산중학교 역사교사
로 만난 신동엽 시인의 인정을 받으면서이다. 이후, 서라벌예대를 다니
면서 미당, 이형기를 은사로 모시며 본격 시인의 길을 걷게 되었는데 특
히 신동엽 시인에게 혹독할 정도의 철저한 시작훈련을 받으며 시쓰기
의 완벽함을 몸에 익혔다 한다.[113] 직장인으로서 성실하게 의무를 수행
하면서 능력을 인정받았지만 50세에 사표를 내고 이소당이라는 집필실
을 마련하여 시작에 전념한다. 생애 마지막 10년을 자신만의 집필공간
에서 시작에 전념하다가 2003년 60세의 생을 마감하였으니 아쉬운 연
륜이다.
　그래서일까? "마지막 등불 같은 시 같은/토종감 한 알!"은 쉬우면서도

113　오세영외, 임영조 시인 추모문집, 시전집, 『귀로 웃는 시인 임영조』 천년의 시작,
2008년. 임영조 연보 참조.

감칠맛 나는 여운이 더욱 곱씹어진다. 감빛깔처럼 밝고 정겨운 분위기가 의도된 투박함과 세련됨의 경계를 보여주는 것이다. 그래서 시인은 진짜 좋은 시쓰기를 위한 포부를 "나와 동시대를 호흡하는 이웃과 함께 나누는 감흥이며, 아픔이며, 열정과 정서이며, 언어의 꽃으로 존재하길 소망한다."고 밝히기도 한다. 그만큼 노력했고 노심초사했다.

임영조 시인이 깨달은 좋은 시는 무엇보다 '독자와 소통할 수 있는 형식과 일상어의 사용'이다. "시의 귀족성과 배타성을 질타"하고 쉽게 공감대를 형성할 수 있는 가능성을 추구한 것은 이 때문이다. 이를 위한 노력은 "외롭고 고된 여생을 풀어/순장될 허무의 집 한 칸 짓기 위해/필생의 무늬를 짜 허공에" 거는 것처럼 막막했으리라. 하지만 "말이란 이미 뱉은 말보다 아직/혀 끝에 숨긴 말이 더 궁금하고 두렵(「방생」)"기 때문에 갈고 다듬기에 최선을 다했을 것이다.

> 달변의 항문으로 끈적끈적 갈겨 쓴
> 현란하고 음흉한 글줄, 다시 보면
> 틈 많고 내용 뻔한 밑씨개를 내걸고
> 너는 모기나 날파리를 유혹하지만
>
> ─「나는 너와 다르다」부분

그는 천재적 성향이나 개성이 강한 시인이라기보다 성찰적 지식인 기질에 가깝다. 둔감한(?) 재능을 채찍질하며 절차탁마하고 퇴고와 수정의 인내로써 창작하는 노력파 시인이었다. 이런 그가 경계한 것은 "탐욕의 수사학"이요 "현란한 글줄"이다. 그의 문장 중 "너는 나와 다르다"는 다짐은 "혀 끝에 숨긴 말"의 진정성을 담은 시를 찾기 위함이다. 이러한 시인의 다짐은 "시인의 모자 하나 써보고 싶다"는 '새해 소망'으로 자리한다

'시인'이란 대저,

한평생 제 영혼을 헹구는 사람

그 노래 멀리서 누군가 읽고

너무 반가워 가슴 벅찬 올실로

손수 짜서 씌워주는 모자 같은 것

돈 주고도 못 하고 공짜도 없는

그 무슨 백을 써도 구할 수 없는

얼핏 보면 값싼 듯 화사한 모자

쓰고 나면 왠지 궁상맞고 멋쩍은

그러면서 따뜻한 모자 같은 것

– 「시인의 모자」 부분

　　'시인이란 작위를 받아보고 싶다'는 갈구는 얼핏 유머스럽다. '모자'의
비유 역시 로맨틱하지만 왠지 촌스러운 분위기로 시대에 뒤떨어진 듯
하다. 이 또한 시인이 의도적으로 구상한 분위기가 아닌가? "얼핏 보면
값싼 듯 화사한 모자/쓰고 나면 왠지 궁상맞고 멋쩍은/그러면서 따뜻한
모자"는 덕담인 듯하지만 지나치게 소박하다. 그 질박함의 정성으로 새
해 소망을 품는 절제된 욕망은 '가짜가 더 진짜 같은 세상'에서 진짜 시
인의 자세를 천착하기 위함이리라.

　　시인이란 "한평생 제 영혼을 헹구는 사람"이라 단언한다. 이 부분은,
타자의 영혼을 진정성으로 만나기 위함으로 읽어야 할 것이다. 그렇다
면, "멀리서 누군가 읽고 너무 반가워 가슴 벅찬" 울림이 무엇인지 공감
할 수 있다. 진짜 시인으로 만들어주는 영혼의 교감을 강조하는 것이
다. '모자의 이미지'로 형상화하여 은근히 바닥을 데워주는 두툼한 온돌
처럼 따뜻한 울림을 준다. 여기에서 "영혼을 헹군다"는 의미를 다시 한

번 짚어보자.

> 이 황량한 벌판에서 혼자인 나는
> 빈 가슴으로 서 있을망정
> 허리 휘며 살지는 않을란다
> 이대로 부러져 죽을지언정
> 허리꺾고 숨 쉬지는 않을란다

- 「허수아비의 춤3」 부분

그것은 고독을 견뎌내고, 빈 가슴으로 두려움 없이 맞서는 시인 정신
이다. 들판에 혼자 서 있는 존재인 허수아비를 인격화하여 인간의 근원
적 고독의 의미를 담는 독특한 발상이 그의 시적 타법이다. '허수아비의
춤'은 비움과 순수의 의미를 세속에 찌들지 않은 몸짓으로 형상화한 것
이다. "말을 버리고 웃자란 생각도 버리고/마지막 자존심도 버리고 싶
다"며 몸을 비우는 것이다. 결국 "영혼을 헹군다"는 것은 좋은 시를 위해
현상을 포기하자고 스스로 다짐하는 춤이자 노래가 아닐까?

그래서 시인이 세상과 일정한 거리를 두고자 하는 것이다. 「고도를
위하여」에서 "면벽 100일/이제 알겠다, 내가 벽임을" 스스로에 대한 깨
달음으로 "한 십년 나를 씻어 말리고 싶"게 비움과 격리를 염원한다. 하
지만 이것은 결국 다시 만나기 위함의 몸짓이다. "세상과 먼 절벽섬"이
나 "눈으로 말하고 귀로 웃는 달마", "웃음 묘하게 짓는 마애불 같은" 새
롭게 세상과 만나는 자신을 소망한다. '절해고도', '달마', '마애불'은 세
상과 일정한 거리를 둔 탈속적 삶의 자세를 표상하는 감정이입의 형상
체이다. 하지만 시인은 쉽게 단정하지 않고 "달마가 될까? 절벽 섬이 될
까?"와 같이 의문점을 찍는 여유를 보이기도 한다. 이 의문점은 시인이
처한 현실에서 일정한 거리감을 유지하면서 다시 그 자리에 돌아오기
위한 여운으로 작용한다.

그의 시를 읽으면서 나에게만 보내는 내밀한 편지를 읽기 위해 봉투를 뜯는 그런 느낌이 드는 것은 무엇 때문일까? 「자화상」을 수신자와 발신자의 이루어지지 않는 만남으로 이해하면 노심초사하는 시인의 안타까운 심정이 끝내 보내지 못한 첫사랑 연애편지를 대하듯 두근두근 다가온다.

> 어느덧 사십 년 지나
> 골동품 다 돼가는 자물통 하나
> 묵비권을 행사하듯 늘
> 무거운 침묵으로 일관하지만
> 뜻맞는 상대와 내통하면
> 언제든 찰칵!
> 꼭꼭 잠가둔 마음을 푼다
> 천성이 너무 솔직하고 순진해
> 안 보여도 좋을 속까지
> 모조리 내보이는 자물통 하나
> 가슴속엔 싸늘한 뇌관을 품고
> 보수냐? 개혁이냐?
> 목하 고민 중인 자물통 하나
> 남의 집 문고리에 매달려
> 알게 모르게 녹슬고 있다.
>
> ―「자화상」 전문

「자화상」의 중심 이미지는 '녹슨 자물통'이다. "뜻 맞는 상대를 만나지 못해 녹슬고 있다."는 시인의 자책이 시대적 문고리에 재갈을 물린 것이다. 그러거나 말거나 "안 보여도 좋을 속까지 모조리 내보이는" 순진한 시인은 일단 온몸으로 만남을 준비한다. 동시에 "보수냐? 개혁이냐?"의 고질적 뇌관이 다시 만남을 가로막는다.

여기서 자물통이란 얼핏 귀중한 무엇인가를 가두고 격리하는 장치로 여겨지지만 그것만이 전부는 아니다. 오히려, 가장 귀한 보물을 보관하여 누군가에게 전해주려 하는, 소통의 장치일 때 그 의미가 증폭되는 것이 아닌가? 그러니까 잠금은 열기 위한 준비상태일 뿐이다. "묵비권을 행사하듯 늘/무거운 침묵으로 일관하지만/뜻 맞는 상대와 내통하면/언제든 찰칵!/꼭꼭 잠가둔 마음을 푼다/" "잠가둔 마음을" 풀고 싶은 답답한 '자화상'이 느껴진다.

진정한 소통을 위하여 시인이 할 수 있는 것은 무엇인가? 뜻 맞는 상대와 내통할 때까지 영혼을 헹구며 기다리면 되는가? 시인은 "보수냐? 개혁이냐?"의 싸늘한 뇌관이 주는 고민을 관념이나 당위로 풀어나가지 않고 인간과 삶의 문제로 풀어나가려 한다. 이를 위해 일상어의 효과적인 사용을 다각도로 탐색한다.

그렇다면 가장 바람직한 화법은 무엇일까? (……) "아무한테서나 들을 수 있고, 아무나 구사할 수 있는 보편적인 언어이며 애정과 진실성이 돋보이는 언어, 전혀 대체할 말이 없을 만큼 용도가 분명하고 필연적인 언어를" 구사할 줄 알아야 한다. 왜냐하면 일상적인 언어이면서도 일상적이 아닌 세계를 창조하는 것이 시의 언어이기 때문이다.[114]

114　오세영외, 『귀로 웃는 시인 임영조』 임영조 시인 추모문집, 시전집, 천년의 시작, 2008년. 65쪽.

3. 웃음, 소통의 지평을 확장하다.

세 번째 시집 『갈대는 배후가 없다』(1992년) 이후 『귀로 웃는 집』 (1997년), 『지도에 없는 섬 하나를 안다』(2000년), 『시인의 모자』 (2003년)까지 시인의 창작의지는 괄목할 성과를 보여주었다. 이후 이름이 많이 알려질 만큼 시집이 제법 판매가 되었다는 점과 93년 '현대문학상', 94년 '소월문학상' 수상실적도 곁들여진다.

임영조 시에서 느껴지는 웃음은 '耳笑(귀로 웃다)'라는 이름처럼 부적절한 듯한 언어의 조합으로 창조해내는 독특한 미학이 있다. 게다가 가벼움을 무거움으로 무거움을 가벼움으로 탈바꿈하는 변형의 힘이 내재한다. 또한 시가 쉽게 읽히면서 자연스럽게 삶의 본질을 통찰할 수 있다는 측면에서 소통의 지평을 확대하는 요인으로 웃음을 빠뜨릴 수 없다. 이 웃음의 의미를 대부분의 평론가들이 언어유희나 풍자의 관점으로 주목한다. 하지만 그보다는 이 웃음의 힘이 작가와 독자를 자연스럽게 소통구조로 동화시키는 시의 맥락을 중시해야 한다.

그의 세 번째 시집 『귀로 웃는 집』에서 이전의 날카로움과 무거움이 세련된 표현과 깊은 성찰의 시선을 동시에 갖추게 됨을 주목한다. 임영조의 시가 편안하게 읽히면서, 그 속에서 인생을 통찰할 수 있는 여유를 생성하게 되었다는 점이다. 시집 제목이 의미하는 웃음의 미학이 이전 시집과 구분되는 지점에 대해 세부적으로 정리해볼 필요가 있다.

이 웃음의 미학은 관념의 무게를 덜어, 시에 등장하는 온갖 존재를 주체화된 객체로 다가서게 한다. 자유로운 존재로서의 여유로움에서 오는 즐거움은 웃음을 유발한다. 필자는 이 부분에 강조점을 찍고 싶은 것이다. 게다가 대화체의 형식으로 독자에게 한발 다가서는 효과와 더불어 공감의 웃음을 자아낸다는 점이 산문시, 이야기시보다 사설시조의 해학에 더 가깝다고 본다. 소설로 치자면 이문구식의 입담이나 채만식, 김유정의 판소리 문체와 맥이 통하는 것이다. 4.4조에 가까운 음률과

어우러지는 현대판 서울의 골목길을 휘돌아 흐르는 구수함의 정취가
느껴지는.

> 지하철 4호선 타고 오시다가 총신대 입구역 또는 이수역에 내리세
> 요. 태평양 백화점 방향으로 나와 과천 쪽 바라보며 걷다가 사거리에
> 서 상도동 방향으로 우회전 하세요 백오십 보 앞쪽에 육교가 보이고
> 그 끝단에 사당의원 끼고 도는 첫째 골목이 나오는데(⋯⋯)신발가게
> 지나 이발소 지나 한복집 체 내리는집 기름집 열쇠집 지나 복덕방 지
> 나 세탁소 다음 남광약국 건물과 사층으로 나란히 지은 적벽돌집 이
> 층 간판 없는 구석방 문을 노크하시면 곧 문이 열리고 마침내 주인보
> 다 먼저 웃는 '耳笑堂 현판'
>
> ― 「이소당 시편 6 ─ 약도」 부분

이소당을 안내하는 시인의 곰살맞은 표정이 돼지순대국밥 한 대접
권하는 시장아줌마 같이 푸근하지 않은가? 그에게 인도되어 마지막 장
면 "마침내 주인보다 먼저 웃는 이소당 현판"에 이르면 슬그머니 웃음
꽃이 피어난다. 함께 웃음을 터뜨리게 되는 강한 이끌림의 정체는 무엇
인가? 먼저 이 시를 읽으면서 우리는 누군가와 어깨동무를 하고 골목을
걷는 듯한 친밀함으로 한없이 빨려 들어간다. 함께 골목을 걸어오면서
우리는 시인과 동일한 시·공간을 체험한다. 이 동일체험의 진한 유대
감이 웃음으로 통하는 것이 아닐까? 물욕과 소유욕에서 자유로운 존재
로서의 등 따습고, 배부를 때 나오는 웃음일 것이다. 시인의 말을 옮겨
본다.

나의 시 쓰기는 한 그루의 꽃나무를 가꾸는 정성으로 혼신을 다해 시
의 꽃을 피워내고 독특한 향기로 미지의 세계를 향해 진한 감동을 불러
일으키고자 노력한다. 흔히 접하는 자연현상, 즉 동식물, 갖가지 사물

등에서 얻어지는 직관이 시의 소재를 이루는 가운데 비유 연상 유추를 통해 나의 존재는 무엇인가를 자문하고 성찰하는 내면 탐구도 병행하고 있다.[115]

시인은 대학에서 시창작 강의를 하였기 때문에 이론을 정리할 수 있는 시간이나 여유가 있었을 것이다. 그런데 유독 웃음과 관련하여 시론을 정리한 글을 찾기는 어려웠다. 웃음의 미학이 시인이 의도했던 창작 방법론이라기보다는 일상어를 사용하면서 소통을 극대화하려는 노력에서 이루어진 부수적 효과라고 여겨진다. 그는 "그리운 사람들에게 쉽고도 재미있게 읽혀지기를 염원하며 쓴 편지 같은 시, 또는 시 같은 편지라고 이해"[116]해주기를 기대했던 것이다. 다음 시를 읽으며 느껴지는 유머는 단순한 웃음이 아니라 생을 대하는 절대적 긍정이자 적극적 애정에서 우러나오는 것이다.

> 봄소풍 나온
> 할머니들 대여섯이
> 오순도순 화투를 친다
> 손주같은 햇살이 아장아장
> 걸음마를 배우는 잔디밭에서
> 노년을 말리듯 화투를 친다
> 이미 색 바랜 光과 남은 소망을
> 한 장씩 탁탁 던지고 나면
> 왠지 허전하고 저린 손이여

---

115 오세영 외, 『귀로 웃는 시인 임영조』, 임영조 시인 추모문집, 천년의 시작, 2008년, 62쪽.
116 위의 책, 61쪽.

3부 | 슬픔의, 힘   249

못내 아쉽고 덧없는 세월이여
송학이 앉았다 날아간 자리에
매화가 피고 지고
객혈하듯 벚꽃이 온건한 방석
때 아닌 국화, 철 이른 모란 난초
덩달아 피고 지는 화무십일홍
하느님도 구경하기 심심하신지
싸리순 몇 꿋 짐짓 내미는 봄날
이런 날은 더 이상
보탤 것도 뺄 것도 없는
단순한 기쁨이 좋다
익명의 스냅이 좋다

─「익명의 스냅」 전문

　이숭원의 표현대로 언어구사의 묘미를 보인 압권이며, 유머의 감각 이면에 대상을 보는 따뜻한 시선이 비쳐나는 시이다. 먼저 옹기종기 화투 치는 할머니들의 모습을 한 장의 사진에 담는다. 다음으로 담겨진 사연들이 실뭉치처럼 자연스럽게 풀렸다 감겼다 한다. 신산의 세월도 지나고 나면 한순간일 뿐이다. 고초의 격정적 젊음이 사라진 주름진 세월의 흔적이 담겨진 그 얼굴이 클로즈업된다. "허전하고 저린 손" "보탤 것도 뺄 것도 없는" "기쁨"을 자연스럽게 담아낸 익명의 스냅이다. "이미 색 바랜 光과 남은 소망"이 어찌 "아쉽고 덧없는 세월"처럼 안타깝지 않겠는가? 하지만 어쩌랴! "송학이 앉았다 날아간 자리"일 뿐이며 다시 "매화가 피고 지"는 것이 세상의 이치일 뿐인 것을.

　이번에는 화투장의 그림 이미지를 오버랩시켜서 "덧없는 세월"을 단순한 기쁨처럼 풀어낸다. 익명이되 익명이 아닌, 이웃이자 나의 실제 모습이기도 한 세월의 흐름을 성찰하는 시인의 시선은 담담하고 여유롭다. 게다가 노년의 외로움과 허전한 삶을 "하느님도 구경하기 심심하신 지/싸리순 몇 꿋 짐짓 내미는 봄날"에서 경쾌한 화투판의 분위기는 맘 껏 무르익는다.

그가 생산하는 웃음의 미학은 이처럼, 생노병사 같은 무거운 분위기를 가볍게 바꿔주는 역할을 하기도 한다. 그의 작품을 펼쳐놓고, 무작위로 몇몇 구절을 발췌하여 음미해본다.

저 늙은 느티나무는 이 다음/ 죽어서도 느티나무 타불이 되리

– 「느티나무 타불」 부분

일렬종대로 점점점(點點點) 멀어져 간다

– 「가을산행」 부분

세상에 간 맞추며 사는 일/세상에 스스로 간이 되는 일/한 입이 되는 간奸)과 간(諫)차이/ 한 몸속 간(肝))과 간(幹)사이는 그렇게 먼가

– 「간」 부분

조용히들 내 소리나 들어라/매음매음……/씨이이……십팔십 팔……/저 데뷔작 한 편이 대표작일까/경으로 읽자니 날라리로 읽히 고/노래로 음역하면 상스럽게 들린다/

– 「매미」 부분

제법 멋진 날개옷에/빤질빤질 윤나는 상판대기로/예고없이 날아드 는 건달놈

– 「파리」 부분

임영조 시에서 찾아낼 수 있는 해학, 풍자, 언어유희 표현들은 이처

럼 풍요롭다. 이들 표현이 시의 육체를 발랄하게 함은 물론이지만 단지 가벼움에 머물지 않고 텍스트의 의미 지평 확대와 맞물린다. "매음매음……/씨이이……십팔십팔……"처럼 재미삼아 읽을 수도 있고 "세상에 간 맞추며 사는 일/세상에 스스로 간이 되는 일"과 같이 통찰의 예리함으로 독자들을 퍼뜩 깨우침으로 이끌기도 한다. 그의 시에서 날카로운 통찰의 지혜는 유머를 통하여 본질을 향하고 있음을 보여준다. "가장 좋은 시를 완성한 시인으로 평가받기보다 좋은 시를 쓰기 위해 최선을 다한 시인으로 기억되"고 싶다는 소월문학상 수상소감[117] 한토막이 떠오른다.

4. 대상과 주체의 합체

그의 시적 뼈대가 일상어에 있다면, 속을 채우는 내적 구성물은 대상과 주체가 합체하는 만남의 문제에 달려있다. 그 대상은 시인에게 존재의 본질을 성찰할 수 있는 물건, 생명체, 자연물, 자신의 일부이자 전부일 수도 있고 타자일 수도 있는 총체적 합체다. 시인은 대상과 자아의 만남이 얼마나 진정성이 넘칠 수 있는가의 문제에 전념할 뿐이다. 임영조 시인에게 만남을 통해 이루어지는 "자신의 존재를 성찰하고 자문함으로써 깨달음을 터득하는 일종의 자기 구원"이 시쓰기 자체이기 때문이다.

임영조의 시적 상상력의 지형도는 '자아의 대상화와 대상의 자아화'

---

117 『임영조 고도를 위하여 외』 제9회 소월시문학상수상작품집 , 1995, 문학사상사, 207쪽.

의 동시적 전개와 통합으로 요약된다. 그리하여 그의 시세계는 '사물의 의인화와 사람의 의물화'가 동시에 교차하는 절묘한 극점을 보여준다. 그는 시의 세계에 곤충과 다양한 식물들을 생활공동체의 주민으로 가깝게 불러들였다. 그렇게 초빙한 자연과 사물을 통해 자신의 존재를 성찰하고 자문함으로써 깨달음을 터득하는 자기 구원의 길을 성실하게 걸어온 것이다.[118]

더위 먹은 수캐처럼 헐떡거리며
내가 여름 산에 당도하니
산은 이미 막달 찬 임부였다
간밤에 내린 비로 뒷물 막 끝낸
서늘하고 향긋한 몸내
흘리듯 계곡으로 몸 들이민다

에라, 웃통을 홀랑 벗고 내가 눕는다
누워서 산을 받는 이 쾌감!
왜 몰랐을꼬? 이 손쉬운 열락을!
이 다음 나 세상 뜰 때도
옳거니, 무릎 치듯 문득 떠나리

– 「여름산행」 부분

후반부에 이르러 '산과 내가 하나가 되는' 통쾌함이 절정에 이른다. 하지만 "왜 몰랐을꼬? 이 손쉬운 열락을!"까지 이어지는 교합의 이미지가 "이 다음 나 세상 뜰 때도/옳거니, 무릎 치듯 문득 떠나리"에 이르면

---

118 『그대에게 가는 길1』 임영조 시전집, 엮은이 이승하, 천년의 시작, 2008년, 265쪽.

어리둥절해진다. 고개를 갸우뚱하면서 "개고기를 뜯는" "조루중의 사내들" "매미들" "모조리 산 채로 어홍! 관세음보살/ 여름 한낮 꿈이 비리다"로 이어지는 시상은 복잡다기하고 들쭉날쭉하지만 마무리에서는 초점이 명료해진다. 다양한 생명체가 먹고 먹히면서 죽음과 생성의 반복 순환 속에서 하나로 합체되는 "여름 한낮 꿈"이 인생임을 깨닫는 것으로 마무리된다.

"사물의 의인화와 사람의 의물화의 절묘한 극점"을 남민우는 "자연의 에로티시즘이 글쓰기의 에로티시즘으로 전환된다"는 점으로 독해한다. 그러니까 임영조가 갈망하는 것은 "시라는 여성"이며 그의 시는 "시 쓰기의 시"라는 것이다. 임영조 시의 대상과 주체의 합체가 글쓰기의 에로티시즘으로 시를 잉태하는 "절묘한 극점"과 통한다고 하겠다.

이 시인에게 있어 글쓰기란 외부세계와의 합체를 모색하는 또 다른 길에 다름 아니다. 보통의 세속적 욕망을 거의 다 버린 작금의 연륜에도 이 시인의 정신을 사로잡고 여전히 그의 가슴을 풀무질하는 것은 바로 '시'라는 '여성'이다. 그런 의미에서 임영조의 시는 '시 쓰기에 대한 시'라고 할 수 있다.[119]

자연과의 합일 혹은 혼연일체의 정신과 통하는 이러한 시쓰기 정신은 생태지향적이며 자연친화적인 면모를 보인다. 하지만 이보다는 임영조 시의 중심이 현실을 살아가는 평범한 인간의 일상적 삶에 뿌리내리고 있음을 더욱 중시해야한다. 소통지평 확장을 위한 방법론적 탐색을 위해 자연, 식물, 곤충, 생필품의 본질을 탐색하여 자아화한 시세계

---

119 『그리고 신은 시인을 창조했다』「세속과 탈속의 길」, 남진우 평론집, 문학동네, 2001년, 150쪽.

를 형성한 것이다. 그 소통지평의 확대는 일상어의 천착, 유머의 정신에서 존재의 본질을 성찰하는 지점에서 자아와 대상의 합체가 시도된 듯하다. "젖은 빨래처럼 몸 무거운 날/나도 눅눅한 마음 꼭 짜 널고" 싶어진다, 그런가하면 "생이란 무릇 그네 타기 같은 것", "땅으로 굴러 내릴 바윗돌"을 "굴리는 시쥐포스들"이라 스스로를 경고한다. 그는 성냥을 "분신을 각오한 요시찰 인물들"이라 의인화하여 성냥과 요시찰 인물들의 만남을 이끌어내는 재주를 부린다. 나비는 "천하의 바람둥이" "화려한 춤사위"라 표현하며 "어디에 머문들 정 두지 않고 훨훨 몸 자주 털고가 일생이 무겁지 않겠구나" 진지하게 살아온 자신과 다른 삶을 긍정적으로 노래한다.

이밖에 시인이 노래한 곤충이나, 식물은 이루 헤아릴 수조차 없이 다양하다. '지렁이', '몸살', '치통', '옷걸이' 등 존재의 본질을 깊이 탐색하는 그의 시선에는 미물 그 존재에서 자아를 발견하고, 우주와 전존재가 한 몸임을 통찰하는 직관과 투시력이 있다. 평생을 혼신으로 최선을 다한 시쓰기의 열정은 "해와 달이 화답하는 만파식적 피리소리"로 여운을 남긴다.

> 내 어눌한 음치로 혼신을 다해
> 필생의 한 곡만 불다 가게 하시라
> 해와 달이 화답하는 만파식적 피리소리
> 그 소리에 나도 놀라 무릎을 치며
> 이승 떠도 전혀 섭섭지 않게
>
> ─「만파식적」부분

3.
일상성의 '안'과 '너머'를
넘나드는 사유의 풍경
– 문숙, 임현정, 박영민

세 권의 시집에 담긴 일상성의 무늬들이 저마다 흥미롭다. 이들의 시에서 일상성은 구체적 사유의 지점이라는 의의를 갖는다. 일상성은 '안'과 '너머'를 넘나들 때, 친숙한 풍경이 낯설게 보이거나 낯선 풍경이 친숙한 그림으로 다가온다. 그리하여 시적인 변용과 형상화를 통해 '안'과 '너머'에서 정체성 찾기의 변주곡이 된다. 문숙의 시에서 일상성은 '안'에 머무르지만 가족과 이웃의 사랑으로 채색되어 '내가 없는 나'를 추구하는 정체성 탐색으로, 임현정의 시에서는 시작방법론 탐색의 상징계로서 다가왔다. 박영민의 일상성은 내 안의 타자성을 눈뜨게 하는 벽인 동시에 타인의 타자성을 나에게 호출하는 이중성을 보인다. 이들 시의 일상성은 평면의 밑그림 위에서 입체파의 방점이 군데군데 찍히며 사유의 빗살무늬로 펼쳐진다. 그 장면들은 습관화된 위선과 허위에 유독 민감하다. 이는 버지니아 울프의 '고독한 글쓰기'에 담긴 여성자아의 정체성 찾기'에 동참하는 몸짓과 무관하지 않다.

1. 일상성에서 만나는 가족과 이웃에 대한 사랑고백
– 문숙 『기울어짐에 대하여』(애지시선, 2012년)

문숙 시인은 두 번째 시집 『기울어짐에 대하여』에서 "아픈 영혼들의 곡비가 되어주지 못한 게 미안하다"라고 고백한다. 사명감 과잉이 강조되는 직필의 진솔함이 인간적으로 다가온다고 할까? 굳이 이 말을 인용하는 이유는 시집 전체에서 받은 느낌과 일맥상통하는 점을 발견할 수 있어서이다. 그의 시에는 주체 이전에 먼저 타자가 있고 존재론 이전에 윤리학이 있다. 첫 시집 『단추』에서 보이는 레비나스의 '타자의 얼굴'을 대면하는 성찰과 사유의 연장에서 『기울어짐에 대하여』는 실재계로서의 마주침 '안'에서 일상성에 기울어진 주체의 얼굴이 선명하다.

> 친구에게 세상 살맛이 없다고 했더니/사는 일이 채우고 비우기 아니냐며 조금만 기울어져 살아보란다
> 생각해보니 맞는 말이다/노처녀로만 지내던 그 친구도 폭탄주를 마시고/한 남자 어깨 위로 기울어져 얼마 전 남편을 만들었고/내가 두 아이 엄마가 된 사실도/어느 한때 뻣뻣하던 내 몸이 남편에게 슬쩍 기울어져 생긴 일이다/-중략-/시도 안 되고 돈도 안 되고 연애도 안 되는 날에는 소주 한 병 마시고 그 도수만큼만/슬쩍 기울어져 볼 일이다
> – 「기울어짐에 대하여」 부분

이 시는 친구가 '세상 살 맛'을 상실한 나를 위로함에서 출발한다. 평이한 서술이지만 다양한 계층, 세계관, 시제가 다성성과 이어성의 울림으로 어우러지니 이러한 울림이 대화적 공감력으로 인식 지평을 확장

한다. 친구의 '기울어짐'을 통하여 '세상 살 맛'을 다시 찾을 수 있도록 사유하는 화자는 시인 자신이다. 화자는 결국 '짝을 만들고' '엄마'가 된 평범한 자신을 긍정적으로 객관화한다. '체 게바라, 김지하, 빌 게이츠, 보들레르'를 오버랩시키면서 마침내 노인들의 굽어가는 등을 긍정하는 시인의 시선이 바로 일상성을 넘어서는 가능성이다.

'기울어짐'은 다양한 장면 속에서 인식의 확장(철학)이나 실천방법론으로서의 여운을 남긴다. 이는 문숙 시의 사유가 공들여 빚어놓은 '사랑하기 위하여 사랑의 아픔(실패담)을 고백'하는 '불교적 자기성찰과 수행'이 담긴 단아하고 간절한 시심(詩心)의 힘이다.

"서로에게 깊이 빠져 익사하기 위하여" (시 「울돌목에서」) 처럼 "나를 버려야 얻게 되는 경지"는 이타적 사랑의 지향을 확인할 수 있다. 그러니까 '기울어짐'의 의미는 당연히 집착과는 구별된다. "속이 무른 것일수록 홀로 견뎌야 하는 것을/ 상처란 때로 외로움을 참지 못해 생긴다/ 붙어있는 것만으로도 상해서 냄새를 피운다/ 누군가를 늘 가슴에 붙이고 사는 일/ 자신을 부패시키는 일" (시 「양파」) 이기 때문이다. 이는 자유를 넘어서야 가능한 것이다. "멀찍이 떨어진 것들은 대가 부러져 있고/ 촘촘한 것들은 말짱하다/ 서로에게 기대어 견딘 것이다."(「옮겨 심다」) 여기에서 '서로'의 의미는 자칫 "보기 싫은 것"으로 다가올 수 있는 타자에 대한 사랑의 실천과 내 안의 타자성에 대한 인식이 합일하는 지점이다. '먼지효모'와 같은 존재의 깨달음인 것이다. "저거이 있어야 술이 잘 발효되는 깁니더/ 더럽고 보기 싫은 것도 없어서는 안 되는 게 있심더"(시 「먼지효모」)라는 말을 듣고 "불편한 것들에 대하여 더는 눈 흘기지 않겠다"고 다짐한다.

결국 '기울어짐'은 사랑의 아픔(실패담)에 대한 고백이다. "너를 사랑하는 일이/ 떫은 맛을 버려야 하는 일이네/ 일생 심지도 없이 살아야 하는 일이네/ 결국 네 허기진 속을 나로 채우는 일이네"(시 「홍시」 일부)라고 시인은 말한다.

문숙의 시에서 삶의 위안과 카타르시스가 느껴진다면 이는 평범한 일상을 통찰하며 키워가는 작가의 절실한 사랑 때문일 것이다. 사랑을 더 많이 주는 쪽이 대개 사랑의 패자가 되지만 결국 패자가 더 아름다운 것이 사랑이다. 문숙 시에는 촉촉한 물기가 배어 무늬진 사랑의 아름다움이 있다. 그 무늬는 일상성의 '안'과 '너머'를 넘나들며 이웃과 가족에 대한 사랑의 진정성을 집요하게 묻고 또 묻는다. 시집 속에서 이 물음과 싸울 수 있는 힘을 만난 것 같다.

2. 일상성과 시작방법론의 탐색
– 임현정 『꼭 같이 사는 것처럼』(문학동네, 2012년)

임현정의 시 쓰기에서 일상성은 상징계로써 존재한다. 일상은 부재하는 무엇이며, 창작 주체의 사유가 만나는 방법론의 공간이다. "곱은 손가락으로 쓰"는 순간, "순식간에 얼어붙는 그것"이다. "나는 끼이익, 급브레이크를 잡는 순간/느닷없이 날아오는 것//그래서 좌표없이 윙윙대는 것" "정지된 화면에서 윙윙대는 것"(「자기소개서」)이 그렇다. '터널 끝'이 아니라 '끝없는 터널', '쥬리엣 의상실'이 아니라 '쥬리엣의 상실'이다. 임현정의 시에서 세계는 뒤틀리고 본질은 부재한다. 일상성은 실험적 시쓰기의 밑그림이 된다.

임현정은 "비린내 나는 허공을 잉태했지만/태아까지 말려 죽였다는" "메마른 여자"(「물렁한 도마」), "점점 자라나는 검은 단지"를 품은 여자(「남보랏빛 그림자」) 등 뒤틀린 세계의 본질을 묻는다. 노숙자, 마술사, 마네킹들", "비탈 아래 있는 불탄 집", "어둠이 응고된 지하계단", "방 밑으로 떨어지는 말소리를 받아먹고"사는 "끝없이 자라나는 혀"를 잘라주어야만 하는 마을회관, "나무 관을 짜는 남자" 같은 일상과 환상을 뒤섞은 삶의 공포와 소외를 표현한다. 이 세계는 무기 유통업자와 제조업자들이 필요악에 의해 똑딱거리며 감시하며 공존하는 세상(「갱스터 파라다이스」)이라고 발언한다.

시인의 내면에서 일상세계는 상징계의 허위와 모순의 자기발현이다. 따라서 임현정의 시창작은 일상성의 진실 부재, 허위와 모순의 실상을 환기하는 것이라 할 수 있다. 게임과 현실의 경계가 모호한 세계에 유희의 즐거움은 사라지고, "모두 죽어야 처음으로 되돌아가는 무서운 게임"에 빠져 있음을 성찰하도록 보여준다. 그 속에는 르네 마그리트의 그림을 연상시키는 소재의 돌출적 재현과 상상의 이미지가 창출하는 공포감이 있다. 예술은 있었던 경험을 재현하는 것이 아니라 새로운 경험을 창조하는 것이라는 들뢰즈의 문장이 그렇다. 르네 마그리트의 '이것은 파이프가 아닙니다.'라 새겨진 파이프 그림, 초대형 유리컵 안에 담긴 구름, 이젤을 세워놓고 창문을 통해 자리 잡은 창밖의 풍경, 혹은 '비' 그림의 무표정한 남자들의 얼굴을 연상하게 한다. 여기에서 독자들은 기괴한 낯설음에 빠져 '일상성'과 '환상성'을 새롭게 경험하며 쓸쓸해진다.

임현정 시의 소외, 공포, 페이소스는 실재성의 표상을 인유하는 시적 방법론에 대한 집요한 탐색이 자아내는 긴장감이다. '진정한 진리는 아름답지 않고 위협적'이라는 측면에서 임현정의 자리는 견고하다. 그래서일까, 그의 시작방법론은 자아탐색의 고통처럼 읽힌다. 하지만 그의 시에서 '나'는 모습을 드러내지 않는다. '살과 뼈가 삭아 내린' 사람들을 '석고로 부어 재현하는 일'과 같은 시 쓰기에서 시인의 표정은 철저히 가려져 있다. 다만 존재를 복원하기 위한 욕망이나 원형에 대한 강렬한 노스텔지어 그 자체가 시인의 표정이라 짐작할 뿐이다. 그 원형과 복원의 틈새를 시인 혼자 무덤덤하게 지켜본다.

　　인부들이 담배 피우러 나간 사이/이삿짐을 실은 트럭을/통째로/훔쳐갔다는 건데//숲 속 공터에//
　　책이 꽂힌 책상이며/손때 묻은 소파까지/여자가 살던 집처럼 해놓

고//남자는 너럭바위에 앉아

생무를 베어 먹은 것처럼/달지도/쓰지도 않게/웃었다고 합니다.//

－「사금파리 반짝 빛나던 길」일부

여자의 이삿짐을 숲속에 정리해 놓은 남자의 도착적 행위는 "달지도 쓰지도 않게 웃었다"에 클로즈업되는 순간 독자에게 '주름'의 언어를 날린다. 그 하나는 미세한 움직임에도 흔들리고 잦아질 수밖에 없는 현대인의 위태로운 정주와 불안감이다. 여자와 남자의 사연이 행간 속에 숨겨져 있을 수도 있다. 마지막 장면은 "숲속 침대 위 여자의 원피스"처럼 자연과 분리된 존재인 현대인의 삶을 환기하는 이미지가 된다.

임현정의 시는 존재와 부재의 삐걱거리는 틈새에서 생산된 풍자가 다시 페이소스의 아우라를 남긴다. "중세시대 사제 복장을 한 남자가/바다가 보이는 절벽에서 몸을 던진다/멋진 포물선을 그으며/바다로 뛰어든 비운의 사내는/잘게 부서지는 포말 속에서 다시 태어난다."(「다이빙하는 남자」) 죽음(비극)을 즐기는(상품화하는), 현대인을 풍자하는 이미지가 결국 '사제의 이루어질 수 없는 사랑의 슬픔'은 재현 불가능함을 일깨운다. "지루하게 반복되는 저렴한 비극"은 시뮬라크르일 뿐이다.

김수이가 발견한 것처럼 "빈 구멍들과 후미진 곳을 외면하지 않으려는 마음이 임현정의 시에 깔려 있다"는 점을 간과하면 안 될 것이다. "저고리를 늘리러 갔다 젖 대신 가슴으로 바꿔"단 시인, 그의 표정 속에서 '젖'이 담고 있는 "뽀얀 젖비린내를 빠는/아기의 조그만 입술과/ 한 세상이 잠든/고요한 한낮과/아랫목 같은 더운 포옹이/그 말랑말랑한 말"(「가슴을 바꾸다」일부)을 지키려는 안간힘이 보인다. 시인이 바라보는 구체적인 일상성의 이미지화는 언어로 표상되는 상징계의 허위와 모순을 현현한다. '아랫목 포옹' 같은 마음으로 그려내는 다음 시집이 기대된다.

3. 일상성의 벽과 내 안의 타자성에 눈뜸
– 박영민, 『해피버스데이투미』(천년의 시작, 2012년)

박영민 시에 담긴 자기고백은 무의식과 열정으로 혼재된 솔직함의 힘이 있다. 그 힘으로 인해 일탈과 방황의 언어가 가부장제 억압과 욕망에 대한 내 안의 타자성에 눈뜸으로 해독된다.

시 속의 가부장제 억압은 딸, 엄마, 희생, 미래에 초점화되면서 '더러운 세상'을 살고 싶지 않을 정도의 피해의식으로 작용한다. 하지만 피해의식은 강한 에너지원이 된다. 머리부터 발끝까지 '통째로 사랑하는' 열정이 시인 내부에서 타오르고 있음이다. 그리하여 '살고 싶지 않은'을 '당당하게 살고 싶은' 욕망의 표현으로 오독해도 무방하다.

시인의 내부와 외부는 끊임없는 갈등과 대립의 각축장이다. 이들은 무의식과 의식, 몸과 영혼, 엄마와 딸, 희생과 행복 등 외적으로는 이원분리적이나 내적으로는 통합을 지향한다. 그 내부와 외부는 선형적이지 않으므로 내부가 외부가 되고 외부가 내부가 되는 뫼비우스의 띠로 존재한다. 이들이 벌이는 긴장과 갈등의 생산력에서 폭발적으로 에너지가 발생한다. 그 에너지를 통해 시인의 내부와 외부가 화해될 듯 말 듯 주체와 타자의 경계가 수시로 무화되며 유목성을 지향한다.

내부와 외부가 벌이는 갈등 속에서 주체와 타자의 자리가 뒤섞이며 내 안의 타자성을 발견한다. 내 안의 타자는 '만성우울증'과 '엄마'로 표상되며 이는 일상성의 벽이다. '혀 깨물고 죽은 조개'로 비유되는 고백은 일상성의 '안'에서 '너머'를 지향하는 여성자아의 정체성 탐색 과정에 동참한다.

> 과거를 청산하자며/새로 시작해 보자고//그 덩치를 욕실로 데리고 들어갔다/그의 피곤했던 발 씻기고
> 때를 기다려 불린 때를 정성으로 벗겨 냈다./그것도 몇 차례 물세례

로 거듭나서/후광 번쩍일 때까지

　　어쨌든 수리공은 말했다./어떻게 하면 이렇게 망가집니까//문 열면/관짝처럼 텅 비어 있는//망가진 내부는 깨끗하다.

　　　　　　　　　　　　　　　　　　　－「냉장고는 깨끗하다」 전문

　　무릇 냉장고는 음식을 보관하는 기능으로 생산된다. 그러므로 음식을 신선하게 보관할 능력을 상실할 정도로 냉장고의 깨끗함만을 위한 '정성'과 '물세례'의 행위는 논리상으로는 명백한 오류이다. 이 오류는 외모지상주의의 일상성에 내재한 폭력성으로 풀어진다. 결국 '망가진 내부', '깨끗한 냉장고'는 성형으로 만들어진 육체, 외모지상주의 사회에 대한 비판이며 철저한 자기풍자이다. 그런 의미에서 "어떻게 하면 이렇게 망가집니까" 라는 수리공의 발언은 공허하면서 예리하다. 현상에 사로잡혀서 행해지는 오류들을 떠 올리며 시지프스의 행위와 같은 허망함의 몸짓이 나의 실존임을 간파해버린 느낌 때문이다. 속 빈 화려한 육체를 우리는 과연 얼마나 외면할 수 있는가? 시인과 독자가 스스로에게 물음을 던지며 통로를 찾으려 한다. 일상성에서 '하녀'처럼 '주인'에게 부림 받음을 알면서 이를 넘어서지 못하는 비애 때문에 우울해지는 순간이다. 소동파조차 찬양했던 송나라의 '전족'처럼 학대받은 몸을 찬양하는 인간의 어리석음은 어디까지인가?

　　박영민의 시집 『해피버쓰데이투미』는 일탈과 방황을 꿈꾸지만 철저히 현실에 머물러 있는 자기모순과 허위에서 갈등한다. 하지만 높은 벽에 부딪치면서 내 안의 타자성에 눈뜸은 새로운 미래를 기약하는 에너지가 된다. '죽었다 깨어나도 엄마처럼 살지 않겠다'는 결심은 다시 '희생은 행복이라는 답안지가 투벅투벅 빈칸 채워 가는 중'이라며 엄마의 삶을 주체로서 긍정한다. 내 안의 타자성으로서, 가부장제 일상의 허위와 모순은 시인에게 "안개의 문장"을 완성하기 위한 진통일 뿐이다.

늘 더딘 후회가 두세 겹씩 더해지던/내 삶의 형틀처럼//봄날이 가고서야/휘어지도록 아파리 푸르다//또 뒤늦게 무슨 꽃 피우려고/저리도 시퍼렇게 질린 채 모의 중일까//그때. 꾹 다문 입술 사이로 새어 나오는/안개의 문장을 오늘 저녁도 다 완성하지 못하여

– 「죽은 줄 알았던 반얀나무는」 일부

시인은 "내 삶의 형틀"인 일상성의 벽에 주눅 들지 않으며 파워페미니즘을 지향한다. '꾹 다문 입술'로 결국 "쫄딱 늙어 볼품없이 하락할" 내 안의 타자성을 '넘어'설 때, "앙상한 서른의 거리 고삐 풀어 제끼고 활보"할 것이다. '고삐'의 억압은 '활보'의 에너지원으로 "안개의 문장"에 진실을 탐색하는 주체의 시선이 포착한 물음을 풀어내리라.

세 시인의 시에서 일상성은 현실에서 부딪치고 있는 시인의 내면이다. 문숙은 일상성 속에서 가족과 이웃에 대한 사랑을, 임현정은 상징계로서의 일상성으로 창작방법론을 탐색하였으며 박영민은 일상성의 벽을 통해 발견한, 내 안의 타자성을 담았다. 이들 시인들의 정체성 탐색 과정은 '안'과 '너머'를 넘나들면서 다시 내면으로 돌아오기 위한 사유의 여정이다. "천한 문법으로" 쓴 "불온한 자서전"의 무늬에 새겨진 상처의 흔적만큼 시심의 울림 또한 깊다.

발문

1.

  박명순이 평론집을 출판하겠다고 원고를 들고 찾아왔다. 현직 교사로 바쁜 생활을 하면서 겸업으로 글쓰기를 하는 어려움을 잘 알고 있는 필자로서는 우선 글에 대한 그의 쉼 없는 의욕과 성실한 태도에 상찬과 함께 격려를 하지 않을 수 없었다. 물론 원고 전체를 최근에 새로 집필한 것은 아니고, 그 동안 여기 저기 발표했던 글들을 모은 것이기는 하지만 책 한 권 분량의 글을 쓴다는 것은 웬만한 능력과 부지런함으로는 어림도 없는 일이기 때문이다.

  그런데 그는 그 원고를 내게 넘기면서 시집이나 소설집 뒤에 붙이는 형식의 글을 써 달라고 했다. 애초 평론이라는 게 작품이나 작가에 대해 전문가의 시각으로 숨겨진 의미를 읽어내고, 모호한 부분을 명쾌하게 해석해 내고, 그 문학적 가치를 밝혀서 훈련되지 않은 독자들을 교육하고 안내하는 작업이다. 따라서 그 속에 이미 해설의 성격을 내재하고 있음으로 그런 글이 필요치 않음을 익히 알고 있을 것임에도 굳이 내게 그런 부탁하는 이유가 무엇일까를 생각해 보았다. 아마도 대학 졸업 후 교직 생활을 한참 하다가 뒤늦게 대학원에 진학하여 나와 함께 소설 쪽으로 석사와 박사 과정을 공부한 인간관계가 그 첫째 까닭인 것 같고, 그 다음으로는 평론가로 꽤 오래 활동을 했으면서도 처음으로 평론집을 내면서 약간의 부담감과 불안 때문에 어떤 형식으로든 '인증'을 받고 싶은 마음이 작용한 것이 아닌가 짐작되었다. 그래서 그냥 축하하는 내용의 글을 가볍게 쓰기로 했다. 거기에는 한 번 맺은 지도교수의 인연을 물릴 수 없다는 책임감과 더불어 재학 시절 잘 지도하지 못한 빚을 갚는 심정도 다소 들어 있다.

내가 박명순을 처음 만난 것은 고등학교 교사를 하다가 모교의 1기 공채로 교수가 되어 강의를 시작한 1985년이었다. 당시 그는 3학년에 재학 중이었는데, 졸업 정원제 후유증과 더불어 신군부 정권의 독재에 저항하는 학생 운동이 활발할 때였다. 그에 연루되어 무기정학을 당했다가 복학한 그는 동급생들보다 나이가 많은 복학생 중의 하나였다. 그 무렵 소위 운동권 학생들은 정보기관의 끊임없는 감시를 받았고, 문교부의 강압적인 정책으로 교수들 또한 해당 학생들을 몇 명씩 배당받아 개인적으로 '지도'를 해야 했었다. 담당 학생들을 수시로 불러 연구실에서 면담하여 그 결과를 기록하고, 심지어는 그 학생들의 가정에까지 방문해서 부모를 통해 학생들의 활동을 자제시키도록 부탁도 해야 하는 시절이었다. 당연히 해당 학생들은 그런 지도를 달가워하지 않았고 때로는 격렬하게 저항도 했다. 교수들은 정부의 정책과 대학의 요구, 그리고 학생들의 저항 사이에서 고뇌를 하지 않을 수 없었다. 공무원 신분의 제약과 양심의 틈바구니에서 고심하고 갈등했던 교수들은 또 하나의 시대적 희생자라고 하지 않을 수 없다.

물론 교수라고 해서 다 똑같지는 않았다. 일부 교수들은 정부 정책과 학교 당국의 '지시'에 충실하게 따르면서 교수의 '갑질' 권위를 휘둘러 운동권 학생들을 매도하기도 했지만, 또 다른 일부 교수들은 비민주적 5공 정권의 정통성과 문제점을 비판하는 마음으로 학생들의 입장을 암암리에 지지하는 분들도 있었다. 학생들은 그런 교수들을 용케도 잘 구분하여 해당 교수들의 연구실을 물리적으로 공격하기도 했다. 대학 본부와 교수 연구실의 유리창이 학생들이 던진 돌에 모조리 부서져 내리기도 했다. 학생들은 대학 본부 학장실과 학생과장의 방을 점거하기도 했고, 도서관 출입문에 책상으로 바리게이트를 치고 단식 농성을 벌이기도 했다. 그런 학생 운동의 중심에는 국어교육과 학생들이 항상 선두였고, 그들의 '배후'에는 어김없이 복학생들이 있었다.

그런데 내 기억으로는 당연히 그들을 지지하고 후원하는 입장이었을 박명순은 그런 현장에 얼굴을 잘 드러내지 않았다. 이미 징계를 당한 경험 때문인지, 아니면 어려운 가정 형편 때문에 졸업을 해야 한다는 판단 때문이었는지는 알 수 없다. 그때 운동권 학생들 중에는 졸업을 포기하고 그 방향으로 계속 활동을 할 것인지, 아니면 졸업을 해서 교사가 될 것인지를 놓고 고민하는 학생들이 적지 않았다. 실제로 내가 지도했던 당시 학생들 중에는 졸업을 포기하고 공장에 취업을 하거나 전국적 조직의 운동권에 발을 들여 놓은 학생도 있다. 그들 가운데 몇은 여러 해가 지나 민주화 이후 복학하여 졸업하기도 했다. 여하튼 졸업하기로 마음먹은 그는 학교 입장에서 볼 때 '큰 말썽' 일으키지 않고 문학 창작이나 연극하는 사람들과 어울리고 또 거기에 참여하면서 학창생활을 이어 나갔고 졸업을 했다.

당시 단설 사범대학이었던 공주사대에는 전국에서 뛰어난 능력의 학생들이 몰려와 공부를 했는데, 요즘 같은 임용 고시가 없었던 시절이라 졸업을 하면 각 시도로 배정이 이루어지고 교육청에서는 성적 순차대로 발령을 냈다. 따라서 실리를 좇는 일부 학생을 빼고는 공부에 별 신경을 안 썼고, 반면 교수들은 개인적으로 소신 있는 강의를 해도 무방했다. 내가 교수로 부임한 첫 해 박명순이 속한 3학년을 대상으로 한 강의는 "국문학 특강"이라는 독특한 과목이었다. 그런 어중간한 제목으로 강좌를 개설해 놓고 교수님들의 필요에 따라 고전, 현대문학, 시와 소설 등을 넘나들며 강좌를 진행했다.

I 과 II로 나뉜 그 강좌를 맡고 전체 강좌 일람표를 보면서 학생들에게 현대문학 공부를 하는 데 어떤 강좌가 필요한지 고민하다가 2학년들

에게는 희곡론을, 3학년들에게는 작가, 작품론을 강의하기로 했다. 학생들에게 강좌 오리엔테이션을 하면서 한 학기 16주강의 중 6주 정도는 작가 연구에 필요한 이론을 정리해서 강의하고, 나머지 시간은 학생들을 몇 명씩 조 편성을 해서 문학사상 꼭 공부해야 할 작가를 선정하여 리포트를 작성하고 발표하고 토론하는 방식으로 진행하기로 했다. 학생들이 잘 준비해서 발표를 할 수 있을까 좀 불안하기도 했지만 그건 기우에 불과했다. 사전 준비 과정에 자료 제공과 약간의 조언을 하기는 했지만 실제 발표 내용은 놀라울 정도였다. 솔직히 얘기하면 요즘의 웬만한 석사 논문을 훨씬 능가하는 수준 높은 발표가 이어졌다. 발표 후 이어진 토론도 그냥 형식적인 게 아니었다. 발표 내용의 타당성 여부는 물론 논리 전개와 논증 과정의 문제점까지 날카로운 질의가 수업 시간이 지나도록 이어졌다. 박명순은 그 토론에 가장 적극적인 학생이었다. 발표자들의 잘못된 인식이라고 생각되는 부분에 가차 없이 비판을 가했고, 논리적이지 못한 곳을 찾아내 그 모순점을 송곳으로 찌르는 것처럼 지적했다.

왜 이런 진부한 얘기를 장황하게 늘어놓는가 하면, 박명순의 평론가로서의 자질과 품성이 갑작스러운 게 아니라 오래 전부터 서서히, 그리고 오래 발효되는 술처럼 온축되어 길러져 온 것임을 말하기 위해서다. 그렇다. 그는 혜성처럼 느닷없이 나타난 평론가가 아니다. 다시 말해 그는 일순간 빛을 발하는 천재적 평론가가 아니라 묵묵히 준비하고 갈고 닦아 이룬 노력 형 평론가에 속한다. 그의 평론집 원고를 읽으면서 그런 생각은 더 굳어졌다. 이제 이 책에 수록된 평론들에 대해 몇 가지 내 생각을 정리해 말해보도록 하겠다.

2.

 평론의 대상이 되는 작가와 작품 선정은 당연히 평론가의 자유이자 권리다. 물론 특정한 작가와 작품에 대해 청탁을 받고 쓰는 경우도 있긴 하지만 그 경우에도 마음에 들지 않으면 거절할 수 있기 때문에 세상에 나온 결과물에는 그 평론가의 문학을 바라보는 관점이나 현실 및 사회에 대한 의식이 드러날 수밖에 없다. 박명순의 이번 평론집에는 열 네 명의 소설가와 시인이 거론되고 있다. 일제 강점기 작가인 한설야와 채만식을 비롯하여 이문희, 이문구, 채광석 등 전후 작가들, 그리고 공선옥, 손홍규, 김애란, 김숨 등 현재 활발하게 활동하고 있는 작가들에 이르기까지 그의 관심은 꽤 폭 넓게 분포되어 있다. 그런데 좀 깊이 있게 들여다보면 이들 작가, 시인들에게는 일종의 공집합 영역이 존재하는 것 같다. 그것은 작품에 대한 미학적 관심도보다 현실에 대한 의식과 고뇌가 우선한다는 사실이다. 이것의 함의는 무엇인가. 바로 그의 문학을 바라보는 관점, 즉 문학이 과연 무엇 때문에 존재해야 하는가에 대한 나름의 응답이라 해석할 수 있다. 다시 말해 그의 문학관은 리얼리즘의 바탕 위에 성립되고, 가치 판단의 척도 또한 그것에서 거의 벗어나고 있지 않다는 뜻이다. 이는 대학생 시절부터 변함없이 이어지고 있는 문학에 대한 그의 일관된 관점이자 확고한 의식의 결과일 것이다.

 다음으로 그의 평론 작업에 나타난 몇 가지 특징을 들어보면 첫째로 여성성에 대한 관심이 압도적이라는 점이다. 요즘은 좀 뜸해졌지만 한 때 우리 문단에는 페미니즘 비평이 열풍처럼 번졌던 적이 있다. 상대적으로 소외되었던 여성에 대한 관심의 환기와 더불어 급진적인 페미니즘이 비민주적 사회 질서 개선 투쟁에 효율적인 면이 있기도 했고, 또 현실사회주의 몰락 이후 탈출구를 찾던 움직임에 하나의 대안으로 부상했던 까닭 등이 복합적으로 작용한 결과였다. 상식적인 얘기지만 페미니즘의 주류는 자유주의, 계급주의, 실존주의 세 가지다. 박명순의 관심은 이 가운데 두 번째에 집중되어 있다. 물론 호미바바나 스피박 등의 이론도 간혹 거론되지만 여성 차별을 해소할 수 있는 가장 적합한 방식은 계급주의적 인식으로 내재된 문제점을 파악하고, 과감한 행동과 실천을 통해서 그 적폐들을 타파해야 한다는 게 그의 변함없는 소신인 것 같다.

둘째로 그의 평론에 자주 언급되는 핵심 요소는 민중, 노동, 그리고 저항성이다. 이것들은 당연히 리얼리즘 그 가운데서도 크리티컬 리얼리즘이나 소시얼 리얼리즘을 구성하는 이론과 맞닿아 있는 개념들이다. 근대소설이 이들 개념 아래 성립하는 것인 만큼 이는 근대소설 논의의 자연스러운 현상일 수도 있지만, 소설 장르의 기능을 따지는 데 있어서는 평론가들의 의식이나 세계관과 밀접한 관련이 있는 문제로 볼 수도 있다. 이건 강요된 게 아니라 선택의 문제이기 때문이다. 그리고 이 문제는 한 걸음 나아가 평론가로서만이 아니라 현실을 살아가는 한 주체로서 사회와 현실을 인식하고 대처하는 방식일 수도 있다. 따라서 이를 그의 삶을 엿볼 수 있는 숨겨진 하나의 창구로 해석하는 것도 충분히 가능한 일이다. 이밖에도 그의 관심은 최근 우리 사회에 급격히 부상하고 있는 다문화 가정의 문제, 다성성과 카니발리즘을 중심으로 한 바흐친의 이론, 포스트모더니즘 글쓰기 방식의 하나인 혼종성, 교육 성장소설에 대한 천착에 이르기까지 다양한데, 근본적으로 그의 시선이 자본주의 사회의 모순과 비합리적인 면을 찾아 고발 폭로하고 그 대안과 전망을 모색하는 데 맞춰져 있다는 사실에는 변함이 없다. 다만 그 결과들이 이런 요소들로 변환되었을 따름이다.

끝으로 한 마디 덧붙이자면, 박명순 평론의 특징은 학술 논문적 성격이 강하다는 점을 지적할 수 있다. 작업 과정에서 작품이나 작가에 대해 전문가의 관점으로 숨어 있는 의미와 가치를 찾아내어 그 잘잘못을 명료하게 드러내기보다 자신의 발언에 대해 논거와 논증을 중시하는 태도는 일면 겸손한 행위일 수도 있으나 다른 시각으로 보면 평론의 전문성에 대한 미숙함의 발로일 수도 있다. 비평의 미명 아래 독선적이고 위압적인 글로 일종의 '폭력'을 행사하는 글도 문제이지만, 논문과 비평의 경계를 모호하게 넘나드는 글 또한 평론의 캐넌(典範)으로 보기는 어렵다. 앞으로의 비평 작업에 이 점을 유의한다면 더 좋은 비평가로 성장할 수 있으리라 기대하여 붙이는 고언(苦言)이다.

3.

　박명순과 필자의 관계는 그 당사자만이 아니라 가족과도 연결되어 있다. 이 평론집에서도 언급되고 있는 소설가이자 시인인 그의 남편 강병철은 필자와는 오래 교분을 나누는 문학 동지이자 한때 필자 소속의 대학원에서 잠시 공부한 인연도 있다. 강병철의 글쓰기에 대한 부지런함은 이미 정평이 나 있지만 학술적 공부를 하는 데 있어서도 그의 성실함은 다른 동료들보다 뛰어났던 것으로 기억된다. 또 고등학교 때 필자와 사제관계였던 그의 동생 박용규는 서울대에서 황순원 연구로 박사학위를 받은 특출한 인재인데, 그 부부 모두 필자의 후배인 관계로 그 결혼 주례를 맡기도 했었다. 필자의 지도로 채만식의 여성소설을 연구하여 박사학위를 받은 이후 공적인 관계는 소멸되었어도 박명순과의 사적인 인연은 이처럼 지속되고 있다.

　한 가지가 더 있다. 현금(現今) 각 지역 대학들은 대부분 위기라고 한다. 학생 수 감소는 물론 교육 환경의 급격한 변화 때문이다. 필자가 재직했던 대학도 예외가 아니다. 특히 대학원은 더욱 심각하다. 그래서 편법으로 직장에 근무하는 대학원생들을 위해 토요일에 집중적으로 강의하는 제도를 도입했다. 일주일에 한 번 출석하여 강의를 듣는 것은 부득이한 일이긴 하지만 전업으로 공부하는 다른 대학의 학생들에 비해 공부의 양과 시간이 절대적으로 부족하다. 이를 보완하기 위해 내 지도를 받겠다고 신청한 학생들을 따로 불러 공부를 시켰다. 처음에는 근무 시간 이후 한 달에 한두 번씩 만나 쓰고자 하는 논문 주제를 놓고 토론도 하고, 자료와 아이디어에 관한 정보를 공유하기도 했다. 그 후에는 라깡이나 들뢰즈, 스피노자 같은 학자들의 책을 읽어가며 토론하는 공부도 했다. 이런 과정을 거쳐 여럿이 박사학위 논문을 작성하는 데 도움을 받았다. 박명순은 이미 학위를 받았음에도 이 모임에 거의 빠지지 않고 참석했다. 후배들의 공부에 도움을 주는 것은 물론 본인의 공부에도 도움이 되었을 것이다.

굳이 이 이야기를 덧붙이는 것은 박명순의 매사에 성실한 자세를 말하기 위해서다. 그는 승진 같은 데 매달리지 않고 평교사로 만족하면서 책 읽고 글 쓰는 일을 즐겨 하고 있다. 공자는 논어 첫머리에서 '배우고 때로 익히는 것은 기쁘고 즐거운 일'이라고 했다. 박명순은 명예나 생계를 위해서가 아니라 스스로 즐겁고 또 즐기기 위해 글을 읽고 쓰는 사람이다. 이 평론집도 그런 결과물의 하나다. 앞으로 더욱 정진하여 좋은 글을 많이 쓰기 바란다. 그게 내가 오래 지켜본 박명순의 길이고 또 운명인 것 같다.

– 조동길(공주대 명예교수 / 소설가)